妻好月圓 2

風 文創 658

渥丹 著

目錄

第十五章　巧妙化解

知慈院。

顧老太太在劉氏與秦氏服侍下用完冰糖燕窩，洗漱後，復又躺下，輕嘆一口氣。

「母親累著了。」劉氏輕聲說：「且好好歇上一晚，倘若胸口還是悶著，明早再請大夫來診脈。」

秦氏在旁冷道：「母親哪裡是累著，分明是被氣著了。」

見顧老太太面色陰沈，唇角下撇，嘴旁兩道法令紋更加深刻，秦氏便知顧老太太心頭的火壓根兒就沒消。

「從前尤氏在府裡便對母親不孝不敬，這些年母親沒拘著她在京裡服侍，原是體貼她，誰知到頭來竟縱出華姐兒這禍害！才回來頭一天，就把母親氣成這樣，實在太過分了！」秦氏咬牙切齒。「早知這樣，還不如讓他們留在陽城，也好過回來在母親跟前礙眼。」

見秦氏一副全心全意為顧老太太著想的模樣，劉氏眼皮輕抬，淡淡瞥她一眼。

真以為別人都是傻的？她那點私心，尤氏怕是看出來了，才先發制人，讓她無法開口。

見顧老太太仍繃著臉不說話，秦氏眼珠一轉，又道：「不過三弟到底還是向著母親，這會兒回了知暉院，想來會好好教訓尤氏一頓，替您出氣！只是在我看來，這樣還不夠。」

顧老太太抬起耷拉的眼皮，淡淡道：「那依妳看，該如何？」

秦氏心頭一喜，立刻接話。「依我說，該罰她跟那目無尊長、沒規沒矩的華姐兒一塊兒去祠堂跪著，給顧家列祖列宗瞧瞧，就是她氣得母親身子不適。」

光這樣想，都讓她覺得身心舒爽！若讓總仗著娘家壓她一頭的尤氏去祠堂跪，這顧三夫人在府裡可就成了天大笑話，連下人也要看輕她，以後便能想法子整治，看尤氏還敢不敢那樣跟她說話，還敢不敢跟她搶東西！

顧老太太聞言，遲疑了下。「不妥，尤家不是好惹的。」

想當年，她不過是讓剛懷孕的尤氏跪了半個時辰，尤老夫人就領著媳婦上門，口口聲聲道女兒在顧家被婆婆欺負得孩子都要保不住了，二話不說，命人抬著尤氏回娘家。

一路上，尤老夫人邊走邊哭，哭她可憐的女兒，哭還未出世的外孫，哭得整個京城都知道尤氏遇上惡婆婆，哭得她數月不敢出門見人。

憶及這段過往，顧老太太眼皮立時一跳。「罷了、罷了，尤老夫人是個沒教養的，我與她計較，豈不顯得我也沒教養？」

「這可不是計不計較的事。」秦氏猶不死心，繼續攛掇。「本就是她做錯，剛才三弟過來，也覺得她錯，不然怎會苦苦哀求您別再生氣？您不好開口，便讓三弟去說；瞧瞧華姐兒，都被那上梁不正的親娘教壞了，滿京城瞧瞧，誰家孫女敢這樣頂撞家裡的老祖宗？如果在別人府裡，別說跪祠堂，說不定還要請家法呢！」

秦氏說著，抬眼瞧向一言不發的劉氏。「大嫂，妳說是不是？」

劉氏依然沒說話，垂眸思索著。

顧府裡，劉氏最厭惡的人就是秦氏，仗著顧老太太是她親姑姑，顧從仁又待她情深意重，弄得她這個當家主母不得不讓她幾分。這份憋屈，真是時時想起，時時令她不爽快。

現在，秦氏居然要拉她下水對付尤氏，但她可不像秦氏那麼蠢，看不清眼前的形勢。尤氏敢這樣針鋒相對、寸步不讓，已表明對戶部侍郎之職志在必得，三房若得償所願，會比長房更威風，更別提有權有勢的尤家，她瘋了才會與尤氏交惡。

「剛才我聽下人說，三弟妹正讓人備禮，說是明早要回尤府給尤老太爺與尤老夫人請安呢！」劉氏不回答秦氏，只婉轉地提醒顧老太太。

顧老太太陰沈沈的臉上表情微動。

秦氏亦語塞。「難不成她要回去告狀？」聲音有些發虛。

當年尤老夫人呼天搶地打進府裡來給尤氏撐腰，她也在場，亦嚇得不輕。這些年尤氏不在京城，她們與尤家人少見面，險些忘了，尤家老夫人跟馬蜂窩一樣，不是能隨便亂惹的。

秦氏舔舔有些發乾的嘴唇，佯裝冷靜。「即便告狀又如何？她跟她閨女氣倒母親，只罰她們跪祠堂，還算輕了呢！」

如此，尤家人再打上門，也大聲不起來！

這樣一想，秦氏越發定心，正要再接再厲說服顧老太太，便見翡翠打簾子進來。

「老太太，三老爺剛回知暉院，約莫一盞茶工夫後便直接去了祠堂，現在正領著四姑娘來知慈院。」

「什麼?!」

秦氏眼睛都直了。剛才顧從安明明是氣呼呼地離開，怎麼沒一會兒就親自去祠堂把顧華月帶出來？這尤氏可真厲害，短短工夫便說服顧從安，不但沒挨罵，還免了顧華月的懲罰。

顧老太太聞言，氣得粗喘，恨聲道：「等會兒他來，說我不舒服，誰都不見！」

「母親，三叔剛回來，都是一家人，不好冷了他的心。」劉氏終於忍不住說句公道話。「三叔也為難得很，明日三弟妹要回尤府，倘若今晚華姐兒跪出個好歹來，不能隨著一道去，怕又是一場風波，三叔應是想到這個，才會去祠堂領華姐兒出來。三叔心裡自是有您，否則只管帶人回去，何必大半夜還跑這一趟，您說是不是？」

秦氏嘴唇動了動，不甘地甩甩帕子，卻沒再多說了。

顧老太太沈默片刻，方才淡淡道：「罷了，讓他們回去吧！」

「是。」劉氏細心地為顧老太太掖好被子。「母親最是心慈，等會兒三叔來了，我親自跟他說，原本母親也正要命人送華姐兒回知暉院呢！」

見顧老太太再無他話，劉氏又吩咐翡翠、瑪瑙等丫鬟好好守夜，便笑盈盈地瞧向秦氏。「二弟妹要不要與我一道回去？」

秦氏見顧老太太合眼，顯然要休息了，遂不甘不願地起身。「我跟大嫂一塊兒走吧！」

顧華月回來後，顧桐月跟顧蘭月過去看望，見她並無大礙，便放下心。顧雪月也聞訊趕來，姊妹幾個說了一會兒話才各自回去。

用過晚飯，顧桐月在屋裡散步消食，見香扣走進來，湊近她耳邊小聲道：「大姑娘去知慈院了。」

顧桐月一愣，脫口問：「母親可知情？」隨即醒悟過來。「母親定是知道的。」

香扣點頭。「大姑娘一出閣樓，夫人那邊就得了消息，可是夫人沒發話，居然由著大姑娘去。」

「想必母親心裡有數，這件事不是我們能管的，留意著就是。」

「奴婢也是這般想。」香扣抿嘴一笑，將手裡的東西遞到顧桐月眼前。「這是吃飯前三姑娘身邊的白芍親自送過來的。」

顧桐月聽了，好奇地打開小包袱，裡面擺著一副厚厚的護膝、一雙厚襪，看花樣與大小，顯然是給顧清和的。

香扣也看出來了，淺笑道：「三姑娘的針線越發好了，姑娘您瞧，那護膝上的翠竹繡工多細，當真精緻。」

顧桐月伸手撫過護膝，笑著把東西交給香扣。「三姊有心了。妳派人給和哥兒送去，告訴他，這是三姊的心意。」

香扣手腳麻利地把東西收好。「三姑娘這般，未免太小心了些，就算她直接把東西送去給少爺，難不成您還會因此生她的氣？多個人疼少爺，您高興還來不及呢！」

顧桐月失笑，搖了搖頭。

「奴婢說錯了嗎？」

顧桐月沒為她解惑，只道：「快送去吧！京城不比陽城，別凍壞了和哥兒。」

她這個做親姊姊的實在不擅長女紅，如今有顧雪月珠玉在側，就不獻醜了。

香扣若有所思，拿著東西往外走，吩咐小丫鬟跑一趟，隨即恍然大悟地快步回來。

「姑娘，奴婢懂了。」

舒服倚在床頭看書的顧桐月放下冊子，含笑看著她。

「三姑娘並非怕您多心，才將東西送到您手上，是提醒姑娘記得她的好。」

顧桐月點頭。「將之前我向大姊討的那套時興花樣給三姊送去。」

就算是姊妹之間，也要有來有往，不然只來不往，會冷了人的心。

香扣笑著應是，自去辦了。

另一邊，顧蘭月領著丫鬟百合與紫薇去了知慈院。

扶著她的百合擔憂道：「老太太正在氣頭上，現在姑娘過去，老太太定要遷怒。」

紫薇亦勸道：「姑娘，百合說得有道理，何況如今老太太身邊有了六姑娘，此舉怕要惹人誤會。」

顧荷月善於鑽營，又非大度之人，若瞧見顧蘭月，豈不以為她要跟她爭搶呢！

顧蘭月淡淡道：「若我不去，才是沒良心，旁人誤不誤會，我何必在意？」

百合與紫薇聞言，不敢再勸。她們太清楚自家姑娘的脾氣，一旦做了決定，便沒有他人置喙的餘地。

不一會兒，主僕三人便到了知慈院門口。

顧老太太的心腹洪嬤嬤聽到消息，忙進內室回稟，眼角餘光瞥見正在床榻前服侍顧老太太起身喝藥的顧荷月神色一僵。

「快讓大姊進來呀！」顧荷月察覺到洪嬤嬤的打量，忙擠出笑臉吩咐，轉頭對顧老太太嬌俏道：「祖母瞧瞧，大姊心裡還是有您，這麼晚了，還過來看您呢！雖說白天大姊讓您很失望，不過那是沒有法子的事，您就原諒她，不要再生她的氣好不好？」

洪嬤嬤聞言，面上閃過不悅之色，顧蘭月住在這裡時，未曾這樣不客氣地使喚她做事；明知顧老太太對白天的事心懷芥蒂，還有意提起，分明是要挑撥離間。心裡不由冷笑，顧蘭月是顧老太太帶大的，十幾年的祖孫之情豈是一個剛回來的庶女破壞得了的？

不過，正腹誹著的洪嬤嬤聽見顧老太太淡淡道：「讓她回去，我這裡有荷月服侍，用不著她。」

「祖母，大姊擔心您，或許是擔心我服侍不好，因此前來指點兩句，不如讓大姊進來，她瞧見一切妥當，也能放心回知暉院。」顧荷月輕聲細語地勸說：「外頭多冷呀，讓大姊一直在外面等，要是凍壞了，心疼難過的還是您啊！」

一句「知暉院」，立時又引起顧老太太的怒氣，冷聲道：「洪嬤嬤，讓蘭姐兒回去！明日她們娘兒幾個要去尤府，可是耽擱不得的大事！」

尤氏有尤家撐腰，才不把她放在眼裡，因此顧老太太對尤府成見很深，簡直深惡痛絕。

「祖母說的是什麼話，哪有耽擱不得的大事？在我心裡，只有祖母才是最最要緊的事。」顧蘭月嬌聲一笑，人已經走了進來。

顧荷月眸光一緊，搶在顧老太太前，故作詫異地開口。「大姊怎麼進來了？這樣違逆祖母的意思，惹得祖母動氣就不好了。大姊快回去吧，我會照顧好祖母的。」

顧蘭月看也沒看她一眼，目光淡淡瞥向洪嬤嬤。「嬤嬤，六妹陪伴祖母一天，定然十分辛苦，送六妹回去歇著。」

洪嬤嬤忙上前來。「六姑娘，老奴陪您回屋休息。」

顧荷月簡直不敢相信自己的耳朵，她在這裡待了一天，洪嬤嬤這個老不死的仗著是顧老太太身邊得臉的人，不但指使不動，還給她添了不少堵；可顧蘭月一來，洪嬤嬤不但恭恭敬敬，還將顧蘭月的話奉若聖旨，絲毫不把她放在眼中，真是該死的狗奴才！

「祖母。」顧荷月不肯走，扭轉身子，可憐兮兮地看著顧老太太。「在這院子裡，自然是您說了才算；都道大姊最是孝順，可祖母還沒發話，大姊便急著趕我走，怕是不妥吧！」

洪嬤嬤瞧瞧氣定神閒的顧蘭月，又看緊抿著唇、一副嘔氣模樣的顧老太太，陪著笑道：「六姑娘有所不知，咱們老太太說過，在知慈院裡，大姑娘的話，就是老太太的話。」

顧荷月語塞，頓時說不出話來。

顧蘭月這才好整以暇地瞥向她。「不過一天，我的話在知慈院裡，已經不管用了？」

洪嬤嬤見顧老太太雖然沈著臉，卻沒駁回顧蘭月的話，心下一定，立時揚聲道：「來人，送六姑娘回房休息！」

兩個婆子走進來，不待顧荷月再說話，竟是強行帶她出去。

洪嬤嬤又瞧顧蘭月一眼，見她點頭，遂跟著百合、紫薇一道出了內間。

「祖母，您還生孫女的氣嗎？」

屋裡沒人，顧蘭月便不再端著架子，脫了鞋便熟門熟路地爬上床，不由分說擠到顧老太太懷裡，兩手抱緊她的腰，眼巴巴望著她。

「外邊好冷，孫女頂著風雪一路走來，凍得手腳發麻，祖母也不疼疼我；果然是有乖巧懂事的六妹，就不稀罕我了。」

聽顧蘭月嬌聲細語，又是可憐兮兮的模樣，顧老太太縱有天大怒氣，也消得差不多了。

「妳這巧言令色的臭丫頭，到底是祖母不疼妳，還是妳不稀罕我這老太婆？」

顧蘭月親親熱熱地靠著她。「祖母真是冤枉我了，在我心裡，我跟您才是最親的。」

顧老太太聞言，心裡越發好受，但口中仍冷冷道：「若真如妳所說，那今日為何不大大方方告訴妳母親，說要留在知慈院陪我？」

顧蘭月聞言，坦然直白地回答。「一來，這到底是父親的意思，如果我當眾拂了父親的意，他面上定然不好看；二來，不能因為這些小事，讓您與父親再生出嫌隙。」略遲疑一下，又說：「祖母知不知道，父親那戶部侍郎的職位，二伯母一直在為二伯父奔波設法？」

顧老太太一怔。「有這種事？」

她只聽秦氏提過，顧從仁的新差事有了眉目，卻沒聽她提及是什麼樣的差事。

「倘若二伯母將此事求到您面前來，這一回，您要向著二伯，還是父親？」

顧老太太怔怔無語。

「父親已經知道此事，有了舊事在前，定然會以為這回您依然要向著二伯，我回知暉院，在父親面前，也能幫您分辯兩句，您說是不是？」顧蘭月如同小時候般，愛嬌地搖著顧老太太的手臂。「您說，我這算是忍辱負重了吧？」

顧老太太聽了，噗哧一聲笑出來，拍顧蘭月兩下，板起臉瞪著她。「什麼忍辱負重，那是妳爹！」

「那也是您兒子。」顧蘭月嘟嘴。「要不是為您，我才不會搬走。您瞧瞧，我前腳剛走，您就疼上六妹，我心裡真是說不上來的難受。」

「又胡說。」顧老太太白她一眼，已被她哄得鬱結全消。「不過一個上不了檯面的庶女，留她在這裡給妳母親添添堵罷了。好了，時辰不早，明兒個妳還要早起，快回去歇息。」

說著，顧老太太一迭聲吩咐人給顧蘭月準備厚厚的大毛披風與手爐，命洪嬤嬤親自送她回知暉院。

顧蘭月這才笑著起身告退，帶百合與紫薇出了屋。

聽聞顧蘭月回到知暉院，顧桐月才放下心。

回京城顧府第二天，就過得這麼……刺激驚險。

顧桐月頓時覺得心好累。

心好累的顧桐月一覺睡到隔天早上，香扣輕聲喚她時，竟還揉著惺忪睡眼，醒不過神。

「姑娘不能再睡了。」香扣俐落地掛起床帳，服侍顧桐月起身。「今日要隨夫人去尤府，夫人屋裡都亮燈了呢！」

顧桐月聽了，頓時清醒過來，讓香扣伺候著梳洗完畢，換上衣裳，吃了幾口小丫鬟端過來的早飯，吩咐巧妙留下看屋子，便急急趕去正院給尤氏請安。

主僕倆一到，霜春迎她們進去。「八姑娘可用過早飯？這裡正要擺飯，倘若還沒……」

「謝謝霜春姊姊。」顧桐月仰頭，對她嬌憨笑著，一雙大眼彎成彎彎的月牙。「我已經用過了。」

顧蘭月已經到了，瞧見顧桐月，上下打量兩眼，暗暗點了點頭。

今日顧桐月穿了蜜合色繡海棠錦衣，打扮得喜慶精神卻不張揚，看著乖巧安靜，不出風頭，也讓人挑不出錯來。

「大姊早。」顧桐月只作沒察覺顧蘭月打量的目光，上前行禮。「大姊用早飯了嗎？」

顧蘭月點頭笑道：「用過了。妳小小年紀，不多睡一會兒，起這麼早，以後會長不高。」

顧桐月不信這打趣的話，鼓起雙頰。「我又不是小孩子，這樣唬我，我才不會相信。」

顧蘭月聞言，越發覺得好笑。昨天她撞破顧桐月爬樹的行徑，顧桐月在她面前索性賴皮到底，懶得再裝，一通撒嬌賣癡，把她的心都磨軟了。

因此，今日見了這個不跟她客氣的嬌嬌小妹妹，心裡更添了幾分喜歡。

顧蘭月伸手拉過顧桐月，兩人坐下後，低聲道：「今日去了外祖家，妳跟好我，可別胡亂走，更別招惹五表妹景慧。她向來眼高於頂，若惹著她，三舅母在場，還能勸她收斂些；倘若三舅母不在，便不能輕易了結了。」

顧桐月知道顧蘭月在提點她，連忙點頭應下。「我一定跟緊大姊，絕不會惹事闖禍。」

顧蘭月又叮囑幾句，顧華月、顧雪月及顧荷月就到了。

沒想到已經住進知慈院的顧荷月也來了，顧桐月怔了怔。

瞧著面上難掩驕矜之色的顧荷月，顧蘭月微微瞇眼，隨後才警告般瞪了不住往顧荷月臉上飛眼刀的顧華月一眼。

「大姊跟八妹可真是早啊！」顧荷月格格笑著，滿臉喜色，似漫不經心地撫了撫頭上的金累絲嵌紅寶石雙鸞點翠步搖，一抬手，又露出潔白腕上那色澤飽滿的綠玉手鐲。今日穿戴的這一身，可謂珠光寶氣，豔麗奪目得很。

顧桐月心知，這是顧老太太借顧荷月與尤氏打擂臺。顧荷月未必不曉得，但她早已做了選擇。

顧桐月垂下眼睫，雖然對這個姊姊沒什麼好感，但還是希望她能心想事成。

當然，她心想事成的基石上，不要搭上她們這些姊妹，就更好了。

「六妹打扮得跟首飾架子似的，我們曉得妳要去外祖家，可旁人不知道啊！倘若外祖母跟舅母們把妳誤認成混進去叫賣首飾的，就不好了吧！」顧華月忍了又忍，還是出口譏諷。

顧荷月聽了，並不生氣，只掩嘴一笑。「四姊說得是，我也跟祖母說了，這樣華麗怕是不妥，不過祖母疼惜，讓翡翠姊姊好好打扮我，還道這是去外祖家，不能丟了顧家的臉面。」

祖母發話，我自然不好再多言，否則便是忤逆她老人家，我可沒有四姊這樣的膽子呢！」

顧華月不忿，還要再說，顧蘭月輕咳一聲，漫聲道：「祖母向來疼愛小輩，日後六妹妹陪在祖母身邊，要好生孝順才是。」

顧荷月笑著回應。「即便大姊不吩咐，我也是這樣想。」

她眼珠一轉，瞥見打扮得簡單素雅、一言不發的顧雪月，腳步一動，親熱地靠過去。

「今日三姊打扮得太過素淨，若讓人誤會母親苛待庶女，怎生是好？」

顧雪月低眉垂首，淡道：「我素日裡便是這樣，與母親有什麼關係？六妹想太多了。」

顧荷月抿嘴一笑，隨手將頭上的海棠滴翠珠子碧玉簪拔下，插上顧雪月的髮髻。

「這樣子，比方才好了不少，三姊不用跟我客氣，戴著吧！反正祖母給我的那些首飾，我一個人也戴不過來。」

她得意洋洋的施捨之舉，簡直是明晃晃地打顧雪月的臉。

顧雪月脹紅了臉，這種打賞般的行為，令她難堪得幾乎落淚，抬手便要拔下簪子。

「三姊這是瞧不起我呢，還是瞧不起祖母的東西？」顧荷月悠悠開口。

顧雪月的手頓時僵住。

屋子裡氣氛僵凝，顧蘭月蹙眉，顧華月想跳出來罵人，顧桐月卻輕聲笑道：「六姊也太不公平，老太太這樣疼妳，給這麼多頭面、首飾，妳卻不疼疼我，怎麼只送三姊而已？」

顧荷月聞言愣住，面上不由露出心疼遲疑之色。

顧老太太的用意，她當然明白，但這些也真是好東西，不比顧從安給她們娘兒倆的差。

方才賞顧雪月一支玉簪，已經讓她暗暗心疼半天，但想著能痛快羞辱顧雪月及打顧蘭月姊妹的臉，才忍住了。

不想，顧桐月竟開口向她要那些首飾！

顧華月見顧荷月遲疑，好整以暇地睨著她，笑道：「八妹說得很是，六妹得了這麼多好東西，怎麼只給三姊？難道咱們這些姊姊、妹妹，就入不了六妹的眼？」

顧蘭月見狀，也開口道：「如果六妹捨不得便罷了，祖母的東西的確是好，以前我也得了不少，等會兒妳們去我屋裡挑，看上哪樣便拿哪樣。」

顧荷月被這樣一激，只得忍著心疼，摘下兩支髮簪及手鐲，故作大方道：「咱們是姊妹，有什麼捨不得？我剛侍奉祖母，還不甚了解祖母的喜好，大姊可要多教教我。」又抿嘴一笑。「母親說，姊妹間要互相幫襯，日後得大姊幫助的地方還很多，大姊一向疼愛妹妹們，我先謝過大姊了。」

顧蘭月挑眉。昨晚她那般給顧荷月沒臉，今日她竟能如此行事，倒是小看她了。

「我即將出閣，能幫忙的地方有限，六妹是個聰明人，想來學什麼都會很快上手，用不著我多此一舉。」這就是推託的意思了。

顧荷月聞言，仍是親親熱熱的模樣。「祖母說得沒錯，大姊就是太過自謙。再說，我哪算得上聰明人？為了服侍祖母，想來大姊也願意指點我一二。如果大姊不拿我當妹妹，不願搭理我便罷，就怕我什麼都不懂，服侍不好，讓祖母不痛快，就是咱們做孫女的不孝了。」

這時，尤氏從裡間走出來，打量了幾個女兒一番，方才笑盈盈地道：「荷姐兒果然是個孝順孩子，有妳在老太太身邊服侍，我跟妳們父親便放心了。」

姑娘們忙上前向尤氏行禮。

「都起來吧！先隨我去跟妳們祖母請安，再去尤府。」尤氏逕自吩咐道，彷彿沒瞧見珠光寶氣、華麗非常的顧荷月那驕傲挺起的小胸膛。

顧荷月不以為意，微揚精緻的小下巴，傳了顧老太太的話。「母親，方才我過來之前，祖母特地吩咐，她老人家有些不舒服，今早不用過去請安。」

「這幾年老太太身體每況愈下，真是令人擔憂。」尤氏感嘆一句，吩咐莊嬤嬤。「妳傳話下去，讓人拿我的帖子去請隨安堂的老大夫過府為老太太診病。」

莊嬤嬤忙應下。「是，夫人放心，老大夫醫術高明，從前還在太醫院裡當差，保管藥到病除。咱們府裡，只有夫人請得動老大夫，這片孝心，想必老太太能感受到。」

尤氏點頭，輕飄飄地瞥顧荷月一眼，又道：「去問問五少爺可準備好了。」

顧荷月聞言，神色微微一變，露出懊惱之色，雖然明知結果，還是忍不住道：「七弟從未去過外祖家，該一起去給外祖母、外祖父請安磕頭才是。」

不等尤氏說話，顧華月便撇嘴笑道：「依七弟那身子，還是算了吧！萬一出事，莫姨娘活不活了？」

顧荷月咬唇。「這本來就是七弟該全的禮數，姨娘向來知書達禮……」

是她疏忽，昨晚就該求父親，不然今早也該求顧老太太發話，好帶著七弟顧維夏一起前往尤府才是！七弟這般，若不在人前多露臉，誰會知道顧府三房還有個七少爺？

尤氏輕聲打斷她。「夏哥兒的身體要緊，如今回京，日後有的是機會讓他拜見外祖。」

不等顧荷月再說，她的頭便轉向了莊嬤嬤。

莊嬤嬤立刻上前。「五少爺早已準備妥當，原本要過來給您請安，奴婢想著天寒地凍的，就不讓他跑這一趟。等會兒讓五少爺與您同車，有什麼話，您也好交代他。」

對於莊嬤嬤的安排，尤氏很滿意。「如此倒也方便，這就走吧！」領著女兒們與丫鬟、嬤嬤出門。

顧桐月低下頭，走在最後面，心裡暗暗嘆氣。

顧荷月那句顧老太太有些不舒服，暗指尤氏不孝，把顧老太太氣得身子不爽；隨即，尤氏立時派人去請別人請不來的老大夫，莊嬤嬤再補了一句，說這是尤氏的孝心，以堵住秦氏的嘴。

不過幾句話之間，已過了好幾招。

這樣的生活，真是讓人不得不打起精神來。別人一句話，或者自己一句話，都要再三思量，想著裡面是不是還有別的意思，真是夠累的。

可又有什麼法子，還是得繼續提著心過下去。

第十六章　尤府相見

小半個時辰後，尤氏一行人到達尤府。

馬車直入二門方才停下，顧桐月扶著香扣的手下車，便瞧見尤氏撲進一個頭髮花白但臉色紅潤、精神矍鑠的老太太懷裡。

「我的姑奶奶，快別這樣。」顧老太太身後與尤氏年紀相仿的婦人含笑勸著。「這麼多小輩瞧著，可是要惹他們笑話了。」

說話的正是尤氏娘家大嫂吳氏。尤氏尚在閨中時，吳氏就與她十分要好，分別這些年，吳氏瞧見尤氏，都忍不住紅了眼眶，更別提尤老夫人與尤氏；只是不好在二門就哭開了，不說孩子們，在底下人面前，也不好看。

「大嫂說得是。」尤氏抹著眼淚，從尤老夫人懷裡退出來。「是我一時忘形。母親，女兒扶您回屋，再給您磕頭。」

尤老夫人緊緊攥著尤氏的手，亦是一樣地激動難抑，直打量著尤氏，好半晌才說出話來。「好，好！我的兒，外面冷，快進屋說話。」

一大群人浩浩蕩蕩進了尤老夫人的正院，這才熱熱鬧鬧地相互廝見。

尤家人丁興旺，比顧府的人還多，尤氏又是尤老夫人唯一的女兒，相見場面自然更盛大。幸而府裡的男丁們除了尤老太爺外，其他人都上朝去了，否則不知要見到什麼時候。

尤老太爺也十分激動，瞧著好些年沒見過的幼女，紅著眼，連說了好幾個好字。

「爹，原本我家老爺要陪我們一道過來，只是一大早大伯有事喊他過去，等他下了衙便趕來見您們。」尤氏瞧著尤老太爺明顯老態許多的臉，忍住哽咽，笑著說道。

尤老太爺聞言，不露聲色地點了點頭。

等顧蘭月領著顧家姊妹行了跪拜禮後，尤老太爺對尤氏道：「妳帶孩子們陪妳母親和嫂嫂們好好說話，我跟和哥兒去書房坐坐。等會兒說完話，妳來書房找我。」

尤氏連忙應下，目送尤老太爺領顧清和出去，才折回身，抹著眼淚坐在尤老夫人身邊。

尤家三位兒媳皆伶俐，知道尤氏母女定然有很多話要說，吳氏便領著顧家姑娘與尤家女兒們去暖閣坐，其他兩人去廚房與尤老夫人的耳房，分別盯著中午的飯菜與茶水點心，井然有序地退出去。

這般忙而不亂的景象落在顧桐月眼中，讓她忍不住點頭。尤家家風一直很好，尤老太爺與尤老夫人和藹可親，體恤愛護小輩是出了名的，但規矩嚴明，妯娌之間亦是和睦相處，在外十分維護彼此；尤家子弟也非常上進，不論做人還是做文章，都很令人稱讚。

前世，唐靜好十三歲時開始物色親事，父母反覆商量，對尤家長房所出的尤二公子甚是有心，倘若不是姚嫣然向她通風報信，說不定就訂下親事了；後來拗不過她，父母才讓她與謝斂訂親。

想起謝斂，顧桐月心頭又是一悸。當初這門親，說謝府高攀東平侯府也不為過，可她還是忍著羞澀，在確定謝斂的心意後，去求父母成全。後來謝府上門提親，兩家交換婚書，約定待她年滿十六便成親。

可是，如今她身為顧府的庶出姑娘，謝斂竟成了她無論如何也攀不上的人了。

顧桐月輕嘆一聲，說不出是痛還是難受，五味雜陳。

要是能見謝斂一面……見了又有什麼用，她能對他將這一切和盤托出？他會相信她嗎？萬一他不信，反而絕了她的生路……

顧桐月忍不住輕顫。這事仍得壓下，誰都不能說……

侍屋裡的人全退出去，尤老夫人再也忍不住，抱著尤氏，兒啊、肉啊地哭了一場。

尤氏亦是哭得唏哩嘩啦，直到尤老夫人身邊的孫嬤嬤抹著淚，上前勸道：「老夫人，姑奶奶，快別哭了。姑奶奶離京這些年，總算熬出頭，日後見面的工夫多的是，往後姑奶奶想老夫人，或您想姑奶奶，讓人傳個話就能見著。這可是天大的喜事，快別哭了。」

她好說歹說，總算勸住兩個主子，又吩咐人送熱水進來給她們淨面。

尤氏由著丫鬟將熱帕子覆在她臉上，悶聲道：「嬤嬤瞧上去，還跟當年我離京時一樣。這些年，多虧妳在母親身邊伺候，我讓人給嬤嬤收拾了些陽城的特產土儀，等會兒大嫂會差人送去。」

孫嬤嬤感動道：「姑奶奶出門竟還想著我這老東西，真是……這怎麼好意思？」

「妳也是瞧著她長大的，迴護她不少，不過一點土儀，有什麼不好意思的。」尤老夫人啞聲笑道：「既是姑奶奶給的，妳收下就是。」

孫嬤嬤連聲道謝，這才領著丫鬟、婆子退出去。

孫嬤嬤剛走，尤老夫人便急急追問尤氏。「這些年在外頭如何？顧從安對妳可好？」

尤氏回道：「母親放心，陽城雖比不得京城，苦是苦了點，卻比京城自在得多，我在那府裡就是一家之主；老爺雖寵愛姨娘，倒還有分寸，不曾當眾讓我掃了臉面。」

尤老夫人自是知道怎麼回事，冷哼一聲。「那個莫姨娘，在陽城也罷了，如今回京，妳還轄治不了的話——」

尤氏忙笑著靠過去，伏在尤老夫人的膝頭上。「以前我只是懶得理會罷了，若現在還治不了，哪有臉回來見您？她是有幾分小聰明，不過也就這樣而已，我留著她，只是想著，反正沒有她，也會有別人；再說，您以前說的話，我都記得呢！姨娘不過就是小貓、小狗，何必將心力放在她身上。」

尤老夫人見尤氏看事明白，比之從前更加通透淡然，頓時心疼不已。自己養的閨女，自己明白，從前嬌養在家中時，何等天真爛漫，到了議親時，那麼多好兒郎，卻偏偏看中顧從安。她與尤老太爺都覺得顧從安並非良配，可女兒鐵了心要嫁，也只能順著她的心意，讓她歡歡喜喜地出嫁。

不想，才嫁過去沒多久，就鬧出許多事來。

後來，為跟隨顧從安赴任，尤氏連她的話也不肯聽，執意留下顧蘭月便走了，真是滿心滿眼裡全是顧從安。那時挑選通房丫鬟，尤氏還跟她置氣好久，傷心得不得了。

可是，如今提到府裡的姨娘，尤氏已經平靜無波。

如果不是這些年來一次又一次地失望，她的嬌嬌女兒怎會變成這樣？以前擔心女兒太過天真要吃虧，如今歷練出來，做娘的卻滿腹心疼。

尤老夫人想著，眼睛又發酸。「乖女兒，妳能這樣想就對了，這些都不要緊，要緊的是和哥兒那孩子。」

「我知道。」尤氏笑笑。「我已經與老爺說了，待選個好日子，就將和哥兒記到我名下。以後，和哥兒就是我的親兒子，我會好好教養他，他才是我跟蘭姐兒、華姐兒的依靠。如今老爺也將他的私產交給我打理，日後我守著幾個孩子，不用理會其他，日子倒也能過。」

尤老夫人見尤氏已經有了打算，又聽她言語雖無波，但底下的心灰意冷，讓她越發難受，只得道：「妳說得很對，最要緊的還是子嗣。」

從前她跟尤氏說過，男人的情分不要緊，最要緊的是孩子，有兒子傍身，才能萬事無憂。尤氏生下顧華月後壞了身體，她就替她想到將顧清和養在身邊，然後記在名下的事。那時，尤氏死活不肯，還懷抱著一絲能自己生下嫡子的希望，如今竟是連這些都想通了。

「方才我見了和哥兒，眼明心亮、模樣周正，是個好孩子。」

聽尤老夫人誇顧清和，尤氏與有榮焉。「和哥兒不但孝順，讀書也頗有天分，八歲下場，已經過了縣試——八、九歲的小童生，實屬難得。老爺要他參加明年四月的院試，我倒是有些擔心……」

「這事讓爺兒們去折騰。」尤老夫人笑著打斷她。「妳爹為何叫和哥兒去書房？還不是聽妳說他有天賦，想考他一番；倘若妳爹也點頭，明年和哥兒下場，中秀才又有何難？」

尤氏大喜。「十一、二歲的小秀才，可真是太長臉了！」

尤老夫人見女兒高興成這樣，自然跟著高興，口中卻笑嗔道：「這般年紀的小秀才多了去，又不是中舉，值得妳歡喜成這樣？且如今連秀才都還沒中呢！」

「我爹是什麼眼光？」尤氏猶自笑著。「如果爹真點頭，就如您所言，一個秀才是跑不了的！至於舉人，和哥兒能考中秀才，自然也能考中舉人。這樣一步一步來，往後啊，說不定真是和哥兒替我掙來臉面。」

見尤氏高興得忘其所以，尤老夫人卻擔心起來。「只是他那姨娘……」

「不是我動的手。」尤氏略略收起臉上的笑容。「是魏姨娘做的。」

尤老夫人一怔，隨即明白過來。「她那樣做，是為了雪姐兒吧？」

「她服侍我多年，我起了這樣的心思，她自然看得出來。」尤氏慢慢道：「她向來謹小慎微，膽子也小，沒想到竟下得了手，讓我很意外；不過，她並未在我面前提起隻言片語，甚至比以前更周到妥貼。」

「這份心性也不容小覷。」尤老夫人凝神。「若她肯邀功，倒是好事；但是……」

瞧著尤老夫人擔憂的模樣，尤氏抿嘴一笑。「您別擔心，我知道她求的是什麼，只要不出格，我自會成全她。況且雪姐兒也懂事，我原就想著帶她回京，再挑一門好親事；且魏姨娘的身契拿捏在我手裡，她動了歪心思，我也能處置。」

尤老夫人不住點頭，見尤氏行事頗有章法，便放了一半的心，又問：「那桐姐兒就是和哥兒的同胞姊姊？」

「正是。您看她，可看出什麼來了？」

尤老夫人看人一向很準，雖然尤氏對顧桐月不再有多餘猜忌，可到了尤老夫人面前，還是忍不住問道。

「也是個眼明心亮的，倘若她沒什麼歪心思，留在華姐兒身邊倒也妥當。」

尤氏便將顧桐月捨命救顧華月的事情說了，末了感嘆道：「我冷眼瞧了這些日子，桐姐兒有些小聰明、小心思不假，可難得的是她待蘭姐兒與華姐兒的心。蘭姐兒穩重，性子卻過於疏淡冷清，偏偏對桐姐兒另眼相看。」

「蘭姐兒這是覺得她好呢！」尤老夫人沈吟。「蘭姐兒的心性、眼光像我，連她都覺得好，桐姐兒便是真的不錯。」

尤老夫人的自誇讓尤氏笑得合不攏嘴。

「我也是這樣想，且瞧著吧，如今孩子們還小，眼下最要緊的，是蘭姐兒的親事。娘，您在京城，可曾聽說過俞世子那些不堪之舉？」

提到這件事，尤氏立時笑不出來。

尤老夫人一驚。「妳聽說什麼了？」

尤氏便把之前聽到的種種，毫無保留地告訴尤老夫人。

尤老夫人聽著，臉色不由越來越沈，心裡有了猜想……

顧桐月終於見到備受顧華月推崇的薰風表姊——尤府排行第二的尤三姑娘，人如其名，笑起來如同南風般溫煦，和善可親得讓人一見便喜歡上她。

她與顧蘭月年歲相當，兩人一見便膩在一處說話，感情很好。雖然惦記著尤薰風，但顧蘭月沒忘記照顧妹妹們，將顧桐月幾個介紹給尤家姊妹認識。

尤家大表姊已經出嫁，眼下見到其他個個伶俐的姑娘，顧桐月能想像得到尤大姑娘為人行事如何。來之前，顧蘭月特地警告她不能招惹尤景慧，但她的目光忍不住往端坐在旁的尤景慧身上瞟去。

平心而論，尤景慧的容貌極為出色，只是太過清高矜持，不談話便罷，微微上挑的眼裡，還帶著居高臨下的打量與蔑視，尤其在聽聞顧華月興致勃勃與眾人分享陽城樂事時，那副看「土包子」的傲慢神色，真是掩也掩不住——或者，她根本沒打算要遮掩。

顧桐月不動聲色地收回目光。她曾遠遠地瞧過尤景慧，姚嫣然過生辰時，邀請的小姊妹中就有她，不過在東平侯府做客的尤景慧可跟眼前這位截然不同，與姚嫣然有說有笑，不見半分冷淡矜持，親熱得比面對姊妹更甚。

想到姚嫣然，顧桐月心頭一突，尤景慧與姚嫣然交好，如果她能與尤景慧往來，乘機結交姚嫣然，那是不是就有機會回東平侯府了？

顧桐月抑制不住，激動起來。姚嫣然活潑大方，又惜貧憐弱，這條路定能走得通！

這般想著，顧桐月看向尤景慧的眼神立時變得灼熱。

「妳這般看著我做什麼？」或許是顧桐月的目光太過熱烈，尤景慧發現了，秀美眉心不悅蹙起，嬌脆嗓音帶上幾分不滿與嚴厲。

原本高高興興說笑的小姑娘們頓時靜下來，齊齊望向尤景慧與顧桐月。

尤薰風走過來。「五妹，怎麼了？」

尤景慧冷哼一聲。「那個小丫頭直勾勾地盯著我，她想做什麼？」

「八妹？」顧蘭月也走到顧桐月身邊，探詢地對上顧桐月的目光。

顧桐月忙回過神來，道：「五表姊生得這樣好看，我忍不住多看了幾眼。是我失禮，還請五表姊不要與我計較。」

世人都喜歡聽好話，尤景慧聞言，越發高傲地揚起頭，臉色卻緩和不少。「看在妳眼光不錯的分上，便不與妳計較了。」

始終沒出聲的顧荷月忽地掩嘴一笑。「八妹小小年紀，卻慣會奉承，我們姊妹幾個都及不上她。」就差沒明說顧桐月是個馬屁精了。

場面一時又僵住。

顧蘭月輕皺眉心，顧華月對顧荷月怒目相向，顧雪月有些無措地看看顧家姊妹，又看看沈默著不知該說什麼的尤家姑娘們。

這尷尬的氣氛中，只聽顧桐月輕輕一笑。「六姊說得很是。我是妹妹嘛，奉承姊姊們，本是我分內的事，姊姊們若疼我，多給我些好吃的、好玩的唄。」

顧蘭月會意，忍笑戳著她的額頭。「妳這沒出息的，想要好吃的、好玩的還不容易？今兒妳倒沒有奉承錯，五表妹的好東西最多，還不趕緊先謝過五表妹？」

顧桐月順著顧蘭月鋪就的臺階往下走，朝尤景慧怪模怪樣地作揖。「那我先謝過五表姊了。」一邊說著、一邊眨眼，滿臉期待地瞧著尤景慧。

她本就生得玉雪可愛，圓滾滾又黑白分明的大眼睛這樣瞧著人時，連不拿正眼瞧人的尤景慧也忍不住掩唇笑了。

「罷了，瞧在蘭姊姊面上，我剛得的那套琉璃杯就賞給妳了。」

此話一出，尤家姊妹臉上都有些訕訕。雖然顧桐月是庶出，可尤景慧那打發下人的語氣，到底還是太過讓人沒臉；且顧家又不是破落戶，哪能由得尤家人如此踩低？

果然，顧華月忍不住，上前兩步要與尤景慧理論。

顧桐月眼疾手快地拉住她，笑意盈盈地瞧著得意洋洋的尤景慧。「多謝五表姊的賞，不過我已經有琉璃杯了，聽聞姊姊府上有水晶杯，不如賞給妹妹把玩吧！」

顧華月聞言，給顧桐月一個讚賞的眼神，隨即笑著對臉色微變的尤景慧道：「是呢，琉璃杯算什麼稀奇好玩的，我們家姊妹都有好幾套；倒是八妹說的水晶杯，我也很想開開眼，五表姊就賞給八妹吧！」

琉璃杯難得，但天然純淨的水晶杯更珍貴！

尤景慧臉上乍青還白，那套琉璃杯是她費了好大勁才得的，還在姊妹面前顯擺好一陣子，哪承想顧府姊妹竟然每人都有！還張口就要討水晶杯，那套水晶杯可是尤老夫人壓箱底的寶貝，平日裡連拿出來賞玩的機會都有限，她纏著要了好幾次，尤老夫人都沒鬆口，她們竟然敢……

「咱們是姊妹，說什麼賞不賞的。」尤薰風笑著站出來打圓場。「五妹這是與咱們開玩笑呢！八妹快來我這裡，這是咱們尤府最好吃的馬蹄酥，妳嚐嚐好不好吃。」

顧荷月見這事竟就這樣過去，沈鬱目光掃向笑盈盈的顧桐月，又要開口時，顧蘭月警告般地看向她。

顧荷月有些怕這個長姊，只得悻悻收回目光，低下頭，佯裝認真品茶。

這裡到底是尤氏的娘家，雖說她如今已有顧老太太這座靠山，也明白顧老太太非要她一道前來尤家的用意，可現在就她一個人，萬一鬧得太過，不等回顧府，尤氏便要收拾她，那就得不償失了。

不過，瞧著尤景慧憤憤盯著顧桐月的模樣，顧荷月的心情又好了點，得罪了尤景慧，以後顧桐月別想在貴女圈裡立足！

眾人見狀，復又說說笑笑，把事情帶過了。

這時，有個丫鬟急步走向尤景慧，在她耳邊小聲稟告。

原還有些陰鬱氣悶的尤景慧霍地站起身。「已經到二門了？快隨我去迎一迎。」說罷就要走。

尤家九姑娘在她身後追問：「五姊，是誰來了？」

「妳別管，跟妳沒關係。」尤景慧頭也不回地冷哼道。

尤十一姑娘嬌嬌一笑。「九姊可真笨，能入五姊眼的，除了東平侯府那位姚表姑娘，還能有誰？」

姚表姑娘？

顧桐月的心猛地一跳，姚嫣然來了?!

她腦中飛快閃過一個念頭，悄悄喚來香扣，湊近她耳邊吩咐幾句。

香扣會意，點頭去了。

尤景慧在二門處接到坐著馬車直入的姚嫣然，目光停在那輛四騎馬車上，露出豔羨之色。這原是東平侯府千金的車騎，如今竟也歸了姚嫣然。

「嫣然。」見姚嫣然扶著丫鬟的手下車，尤景慧忙收斂情緒走上前，親熱地挽著她笑道：「今天怎麼有空到我們府上來？我正盤算著，過兩日去東平侯府送年禮呢！若非侯府最近有喪事，我早過去找妳了。」

姚嫣然一身素白，外面亦是銀狐毛白底素色斗篷，她本就生得白皙貌美，在素色的映襯下，越發顯得嬌柔纖弱，美麗非常。

姚嫣然聞言，甚是歉疚地瞧著尤景慧。「我們府裡有喪事，原是不好過來，只是有些日子沒見妳，怪想念的，妳不會怪我太過唐突吧？」

尤景慧笑著迎她往裡走，莞爾道：「這是什麼話，我巴不得妳住到我們府裡來才好，怎會怪妳？」

姚嫣然露出放心的模樣。「我這樣也不好去見尤老夫人與長輩，因知道你們府裡的臘梅是滿京城最好的，想求幾枝送給姨母，可方便？」

「哪有不方便的。」尤景慧笑道：「我祖母與母親正招待我姑母，我們去臘梅園，正好安安靜靜地說話。」

「妳姑母？」姚嫣然想了想，問：「可是隨陽城知府顧大人赴任的顧三夫人？」

「正是呢！」尤景慧點頭，噘起嘴。「他們一家子都回京了，滿屋子庶女，我懶得與她們周旋，降低了我的身分。」

姚嫣然聞言，眉心幾不可見地皺了皺，嘴角卻依然掛著和煦的微笑。「妳說的也是，不過，這話在我面前說說便罷，旁人面前，可千萬別說。」

「那是當然。」尤景慧越發親熱地對姚嫣然笑。「我也只在妳面前提。說起來，我們尤府也有不少姊妹，可不知怎地，我竟覺得，妳才是我最親近的姊妹呢！」

「真的？」姚嫣然一副受寵若驚的模樣，眼眶似有些紅了。「原本靜靜在時，我還有個能說話的好姊妹，如今東平侯府只剩我一個，每次見別家姊妹相親，就羨慕得不得了……」

尤景慧握住姚嫣然的手，認真道：「好嫣然，快別傷心，雖然唐姑娘不在了，但妳還有我，我永遠視妳為最重要的好姊妹！」

姚嫣然回握住她的手，眼中思緒卻是難辨起來。

心不在焉聽著姑娘們說話的顧桐月瞧見香扣低眉垂眼、毫無聲息地順著牆走進來，雙眼頓時一亮，忙站起身。

「八妹？」顧華月疑惑地瞧著她。

顧桐月掩飾地笑道：「我去淨房一趟。」

尤薰風聽見，便要吩咐自己的丫鬟領顧桐月過去。

「三表姊不必管我。」顧桐月連忙搖手，微微紅了臉。「等會兒我想隨意走走，聽聞府上臘梅開得正好，我去給姊姊們剪幾枝回來，姊姊們自在說話就是。」

顧華月也有些坐不住，想跟顧桐月去剪梅花，但她許久沒見到尤薰風，有滿腹的話要說，便顧不上跟顧桐月瘋玩，應了聲好，轉頭又跟尤薰風說笑起來。

至於顧荷月，方才她諷刺顧桐月慣會拍馬屁後，尤府的姑娘們就對她冷淡了，甚覺無聊時，見香扣偷偷摸摸地走進來，顧桐月隨即站起身，眉頭饒有興致地挑了挑。此時見顧桐月扶著香扣的手往外走，腳步略急，眼珠一轉，便起身跟出去。

正與其他姑娘說笑的顧蘭月不動聲色地將顧荷月的興味收在眼底，瞥向身旁的百合。百合會意，向顧蘭月略福了福身，毫無聲息地追了出去。

第十七章　梅園偷聽

從暖閣裡出來，寒風一吹，顧桐月霎時從激動雀躍中冷靜下來。

剛才她是不是太忘形了？有沒有引起誰的注意？這般想著，便探詢地瞧了香扣一眼。

香扣會意，回頭一望，瞧見顧荷月扶著喜梅的手走出暖閣，遠遠跟在她們身後。

「姑娘，六姑娘也出來了。」

到底還是露了痕跡。顧桐月心頭一嘆，她想去瞧瞧姚嫣然，即便搭不上話也好；可顧荷月已起疑心，才跟著出來，她不好再妄動了。

「罷了，就去園子裡走走，挑幾枝梅花給姊姊們插瓶吧！」

香扣聞言，面上有些古怪之色。「方才我聽小丫鬟說，那位姚姑娘進來後，瞧見臘梅開得好，便與尤五姑娘去了園子。」

顧桐月愣住，一時失落、一時驚喜，簡直不知該擺出什麼表情來才好。

這算無心插柳，歪打正著吧！

主僕倆走進園子，尾隨在後的顧荷月見香扣果真引著顧桐月進了冬梅園，無趣地撇撇嘴。在她看來，臘梅美則美矣，可這樣冷的天，她還是更願意待在暖和的暖閣裡。

她在院門口站了站，見顧桐月認真地挑選臘梅，便轉身走了。

「奴婢瞧著前面的花開得不錯，姑娘可去那裡挑選。」隱隱聽見前方有說話聲傳來，香扣遂停下腳步，仔細理好顧桐月的披風。「奴婢去向人借剪刀來。」
顧桐月含笑點頭，滿意香扣這般聰明又謹慎的舉動。
待香扣離開後，顧桐月便輕手輕腳地循著聲音往園子裡走了。

另一邊，尤景慧將剪好的花枝遞給身邊的丫鬟，關心地問姚嫣然。「……妳瘦了不少，侯夫人的身體還沒起色？」
姚嫣然聞言，面露悲色。「姨母自生了赫表哥後，便落下病根，一直細細調養著，好不容易有了起色，誰知靜靜卻……」
「夫人視唐姑娘如珠如寶，遭逢噩耗，定然承受不住。」尤景慧心有戚戚地感嘆。雖然她瞧不上唐靜好那個不良於行的廢物，但她看得出來，唐靜好並不喜歡她。每次她去侯府，偶爾遇見，她總是居高臨下的打量目光令她非常不舒服，遠不及姚嫣然這般親切又隨和。
「嫣然，人死不能復生，不管是妳還是夫人，都得保重身體才是。」那殘廢死了就死了，省得玷污她心目中清貴高潔的謝公子。
想到謝斂，尤景慧面上一紅，期期艾艾道：「聽聞謝公子也因此大病一場，不知康復沒有？」
姚嫣然聞言，眸光一冷，瞧著假借尋找梅花、眸光閃爍的尤景慧，在她看過來前，垂下眼睫。
「前兩日，謝公子來侯府探望姑母，我在姑母身邊侍疾，恰巧見到他。他的臉色有些不好，想是還未痊癒。」姚嫣然低下頭，聲音漸低。「謝公子與靜靜自小相識，靜靜遇難，謝公子悲痛不已，曾說過要為靜靜守三年。這三年之內，不肯再訂親。」

說完，姚嫣然面上似有幽怨一閃而過，輕輕咬住了嘴唇。

尤景慧驚得瞪圓眼睛。「我本當是旁人誤傳，居然是真的！」

謝斂為唐靜好守上三年才肯說親，三年過後，她都十九了！

她費盡口舌才求母親暫且不要訂下她的親事，若要再等三年，母親定會打死她。

姚嫣然瞧著尤景慧不知所措的模樣，也有些難過，上前握住她冰涼的手。

「景慧，我知妳對謝公子的心意，但這樣的情形，怕是不能再等。即便妳願意，家中也不肯。」

尤景慧失魂落魄地看著姚嫣然，俏臉煞白，嘴唇輕顫。「可……可我……」

她對謝斂情根深種，難道就這麼放棄大好機會？

「嫣然，妳幫幫我，我求妳了！」

原本有唐靜好，她不敢妄想，東平侯府的威望與厲害不容小覷；可天隨人願，唐靜好死了，人都死了，她為什麼不能為自己爭取一次？

「景慧，我知妳心中難過，可這種事，我如何相幫？」姚嫣然微蹙眉，輕撫尤景慧的肩頭，滿臉不忍。「妳我這般交情，我作夢都盼著妳好，可婚姻大事，還是要聽父母的才行。」

說著，她輕嘆一聲。「妳與我不同，我不過是個無父無母的孤女，寄養在東平侯府罷了；但妳父母雙全，怎能恣意妄為？」

尤景慧聞言，失了神，靠在姚嫣然肩頭，茫然片刻，忽然道：「妳幫我問問他，倘若……倘若他肯，我等他三年。只要他點頭，我願意等！他會肯的！」

姚嫣然微微閉眼，唇畔譏諷的冷意一閃而逝，語氣依然柔和至極，彷彿躊躇，又有些不安，最後才似下定決心般道：「既如此，我便幫妳這一回；只是，成與不成，妳都不能聲張，不要向任何人提及，否則妳我的閨譽都要被毀！」

尤景慧連連點頭，彷彿只要姚嫣然一出手，這件事就能成功一樣！

她信任又感激地抱著姚嫣然。「嫣然，妳真好；若我……我們的事真能訂下，我一輩子感激妳。」

姚嫣然沒說話，只伸手拍拍尤景慧的肩膀，唇邊再次勾起幾不可察的冷笑。

一會兒後，尤景慧親自送姚嫣然到二門，看著她上車，又依依不捨話別好一陣，姚嫣然的馬車才緩緩駛動。

車簾放下，姚嫣然唇邊那溫和可親的笑容便倏地消失不見。

丫鬟戰戰兢兢將臘梅枝插在備好的花瓶中，見她兀自沈著臉，半晌不說話，便忍不住輕聲提醒。「姑娘，時辰不早，恐王爺已經等急了。」

姚嫣然咬唇，眸中似有不安，過了片刻才冷聲道：「還不幫我更衣？」

丫鬟不敢再說話，自暗格中取出一套與她身上衣料、款式相近的衣裙，服侍姚嫣然換好，又將她頭上的朱釵盡數取下，重新挽個丫鬟的髮型。

行至錦官銀樓，一個低頭垂目的小丫鬟從唐家馬車上下來，目不斜視，匆匆地走進去。熙攘人群中，有名穿著普通、長相普通，卻目露精光的男子緊盯著那抹嬌小身影，不過片刻，便若無其事地離開了。

從頭到尾，姚嫣然和男子都沒有驚動任何人。

錦官銀樓不遠處的天和茶樓，蕭瑾修正安然地喝著茶。

忽地，樓下傳來喧囂，他淡淡抬眼，一群衣著華麗、高聲談笑的公子哥兒正在茶博士與僕人們的簇擁下上樓。

走在最前方、正高談闊論的年輕公子目光一掃，發現了靠窗而坐的蕭瑾修，笑聲戛然而止，臉上神色微變，回身與其他公子們說了兩句，便趾高氣揚地走向蕭瑾修。

「你在這裡做什麼？」

蕭瑾修恍若未聞，只端起茶杯，輕嗅茶香。

「蕭瑾修，我在跟你說話！」那公子因為蕭瑾修的輕慢生了惱意。「果真是有爹生、沒爹養，好沒教養！」

蕭瑾修驀地抬眸，目光分外犀利，冷冷瞥著眼前的男子，寒氣頓生。「蕭瑾焱！」

蕭瑾焱被他那冰冷目光盯得心中發毛，忍不住倒退一步，口中卻不服輸地道：「真那麼不想當蕭家人，就不要姓蕭啊！滾回鄉下去……啊！」

剛才還在蕭瑾修手裡的茶杯直直飛向口出惡言的蕭瑾焱，重重砸在那喋喋不休的嘴上後，彷彿有生命般，又飛回蕭瑾修手中，且杯中茶水竟是一滴未灑。

與蕭瑾焱同來的那群人瞧見，俱目瞪口呆，看看神色冷漠的蕭瑾修，又看看以手捂嘴、哇哇大叫的蕭瑾焱，一時愣怔無聲。

蕭家的家務事，他們或多或少聽說過，為何蕭瑾焱如此忌憚蕭瑾修，他們也心知肚明，孰料蕭瑾焱這腦中無物的草包竟在大庭廣眾下如此侮辱蕭瑾修，就算蕭瑾修是泥做的菩薩，也要受不了。

更何況，蕭瑾修根本不是任人拿捏的泥菩薩！

能從屈居的不毛之地走出來，短短幾年工夫，做到四品御前護衛，深受武德帝看重，連定國公都幾次三番要蕭瑾修搬回定國公府，可見此人能力不俗。正因如此，感受到莫大威脅的蕭瑾焱才會如此忌憚蕭瑾修。

「蕭瑾修，你竟敢傷我！我……我跟你拚了！」蕭瑾焱在眾目睽睽下丟了這樣的臉，又痛又氣，就要衝上前揪住蕭瑾修，和他拚命。

「滾！」

蕭瑾修眼中冷意越甚，衣袖一甩，袖風所至，力道直如排山倒海，蕭瑾焱如何抵擋得住，只聽撲通一聲，已被摔到地上。

「大少爺！」一眾隨從慌忙上前扶起蕭瑾焱。

「你、你給我等著！」蕭瑾焱丟臉到家，顧不得跟同伴道別一聲，便由隨從扶著，一路踉踉蹌蹌地衝下樓。

其他公子們你看看我，我看看你，眉目轉來轉去，不敢多留，也追著蕭瑾焱離開了。

「小六，你這樣手下留情，蕭瑾焱非但不會感激，只怕惱羞成怒之下，會更恨你。」來人有雙閃亮的眼睛，英俊和煦的臉龐，因臉上帶笑，越發顯得氣質溫和、風度翩翩，渾身貴氣流露無遺。

蕭瑾修見了來人，忙要起身行禮，來人卻擺擺手。「不必多禮，坐下說話。」

「王爺怎會來此？」蕭瑾修不再多禮，待茶博士退下後，方才恭敬開口問道。

「滿京城誰不知本王乃是個大閒人。」來人正是有「閒王」之稱的英王，含笑望著神色恭謹的蕭瑾修。「本王閒來無事，隨意走走，逛累了，正想進來喝杯茶，不想就聽見吵鬧聲。都好幾年了，蕭瑾焱還處處找你麻煩？」

英王笑容溫和、言語隨意，但蕭瑾修依然恭敬有禮。「讓王爺見笑了。」

英王沈吟片刻。「小六是怎麼想的？本王聽聞定國公希望你回府，你這樣，莫非還是不願回去？」

蕭瑾修眸光微凝，淡淡道：「眼下這樣，也沒什麼不好。」

英王嘆氣，黑亮眸光卻緊緊盯著他。「可你到底姓蕭，原本該屬於你的東西，你要放棄，眼睜睜看著那些不成器的人霸占？」

蕭瑾修薄唇微勾，笑意一閃即逝。「該是我的，誰也搶不去。」

英王笑起來。「不錯，好男兒就該有這樣的血性，一味退讓，除了讓人欺上來打臉，半點用處也沒有。小六啊，有本王能幫得上的，不必與本王客氣，本王雖然能力不足，管管你家家務事，還是沒問題的。」

「多謝王爺。」蕭瑾修不再推拒，彷彿接受了英王的好意。

英王這才滿意地起身。「好了，本王歇夠了，不打擾你的雅興。改天有閒，來我府裡坐坐，本王剛得了些上好的醉海棠，知道你是愛茶之人，特意給你留了一點。先說好，可別嫌少啊！」

兩人又客套兩句，蕭瑾修才目送英王帶著一眾隨從離開。

另一邊，尤氏和尤老夫人說完話，便去了內書房找尤老太爺。

「父親，您看和哥兒學得如何？」尤氏見過尤老太爺，便迫不及待地問。

顧清和已經不在書房，想是與幾位年紀相當的表兄弟玩耍去了。

尤老太爺捋著精心打理過的鬍鬚，滿意地點頭笑道：「此子不錯，學問紮實，性子不急不躁，難得小小年紀便聰明持重、胸有溝壑，很好、很好。」

尤氏這才放下心，玩笑道：「既然您覺得和哥兒不錯，怎麼不多教教他，明年他就要下場呢！」

「不過一個秀才，對和哥兒來說，不過是探囊取物罷了。」尤老太爺對顧清和當真十分滿意，想了想，問尤氏。「之後可想過如何安排？是請夫子來府裡教授，還是前往學院讀書？是了，顧家有私學，但遠在江南，我想妳也捨不得將和哥兒送回江南吧？」

尤氏聞言，斂起笑，過去幫尤老太爺續茶，才在他示意下坐下回話。「這事正想請教父親，若有好先生，請回府裡來教和哥兒是最好；若沒有，還得煩您替和哥兒挑間好學院。」

尤老太爺端起茶盞淺飲一口，頓了頓，方道：「等這個年過了，我便打算上奏，請陛下允准我告老。」

尤氏大驚。「父親，可是您的身體……」

尤老太爺擺擺手，欣慰地對擔憂不已的尤氏笑道：「我身體無礙，只是咱們家升得太快，明年妳大哥任戶部尚書，咱們家裡一個大學士、一個六部尚書，妳大姪子也已經出仕，實在太惹眼些，我是時候退下來了。」也是為將來子孫鋪路的意思。

尤氏這才稍稍放下心。「陛下可會允准？」

「這兩年，我上朝的日子漸少，陛下心裡想必明白。君臣一輩子，能善始善終，也是緣分。陛下是豁達之人，這回必會允准的。」

尤氏便道：「您操勞半輩子，如今退下來含飴弄孫、享享清福，也是好的。」

「我這一退，顧從安怕要不高興吧？」尤老太爺瞧著尤氏，和藹面上流露出些許不滿。對顧從安，尤老太爺還是一如既往，存著偏見與不滿。

「您退您的，管他高不高興。」尤氏笑望他，如多年前還在閨中時般俏皮道：「您別盡想著我，我好著呢，兒女們的事還操心不完，誰有空理會他高不高興？」

尤老太爺瞧著尤氏絲毫不勉強的模樣，輕嘆一聲。「妳是尤家的女兒，父母兄長俱在，真受了委屈就回來。妳爹雖然老了，但還是護得住自己的女兒。」

「父親。」尤氏眼圈一紅，哽咽著開口。「女兒知道。」

父女倆感傷一回，尤老太爺便道：「等我退下來後，便把和哥兒送到我這裡來，妳看可使得？」

尤氏簡直受寵若驚。「父親的意思是……您要親自教和哥兒？」

尤老太爺兩朝為官，名下門生眾多，朝堂官員幾乎大半都是，可能得他親自教導、指點的卻不多，若顧清和能得尤老太爺親自教導，起點就比別人高出不少，於顧清和而言，自然是天大的好事！

尤氏眼睛又紅了，細細一想，就明白了尤老爺子的用心良苦——都是為了她！

尤老太爺從朝堂上退下來，顧從安嘴上不說，心裡肯定不舒服，他才調任回京，要倚仗尤老太爺的地方還多得很，但尤老太爺偏偏致仕，他能高興得起來？二來，她沒有自己的兒子，尤老太爺親自教養顧清和，不管是報恩，還是顧念手把手的教養之情，日後顧清和定然是她最堅實有力的依靠。

尤氏想明白後，眼淚洶湧而出，忙背轉身去，擦拭滑落的淚水，勉強擠出笑容，緩緩跪倒在尤老太爺面前，重重磕頭。

尤老太爺上前扶起她。「快起來，地上涼，莫要凍壞了。」

「父親，還有件事……」尤氏起身，猶豫片刻，還是開口問道。

「是太子的事？」尤老太爺何等精明，見尤氏猶豫不決、目光閃爍，就猜到是怎麼回事，忍不住輕哼一聲。「顧從安想知道，怎麼不自己來問我？倒要妳來開這個口！」

這也是他素來看不慣顧從安之處，一遇事就縮頭，將尤氏推出來，真是想想就有氣，當初應該硬下心腸，拒絕這門親事才是。

尤氏神色尷尬，唇邊笑意微微泛苦，扶著尤老太爺坐下來。「他就是那樣的人，您別跟他生氣；不為了他，便是為了您外孫女，我也是要問問您的。」

尤老太爺眉心一動。「華姐兒？」

尤氏點頭，笑道：「錦城巡撫黃大人家的公子，父親覺得如何？」

「黃玉賢？」尤老太爺沈默一會兒，眉頭漸漸鬆開。「黃大人忠直厚道，這些年越發得陛下青眼看重，年後便要進內閣，算得上本朝最年輕的內閣大學士，前程自然不錯。黃家那位公子，我見過一、兩次，是個難得的好孩子；只是……」

尤老太爺頓住，尤氏盯著他，一顆心都提了起來。「可有什麼不妥？」

「倘若要訂親，還是再等等較為妥當。」尤老太爺道。

尤氏一點就通。「黃大人與太子之間……」

「勢同水火。」尤老太爺肯定地說：「只是最終誰勝誰負並不好說，得再看看。」

尤氏頷首，心中立刻有了決定。

尤老太爺見狀，知曉自己的女兒雖是弱質女流，但心智和決斷都非其他後宅婦人能比，拿得起也放得下，便讚賞地微笑，岔開話頭。「這兩天，顧從安的任命就會下來，顧家二房怕又要鬧上一場。」

「我心裡有數。」尤氏笑道：「也該讓他們傷傷腦筋，我還有別的事要忙呢！」

父女倆絮絮說著，直到尤老夫人遣人來請他們入席，才一起出了書房。

另一邊，顧府知趣園中，秦氏打發娘家前來送信的僕人，怔怔坐在椅子上，半晌無言。

顧冰月見狀，想了想，走近秦氏，輕聲細語道：「娘親，看來此事已成定局，您莫要多想了。」

秦氏惱怒地扯著帕子，憤恨道：「怎能不多想？咱們秦家前前後後費了多少人脈和錢財，到頭來，那樣難得的空缺竟然落在三房頭上！憑什麼？」

「事到如今，您不接受這個事實，又有什麼法子？」顧冰月微微蹙眉。脾氣猶如爆竹一樣的秦氏，這些年順風順水，是仗著顧老太太與顧從仁的關係，倘若換了別家，這般不知死活地鬧騰，不知要吃多少苦頭。

以前三房不在京城也罷，如今回來，尤氏又是寸步不讓，且顧從安也上進，以後二房想再像從前那樣隨心所欲，只怕不行！

之前她還想著，父親可以跟三叔父爭一爭，讓二房往上走，也不怕得罪三房，是以才會去祠堂彈壓顧華月；但眼下變成這樣，以後怕是要想法子修補與三房的關係才好。

秦氏並不知道顧冰月心裡正做著什麼盤算，猶自紅著眼，恨恨道：「我們二房得不到，他們三房也休想，我定要他們竹籃打水一場空！」

顧冰月聞言，心裡更是無奈，只好任由秦氏發脾氣，不說話了。

開席時，尤府歡天喜地地猶如過年般熱鬧。

沒有外客在，也開了四桌席面。顧桐月與兩家姑娘們坐在一起，面上一直帶著微笑，心裡卻琢磨著方才在臘梅園的所見所聞。

「咦，五表姊上哪兒去了？」顧華月左右瞧了瞧，沒瞧見尤景慧的身影。

「方才五姊姊遣身邊的丫鬟過來，說是忽然覺得頭有些疼，就不過來了。」尤十一姑娘連忙道：「或許是方才五姊姊陪姚姑娘時吹了風，等會兒散席，咱們去看她。」

顧桐月輕嘆。尤景慧哪裡是受了寒？

沒想到尤景慧竟對謝斂抱持那樣的心思。也難怪，謝斂俊逸出色又才華洋溢，京中不少女子傾慕他，以前只聽姚嫣然玩笑般地提過兩句，卻沒放在心上，只道謝斂再如何出色，也比不上她的哥哥們。她極少出門，便是聽聞，也從未見過對謝斂心懷情意的姑娘們，自然不會多想。

謝斂放出要為她守三年的話。

尤景慧難以置信，央著姚嫣然去問謝斂。

還有，當時姚嫣然的神色。

顧桐月怎麼想都覺得不對勁，倘若之前謝斂與尤景慧沒有任何來往，尤景慧再大膽，又怎麼敢央著姚嫣然幫她傳話？還是這樣的話，倘若傳出去一個字，尤景慧這輩子就毀了，明知事情如此嚴重，可她依然這樣做，仗的是什麼？

難道，謝斂曾經給過她承諾？

這個念頭一冒出來，就再也消不去了！

顧桐月想起方才姚嫣然臉上一閃而過的冷峻與嘲弄……她記憶裡的姚嫣然，分明是乾淨單純，溫暖善良的模樣，怎麼樣也無法將今日的姚嫣然同過去與她形影不離的小姑娘聯結在一起。

如果剛才並非她眼花，那麼過去與她在一起的姚嫣然，始終都戴著單純善良的面具嗎？如果謝斂也不是表裡如一的謝斂……

顧桐月用力閉了閉眼。從前的她，到底是被什麼蒙蔽了眼睛？

「八妹，妳怎麼了？」坐在顧桐月身邊的顧華月皺眉瞧著她臉色蒼白的模樣。「莫不是剛剛去園子時也受了寒吧？」

「沒有。」顧桐月連忙收斂心神，朝顧華月笑笑，揀了塊蓮蓉糕放在顧華月碗裡。「四姊快嚐嚐，看外祖家的蓮蓉糕跟咱們家是不是一個味？」

顧華月心思簡單，沒有多想，當真細細品嚐起來。

顧蘭月卻似笑非笑地打量顧桐月兩眼，顧桐月被她盯得頭皮發麻，連忙也恭恭敬敬地揀了糕點放進她碗裡，擺出殷勤討好的笑臉。

「大姊，妳也吃。」

顧蘭月這才收回目光。

顧桐月頓覺鬆了口氣，又趕緊替顧雪月挾糕點。「三姊也吃。」一副活潑體貼的小妹妹模樣。

被有意落下的顧荷月瞧著顧桐月沒有給她糕點的意思，冷著臉哼一聲。

顧桐月只當沒聽見。顧荷月也是可笑，先前還當著眾人的面諷刺她是馬屁精，轉頭就要她像沒事人一樣把她當作姊姊愛戴，不是有病是什麼？

吃完飯，散席沒多久，顧從安便匆匆趕到了。

尤老夫人與尤老太爺見過他，便打發他們一家回去，理由是下雪路滑不好走。

顧從安有心想親近岳丈，卻瞧見尤老太爺不冷不熱的神色，心裡暗驚，不由看向尤氏。

尤氏正依依不捨地和尤老夫人及嫂嫂們道別，即便看到顧從安茫然不解的神色，也沒心思理會。

顧從安只得訕訕住嘴，不敢多言了。

一會兒後，顧從安與尤氏帶著兒女上車，幾輛馬車載著顧家人與尤府給的年節回禮離開，慢悠悠地駛回顧府。

車上，顧從安溫柔地攬著眼眶微紅的尤氏，安慰道：「如今咱們回京了，日後妳想見岳父、岳母，便能見著，何至於難過成這樣？」

「讓老爺見笑了。」尤氏按按眼角，對顧從安柔柔一笑。「剛才父親與我說起，這兩日老爺的調任就會下來，老爺無須再心急。」

顧從安聞言，鬆了口氣。「雖然衙裡的人也提及此事，但還是聽了岳父的話，才能放心得下。」

尤氏見狀，乘機說了尤老太爺預備告老的事，果見顧從安的笑容僵在臉上，心裡冷笑一聲，佯作不覺地繼續輕聲道：「父親辛苦多年，退下來也好；再說如今大哥進了一步，姪兒們又陸續出仕，尤家太過惹眼，也不是好事。」

顧從安皺眉。「話雖如此，可岳父深受陛下愛重，前兩年便要致仕，陛下不是壓著沒准嗎？說不定這一回……」

「父親的意思，這回陛下會允准的。」尤氏打斷他，只當沒察覺他眼中的不悅與深沈。「父親退下來後，想把和哥兒接到尤府，親自教導。我想著，此事要先跟老爺商量，所以還未定下……」

顧從安剛沈下來的臉色頓時變了，如陽光普照般晴朗燦爛。「這事，妳當時便該應下，能得岳父親自教導，是和哥兒莫大的福分啊！好，好！岳父退下來也挺好！」

尤氏將眼底的鄙夷隱藏好，笑看顧從安春風得意的模樣。「好與不好，我一個婦道人家哪裡知道？這是攸關和哥兒的大事，自然要先與老爺商量再說。」

「岳父學識淵博，在朝中又德高望重，門生眾多，這是天大的好事！」顧從安目光閃亮，捋著鬍鬚笑道：「不過，教一個是教，教兩個也是教，不如讓夏哥兒也跟著和哥兒去尤府，妳覺得如何？」

尤氏似笑非笑，瞧著將私心脫口而出的顧從安，抿嘴道：「老爺說得是，回府後，我便打發人去尤家傳話，想來父親不會拒絕。」

顧從安一見尤氏那表情，便知道自己說錯了話。尤老太爺夫妻待他冷淡，追根究柢，與他在陽城太過寵愛莫姨娘母子脫不了關係。回京之後，他暗自警醒，切莫再像陽城時那般行事，只是寵著寵著已成習慣，一有好事，還是忍不住想到莫姨娘母子。

倘若尤氏真派人去尤府傳話，以後他有沒有臉去見尤老太爺且不說，只怕他的仕途不會再像從前那樣順利了。

「夫人且慢。」顧從安輕咳一聲。「夏哥兒身子不好，該讓他好生休養才是，讀書勞心費力，等他好了再說。」

尤氏笑道：「我自然都聽老爺的。」順勢帶過此事，又將尤老太爺對於顧、黃兩家聯姻之事的想法告訴顧從安。

尤氏這般體貼，自然讓有些難堪的顧從安十分受用，聽了她的話，嘆道：「陛下還是顧念著父子之情，然而猜疑之心一旦起了，結果如何，真是不好說。咱們聽岳父的，這門親事先放放，反正華姐兒還小。」

「也不小了。」關乎自己的子女，尤氏再難做到方才的心如止水。「這年一過，華姐兒就及笄了。」

顧從安聽了，這才想起來。「華姐兒的生辰正是上元節，這及笄禮，妳打算如何辦？」不等尤氏回答，顧從安又捋著鬍鬚道：「依我看，得要大辦。咱們剛回京，夫人該跟各家女眷多來往，不如趁著華姐兒的及笄禮，好好熱鬧一番。」

尤氏點頭微笑。「老爺說得很是，蘭姐兒的親事……」說著，笑容僵了僵，很快又舒展開來。「自是不必我們操心，不過，三丫頭的親事，也該準備相看了。」

去年顧雪月已經行過及笄禮。在大周，姑娘家十二、三歲就該相看人家，準備訂親，但魏姨娘母女一向知情識趣，尤氏自然要回報一二，打定主意要回京擇個好人家，故而在陽城時，才沒替顧雪月訂下親事。

何況，顧雪月的年紀畢竟比顧華月大些，總得先說定她的親事，才好幫顧華月物色。

「咱們家姑娘多，是該早早相看。」顧從安頷首贊成。「這事交給夫人，我很放心。」

尤氏嗔道：「我可不敢全攬在身上，萬一走了眼，老爺還不跟我急啊！我可以先看看人選，成不成，還是要老爺定奪。」

這番話說得顧從安越發熨貼。「好好好，咱們的女兒，自然要咱們都點頭才行。」

尤氏也笑，被低垂眼睫遮住的眼睛裡，目光冷漠，不沾半點笑意。

他的女兒眾多，她的卻只有兩個而已。

第十八章　當街行刺

從尤府回來之後，香扣發現，顧桐月總有些心不在焉，時不時地發呆。

「姑娘。」香扣走進淨房，見顧桐月還如她方才離去時般坐在浴桶裡發呆，忙道：「該起身了。」

說著，她探手伸進浴桶，水已經涼了，忙又催促一聲。

顧桐月這才回過神，連忙起來。

香扣服侍她擦淨身子，穿好衣裳。「方才霜春姊姊過來傳話，這幾天夫人要準備各家年禮，顧不上姑娘們。年節須置辦的衣裳、首飾，夫人在春繡樓及錦官銀樓下了定，明日姑娘們便一道去量身裁衣，挑選首飾。」

顧桐月神色茫然地看著她，過了一會兒，彷彿才明白她的意思，慢吞吞地點點頭。「我知道了。」

香扣頓了頓。「姑娘，您沒事吧？」

顧桐月笑笑。「沒事。」轉身往外走，走了兩步忽然停下來，目光灼灼地看著香扣。「明日可以出門？」

香扣哭笑不得地瞧著她。「敢情奴婢方才的話，您現在才聽進去呢！」

顧桐月一掃之前的心不在焉，剛沐浴後的小臉帶著紅潤，黑白分明的大眼幾乎要發出光來，可見能出門這件事讓她有多麼高興。

只是，能出門又如何，她有什麼法子瞞過眾人，前往東平侯府？即便真讓她找到機會，又怎麼進得去？同理，謝府也一樣。她連唐家人與謝家人都見不到，還能做什麼？

想到這裡，顧桐月對於出門的期待與興奮便小了些，默默走回房間。

「八姑娘可歇下了？」外頭響起白果的聲音。

香扣忙迎出去。「白果姊姊，姑娘還未歇下。這麼晚過來，可是有什麼事？」

白果笑著進來，對顧桐月行過禮後，方將手中捧著的錦盒遞到香扣手中，脆聲道：「今日從尤府回來，夫人讓人給三姑娘送了幾支玉簪，三姑娘想著八姑娘呢，便讓奴婢給八姑娘送兩支來。三姑娘說，白日裡多謝八姑娘。明日要出門，奴婢就不打擾八姑娘歇息了。」

香扣聞言，忙放下錦盒，抓了一把錢塞到白果手中。

白果也不推辭，笑盈盈地收下，又對顧桐月行禮，才轉身離去。

顧桐月打開錦盒，是兩支成色不錯的海棠滴翠珠子白玉簪，笑了笑。見送白果出去的香扣回來，便把錦盒交給她。「收起來吧！」

香扣有些疑惑。「好好的，三姑娘怎麼給您送簪子來？」

「白果不是說了，這是謝我白天幫三姊解圍呢！」

香扣恍然大悟，白日裡顧荷月打賞顧雪月的事，可不正是顧桐月出聲解圍的。「我竟忘了。」又道：「夫人單給三姑娘玉簪，是為了安撫她吧！」

顧桐月點頭。「今日六姊的舉動，實在太過分些。」

大家都是庶女，為了凸顯自己在顧老太太那兒得寵，就這樣羞辱顧雪月，這般行徑，顧桐月也很看不上眼。

香扣收好錦盒，神色卻有些遲疑。正欲上床安歇的顧桐月瞧見，隨口問：「怎麼了？」

「今日在尤府，奴婢陪著姑娘進了臘梅園，又出來尋剪子，姑娘可還記得？」香扣定定神，輕聲問顧桐月。

「記得。」一想到臘梅園裡的所見所聞，顧桐月恍惚一下才回神。「可是有什麼不對？」

「當時六姑娘也跟了出來。」

「我曉得。」顧桐月點頭，那時她還後悔自己太過心急，露了痕跡。

「奴婢出園子後，看見六姑娘回暖閣，在抄手走廊的轉角處，跟一個少爺模樣的男子撞個正著。六姑娘離開後，那人還在後面站了半晌。奴婢心裡疑惑，便悄悄打聽，如果沒錯的話，當時在府裡的，只有尤五少爺，是尤大夫人所出的么子，眼下在青峰書院讀書。」

顧桐月蹙眉，這件事可大可小，如果顧荷月不是有心為之也罷了，萬一她是故意的……

「依妳看，六姊是故意，還是無意撞到五少爺的？」

香扣皺眉回想，半晌才道：「當時離得有些遠，又有廊柱遮擋，可奴婢想著，姑娘們剛到尤府，誰也不知道尤五少爺在府裡，不太可能有意撞上去。」

顧桐月也是這樣想，鬆口氣，笑道：「無意的就好，咱們這也太草木皆兵了。」

顧荷月真要存了進尤府的心思，以她這樣的心性，尤氏哪裡會肯？不說尤氏，只怕吳氏也要因此責怪尤氏，兩家結親不成，結仇還差不多。

那時，尤氏定會毫無聲息弄死顧荷月。她雖然不喜顧荷月，卻也不願看到這樣的結果。香扣也笑。「定是咱們想多了，六姑娘再厲害，也不能把手伸到尤府去。」

主僕倆相視一笑，瞧著時辰不早，各自歇下不提。

這幾日，尤氏忙碌起來，她雖陪著顧從安赴任多年，但自閨中起往來至今的人也不少，又逢年節，各家年禮須她費心安排，還得趕在年前舉辦宴會，宣告顧家三房返京，聯絡各家感情，光宴客名單就夠她斟酌半天。

故而顧蘭月等人要去京中有名的繡樓量身做新衣，尤氏自然沒空陪她們過去，只叮囑顧蘭月看顧好妹妹們。

顧蘭月原本不想出門，她的嫁妝還有幾針沒繡好。以為尤氏定會覺得嫁妝最要緊而答應她，不想尤氏卻勸她，難得妹妹們都回來，趁著年節前鬆快鬆快也好，嫁妝可以先放一放。

顧蘭月當即便有些疑惑，不過想著明年三月出閣，這真是在家中的最後一個年節，往後姊妹們怕也難得這樣齊聚，遂乾脆地應下。

顧桐月若有所思地悄悄看尤氏一眼，不過依尤氏的養氣功夫，自然什麼都瞧不出來。

不知忠勇伯世子的事情查得怎麼樣了？顧桐月有些擔心，即便真查出什麼，這婚事又豈是尤氏說退就能退的？

忠勇伯俞家不但有爵位，後宮裡還有個正得寵的賢妃娘娘，瞧著是鮮花著錦、蒸蒸日上的好人家，怕顧從安不肯退親呢！

顧桐月胡亂想了一通，想到最後也想不到，這親事真要退的話，該怎麼退，才能不得罪俞家。

三房的姑娘出門前，原也邀了長房與二房的姑娘。長房的二姑娘客客氣氣地拒絕了，說是要繡嫁妝。她也訂好了人家，婚期是明年年底。庶出的五姑娘向來以二姑娘馬首是瞻，說是還有幾卷書沒看完，也不能去。

讓人意外的卻是二房的七姑娘顧冰月，竟答應與大家去裁衣裳、挑首飾。

得到顧冰月的回覆時，顧華月想跑出去看看今天太陽是從哪邊升起來了。

顧桐月忍笑拉住她。「四姊，今兒是陰天。」

顧華月被顧桐月看穿心思，訕訕笑道：「我就是太驚訝了！她竟然答應跟我們一起出門，妳不覺得奇怪？」

是這樣沒錯，可顧桐月嘴上卻道：「大家都是姊妹，一塊兒出門逛逛，有什麼奇怪的？」

顧華月仍是百思不得其解。「總之這件事有古怪。」

「別胡亂猜了，妳就當七姊想跟姊妹們往來，旁的不必多想。」顧桐月眸光微閃，笑著安撫她。

依她瞧來，已經有些明白其中的蹊蹺。顧冰月此舉是真想跟三房的姑娘們交好，果然聰明，比秦氏識時務得多。

不一會兒，顧荷月在丫鬟、婆子的簇擁下款款而來。

「如今她已是老太太跟前的紅人，不好好服侍老太太，整天跟我們混在一起是什麼意思？」顧華月一見顧荷月就滿心不高興，她渾身的華麗氣派更讓人心裡發堵。「娘也真是的，做什麼派人去知會她？」

顧老太太似下定了決心要捧著顧荷月，一應吃穿用度都比照著顧蘭月的分例，她身上的精緻小襖是京城最流行的樣式，且一看便是連夜趕製出來的，一件就要不下百兩銀子，更別提頭上、身上那些朱翠環珮——這風頭簡直要將顧蘭月壓下去，更別提顧華月了。

「母親不這樣做，才會遭人詬病，道母親眼中容不下庶女，有意苛待呢！」顧桐月替尤氏辯解。「這也沒什麼，到時候她挑她的，咱們挑咱們的就是。」

顧華月這才不說話了。

姑娘們到齊了，去正院見尤氏。

尤氏抽空叮囑兩句，又加派粗使婆子與護院，吩咐他們好好照看，這才放行。

出門時，尤氏安排了三輛車，顧華月不想看見顧荷月，也不想跟顧冰月敷衍應酬，二話不說，拉著顧桐月上了其中一輛。

顧桐月原想著顧華月應該會跟親姊姊顧蘭月同乘，不想卻拉上她，心裡頓時有幾分感慨，這些時日的付出到底沒有白費。

顧桐月坐在車上，憶起唐承赫與她說過的京城地貌。

京城共有六十八街、一百零八巷，組成東市西坊。京兆西坊原是平民商賈聚集之地，原本只做些雜貨買賣，後來發展壯大，聚集越來越多人家與商鋪，形成了不比東市小的坊市。如今，西坊鋪子林立，匯聚各地特色風物，聽唐承赫說，還時有雜耍可看，已經成為京城最熱鬧的地方之一。

這次要去的春繡樓與錦官銀樓，恰好都在西坊。

顧府馬車一路直入西坊，顧桐月忍不住掀起車簾往外瞧。

顧華月看見，板著臉教訓她。「八妹，妳這般模樣太不成體統，快把簾子放下來。」

顧桐月瞧她一本正經的模樣，眼珠一轉，忽地驚呼，做出十分驚訝的表情。

假正經的顧華月立時撲過來。「怎麼了？有什麼熱鬧好看？」與顧桐月頭靠頭往外望去，卻只看見熙攘人群，並未有什麼有趣的事，不由狐疑地瞧向顧桐月。

顧桐月忍笑忍得很難受，見顧華月恍然大悟，就要過來整治她，忙忙擺手求饒。「好姊姊，我錯了、我錯了，饒我這一遭吧！」

「臭丫頭，如今膽子越發大了，連我都敢捉弄。」顧華月裝出凶神惡煞的樣子，撲上去撓顧桐月的癢癢。

姊妹倆好一番笑鬧，卻不敢太大聲，以防外頭的人聽了去。

另一邊，謝望也拉著自家長兄謝斂在西坊街上逛。

「大哥，難得出來一趟，好歹給個笑臉瞧瞧吧？」見謝斂一直板著臉，謝望不滿地道：「你可是陛下欽點的探花郎，是京城上下多少姑娘愛慕的心上人，如今板個臉，也不怕嚇壞了姑娘們。」

謝斂淡淡看謝望不正經的模樣，開始說教。「府裡事情一大堆，你不想著幫忙就算了，還把我拉出來，到底要做什麼？」

謝望仍舊笑嘻嘻的。「我這不是不忍見大哥深陷悲傷不能自拔，才帶你出來散散心。我傷還沒好，就帶你出來，這片拳拳愛兄之心，你感覺不到嗎？」

謝斂聞言，生出幾分氣悶、幾分無奈。「別鬧了，沒事回府待著，受了傷便安心養傷。就快過年，別再給家裡添麻煩。」

謝望面上黯然一瞬，隨即又笑開來。「是是是，長兄大人莫要再教訓小的，小的都知道。我這不是也想著要過年了，該替祖母與母親買些頭面、首飾什麼的嗎？」

謝斂神色稍霽。「你聽話些，別再四處惹禍，少跟那些狐朋狗友來往，就是給祖母和母親最好的年禮。」

謝望聞言，忍不住對天翻了個白眼，小聲嘟囔。「我也有正事做的好不好？」

「嘀咕什麼？」謝斂皺眉訓道：「一天到晚嬉皮笑臉，哪有半點世家子弟的模樣？」

謝望真是後悔不迭，自唐靜好去世後，謝斂整日鬱鬱寡歡，他才好心地拉他出來逛逛。早知拉著長兄出來耳朵要受這般折磨，寧死也不拉他出來。

謝望想著，不由有些洩氣，他自小生得可愛，不管是家中長輩還是外頭的人，見了他都喜歡得不行，唯獨長兄謝斂，每每見了他都沒好臉色。

偏偏，他誰也不怕，就怕長兄一人。

果真如唐靜好所言，這也算是一物降一物了。

想到唐靜好，謝望忍不住問：「大哥，唐靜好到底是怎麼死的？」

謝斂神情一變，臉色似乎比剛才更蒼白、更難看，冷冷看著滿臉好奇的謝望。「斯人已逝，還有什麼好說的。」

「我聽說她死得蹊蹺，或許我可以幫忙查一查……」

謝斂猛地停下腳步，目光定定鎖住謝望。「這件事，到此為止，我不許你胡亂插手。聽明白沒？」

見謝望又驚又疑地瞧著他，謝斂深吸一口氣，低聲解釋。「此事自有東平侯府去查，你去查算怎麼回事？說不定還會打草驚蛇，反而誤事。」

謝望恍然大悟。「大哥這樣說，我就懂了嘛。放心，我絕不私自插手。這麼說來，唐靜好當真死得蹊蹺？難道真是被人害死的？」

一見長兄沈下來的臉色及警告的眼神，謝望忙忙擺手。「好好好，我不說了。」

兄弟倆安靜下來，幾輛馬車從他們身旁緩緩駛過，其中一輛馬車裡有壓抑的輕笑聲傳了出來。

謝望耳朵一動，隨即去瞧那馬車上的徽記，小小的「顧」字落在眼裡，讓他忍不住勾唇微笑。

「果然是顧八。」

「什麼顧八？」謝斂在他身邊聽見，微蹙了眉頭問道。

謝望連忙打哈哈。「沒什麼。咦，前面就是錦官銀樓，咱們來都來了，去看看吧！」

謝斂不語，抬腳跟著謝望進了銀樓。

另一邊，顧府的馬車也在錦官銀樓前停下。

顧桐月與顧華月下車時，顧蘭月已領著其他妹妹站在門口，只等著她們。

顧華月有些心虛地與顧桐月對視一眼，方才她們在馬車裡鬧得厲害，以至於衣服、頭髮都有些凌亂，不想錦官銀樓一下子就到了，兩人在裡面互相整理了好半晌才下車。

顧荷月開口諷刺道：「四姊跟八妹在車裡睡著了？」

顧華月不理她，由著麥冬幫她整理帷帽，也伸手幫顧桐月理理披風。

顧桐月見顧荷月不敢瞪顧華月，卻使勁拿眼瞪她，便笑嘻嘻地說：「六姊真是我們肚子裡的蛔蟲，連我們在車裡睡著了都能猜到，好厲害呀！」

「妳、妳——」顧荷月氣得險些發火，這語氣彷彿是在恭維她，但意思卻全然不是這麼回事。

竟敢說她是蛔蟲，那是什麼噁心玩意兒?!

顧蘭月輕飄飄地看過去。「都給我收斂一點，這不是在府裡。」

顧荷月憤憤收聲，看向顧桐月，即便隔著帷帽也能感覺到那嗖嗖射過來的眼刀。

顧桐月討好地衝顧蘭月笑。「是，大姊，妹妹會注意，絕不會隨便壞了顧府的名聲。」

顧雪月抿嘴一笑。「大姊放心，八妹最乖、最聽話不過。」

顧荷月聽了，忍無可忍地冷哼一聲。當這些人在一處時，她根本討不了好，所有人都會向著顧桐月，全不拿她當一回事！

她緊緊捏著帕子。眼下一時的口舌之快不爭也罷，來日方長，總有一天，她能將這些人全都踩在腳底下！

一聲未出的顧冰月站在一旁，冷眼瞧著三房幾個姑娘之間的暗潮湧動，將一抹淺笑抿進嘴裡。

「大姊，咱們這就進去吧？」

顧蘭月點頭，帶著妹妹們進了錦官銀樓。

因是貴客，銀樓的夥計引著顧桐月一行上了二樓，便有打扮得乾淨俐落的婦人將先前尤氏訂的頭面、首飾送過來，又送上一些店裡時興的首飾，供幾個姑娘挑選。

待坐定後，顧蘭月便遣退來服侍的婦人，好自在挑選；又拗不過顧華月的廝纏，命香扣與桃仁出去買些姑娘們愛吃的點心過來，才與顧華月看起桌上的頭面。

雖說是尤氏給她們幾個訂了首飾，但顧桐月明白，須得等顧蘭月、顧華月挑選完，才能輪到她們幾個庶出的，故而一開始便跟顧雪月坐在一旁，不往前湊。

顧荷月卻管不了那麼多，目光灼灼地盯著桌上的華麗首飾，等顧蘭月挑了一、兩樣，便立時伸手去取她喜歡的紅翡翠頭面。

「我要這個，還有那個！旁邊那個也要……」

顧華月看不下去，伸手將她手裡的羊脂色茉莉小簪搶過來。「妳一個人全要了，三姊跟八妹都還沒選呢！」

她一邊說、一邊將小簪子塞到顧桐月手中。「八妹戴這簪子最好看，快收著。」

顧桐月心頭一暖，拿著簪子對顧華月粲然一笑。「謝謝四姊，我很喜歡。」

顧荷月心頭不滿，悻悻道：「桌上還有許多首飾，妳偏要搶我看中的，是什麼居心？」

顧華月不理她，眼疾手快，一時往顧蘭月懷中放個墜子，或者朝顧雪月手裡塞支步搖，甚至連她十分看不慣的顧冰月也得了一對水色極好的綠玉手鐲。

顧荷月瞧得眼睛都紅了，反正這屋裡也沒旁人，眼見桌上的頭面、首飾快要被顧華月分完，再顧不得許多，竟極其粗魯地往桌上一撲，將剩下的首飾全護在自己懷裡。

「這些都是我的！」

顧華月撇撇嘴。「我說六妹，老太太給妳那麼多好東西，犯得著跟我們搶這些嗎？」

顧荷月冷哼。「妳嫌好東西太多？我可比不得四姊，有母親明裡暗裡補貼，眼前這些，也就是我們這樣沒見過世面的庶女才眼紅呢！」一邊說，一邊吩咐喜梅跟冬梅將首飾收好。

顧冰月見狀，端起一旁的茶水淺啜一口，遮掩唇邊那譏誚的笑意。

果然是上不得檯面的庶女，什麼好東西，也值得爭得這樣面紅耳赤，幸而方才將銀樓服侍的婦人遣走，否則這事要是傳出去，她都沒臉出門見人！

她正想著，眼角餘光瞄見顧蘭月雲淡風輕地坐在那裡，端然微笑的氣派，彷彿沒瞧見眼前這場紛爭般，連忙坐直了，端正姿態，也露出如顧蘭月那樣的嫡女派頭。

顧桐月忍不住偷偷笑了，原來顧冰月真的在學她們大姊啊！家裡姊妹眾多，好像也滿有意思的。

顧桐月正瞧著熱鬧，剛才被遣去外頭給姑娘們買點心的香扣和桃仁走進來。

香扣在顧桐月身後站定，眼睛飛快掃眾人一眼，見沒人留意，方才飛快地小聲說道：「姑娘，謝公子在樓下，剛剛攔住奴婢問起您。」

顧桐月面上的笑容頓時消失不見，微微皺眉，表情泛起不悅及不安。

香扣口中的謝公子只有謝望那廝！

無緣無故，他問她做什麼？要是讓別人知道，她還活不活了？

她可不想做謝望的妾！

這般想著，顧桐月忍不住磨了磨牙。

香扣見顧桐月臉色難看，連忙道：「姑娘莫慌，謝公子是避著人問的，只問您是不是在樓上，奴婢怕惹人注意，並未與他多言，可能是他瞧見咱們府裡的馬車，故而有此一問。」

顧桐月面無表情地點點頭。「那便不必理會。」

只是，謝望行事荒誕，等會兒她們下樓，萬一他突然衝出來——這種事，他還真能做得出來。

顧桐月想著，不免頭疼，若謝望衝出來攔住她，該如何是好？一眼瞧見如同定海神針般坐在不遠處的顧蘭月，索性放心。有顧蘭月在，要是謝望敢亂來，自有她出頭打發他。

見首飾挑選得差不多，顧蘭月命人將東西收拾好，送往顧府，便領著妹妹們下樓了。

走到樓下，顧桐月不動聲色地察看一番，並未見到謝望的身影，這才悄悄鬆了口氣。

幾個姑娘正要登車前往春繡樓量身裁衣，忽地感覺到一陣騷動，街上行人竟沒頭沒腦地衝撞過來，口中喊著「有刺客」、「殺人了」之類的話。

姑娘們大吃一驚，顧蘭月忙忙對妹妹們喝道：「趕緊上車離開這是非之地！」

只是哪裡來得及，人群洶湧而來，如同浪潮般推擠著姑娘們，離馬車越來越遠。

慌亂中，顧桐月只來得及抓緊顧華月的手，在人群的衝撞下，竭力穩住身子。這時若被撞倒在地，下場便是被人群踩踏而死！

這一幕讓顧華月無法遏制地想起回京驛站中駭人的刺殺事件，彷彿再次感受到死亡氣息，驚駭地抓緊顧桐月的手，拚命往她身上貼。

顧桐月一邊隨著人群後退、一邊留意腳下不要被人絆倒了，還得注意顧華月，怕她不當心摔倒。

「四妹別怕，順著人群走就是，不會有事的。」

顧桐月的鎮定讓顧華月冷靜幾分，想著上次就是顧桐月救她一命，大大急喘一口氣。

「我不怕，可是大姊她們……」

這個時候，別說去找顧蘭月了，事發突然，她們一下子被人流擠散，眼下入目所及都是挨挨蹭蹭的人頭，烏壓壓一片，哪裡分得出誰是誰？

「大姊不會有事！」顧桐月斬釘截鐵地說：「我們先顧好自己……」

話音未落，她腳下突地一拐，猝不及防，整個人往後栽倒。緊要關頭，她放開了顧華月的手，不讓她被連累。

「八妹——」

耳邊只聽得顧華月甚是淒厲的叫喚，顧桐月身體急墜倒地，見無數隻腳出現在眼前，她絕望地緊緊閉上雙眸。

忽然，胳膊突地一緊，有人拽住她，順勢一拉，整個人重重撞上一道厚實的牆壁。

顧桐月被撞得頭暈眼花之際，卻聽見那「牆壁」裡傳出「咚咚咚」的聲響，這才恍然，哪是牆壁，分明是一堵活生生的「肉牆」。

看來她是逃過一劫了！

接著，顧桐月焦急地用目光四處尋找顧華月，只是茫茫人海，不過一瞬間工夫，就不見了她的身影。

「擔心妳姊姊？」熟悉的低沈嗓音傳來。

顧桐月驚訝地抬頭望去，便瞧見一張近在咫尺的俊臉。

「蕭、蕭公子?!」

「不用擔心，我已讓人去尋妳姊姊。」蕭瑾修護著顧桐月往人群外撤退，瞧見她髮髻散亂、小臉慘白，滿臉憂心忡忡，便輕聲道：「我先送妳去安全的地方，冒犯了。」

蕭瑾修人高腿長，說完便拉過黑色大氅，將顧桐月護得嚴嚴實實。

顧桐月原還不明白那句「冒犯了」是何意，隨即感覺腰間一緊，一條鐵臂般的胳膊緊緊箍住她纖細的腰，讓她整個人貼到他身上，眼前忽然一片漆黑，嗅覺與觸覺越發敏銳起來。

蕭瑾修身上有好聞的杜若香氣，絲絲縷縷縈繞鼻端，讓她慌亂不已的心驟然安穩下來，僵硬的身子跟著放鬆，但口中卻悶悶逸出一聲小小的痛呼。

前些年，這具小身板因為失於調養，瞧著不過十歲的模樣，胸前更是半點動靜也沒有；但在這段時日的精心調養下，該有動靜的已經有了動靜，平日裡稍不注意，連穿衣都會摩擦生痛。方才被他那麼一按，她初初隆起的雙乳貼在他堅硬如鐵的胸膛上，痛得她忍不住哼出了聲。

蕭瑾修察覺到異樣，正想問她是不是傷著了，卻發現她的雙手搭在他肩頭，僵硬著上半身，將彼此的距離推開了些。

「別亂動，當心掉下來。」蕭瑾修沈聲警告一句，加快腳步，在人群中左挪右閃。

顧桐月的臉忍不住紅起來，幸而大氅密密實實地遮擋著她，倒不必擔心被人看去。

她一生兩世人，從未與男子如此靠近，即便與謝斂，也是發乎情、止乎禮。謝斂曾說，並非他不想親近她，只是他萬般珍視她，容不得旁人說她半分不是，讓她無比感動……

想到謝斂，顧桐月面上泛起的紅暈慢慢褪去。

她僵住身子不敢動，不能一味把心思集中在她與蕭瑾修的尷尬姿勢，也不能去想謝斂，只得去想別的事情。

顧桐月的思緒轉到方才混亂的場面，不由一凜。青天白日，天子腳下，竟有人當街行刺引發混亂！主使者是誰？被殺的又是誰？

她聽見周圍不時傳來的驚呼與慘叫，心知此次無辜受害的百姓定然不在少數，當今皇帝愛民如子，只怕京兆府尹的官位要丟了；還有負責京城安防的五城兵馬司，必也難辭其咎。臨近年關，竟發生這樣的大事，朝中官員怕是不好過年，也不知會不會影響顧家。還有東平侯府，唐承宗這個鎮國將軍也清閒不了，肯定被委以重任；還好唐家聖眷隆重，不然因此事落得一頓申飭，是少不了的。

顧桐月正胡思亂想間，耳邊忽然聽到一道有些發緊的嗓音大聲喊著她——

「顧八！」

第十九章 痛心難過

顧桐月回過神，這才發覺蕭瑾修已經停下來，並且放開了她。

除了剛才喊她的聲音，周圍居然很安靜，忙七手八腳掀開蕭瑾修裹在她身上的黑色大氅，發現他們正身處在一條安靜的小巷子裡。

喊她的人，竟是謝望。

顧桐月顧不上理會面露著急、正打量她的謝望，目光落在跌跌撞撞被他拉進來、面無人色、表情倉皇的姚嫣然身上。

昨天才在尤府看到她，沒想到今天又遇見了。

此時，姚嫣然形容狼狽，銀白素面錦緞厚披風髒得不成樣子，上面黏著菜葉泥水，還有好幾個明顯的腳印；髮髻散亂，烏絲胡亂垂落，珠花釵環全不見蹤影，不知是被擠掉，還是讓人趁亂偷走了。

她雖被謝望救下，卻神色焦急，不停往巷口張望，彷彿在找什麼人。

顧桐月還欲再看，謝望已經走到她跟前，目光往她身上快速一掃，見她毫髮無傷，才笑起來。

「顧八，咱們又救了妳一回，要不是我們，這會兒妳已經被踩成肉泥了。」

謝望得意洋洋邀功的模樣，實在有些礙眼。

顧桐月忍了忍，還是沒忍住。「謝公子，救了我的是蕭公子，跟你有什麼關係？」

謝望大言不慚。「我跟六哥從不分彼此，他的就是我的，他救了妳，等同於我救了妳。」

「胡說八道。」顧桐月沒好氣地低斥一聲，因混亂中不小心扭了腳，這時仍有些痛，讓她不得不扶著牆壁才能站穩。

蕭瑾修沒理會他們鬥嘴，吩咐謝望。「你在這裡待著，我過去看看。」

「六哥當心。」謝望提醒道：「我過來時，那邊已經起火，想是要毀屍滅跡。」

蕭瑾修點頭，匆匆跑出小巷子。

顧桐月瞧著他的身影走入人流，走幾步後，就再也看不見了。

她的心無端揪了下，蕭瑾修這麼厲害，應該不會有事才對；又一想，這人再厲害，也被她撞見了好幾次受傷的樣子，心裡暗暗祈禱他平安才好。

「怎麼，擔心六哥？」謝望朝顧桐月走近兩步，抱胸靠在她扶著的那面牆壁上，勾唇一笑，露出幾分慵懶與邪氣。

顧桐月忍住翻白眼的衝動，只瞧向姚嫣然。「她是不是受傷了？」

姚嫣然並未將顧桐月放在眼裡，此時仍舊引頸往外張望，一副擔憂心急的模樣，顧不上先收拾自己的儀容。

她身邊的丫鬟、婆子也被沖散，她這般焦急，是不是在尋她們？

謝望順著她的目光瞧向姚嫣然，撇撇嘴，正要說話，就見姚嫣然雙眼一亮，朝巷子口小跑兩步。
顧桐月和謝望轉頭看去——
小巷裡多了兩個人，因為遭遇剛才那番混亂，兩人中的男子不掩狼狽，但依然清雅俊俏，長身玉立。
他消瘦不少，煢煢孑立，猶如一株孤零零的修竹。
謝斂，他竟這樣猝不及防地出現在毫無準備的她面前。
顧桐月扶著牆壁的手指根根收緊，目不轉睛緊盯謝斂，呼吸漸重，驟然放大的眼珠慌亂地顫動。
四下彷彿更安靜，彷彿連風聲都停止，只剩她的心跳聲格外清晰，讓人不安！
顧桐月眼睜睜地看著謝斂走近，忽略了跟在他後面、踉蹌著朝她疾奔過來的顧華月。
「八妹！」
直到聽見顧華月驚喜的呼喚，顧桐月才回過神來。
站在她眼前的男子，真的是謝斂！
她的……唐靜好的未婚夫！
她已經有兩個多月沒見到他。
顧桐月紅了眼睛，目光瞬間模糊，又立時變得清晰。
「八妹，嚇死我了！」顧華月撲上來，又哭又笑地抱住她。「剛才我差點以為這次活不了，差點就要被人踩死了！八妹，妳怎麼樣？怎麼不說話？」

對面的謝斂似有所覺，抬頭看過來。

對上顧桐月愣呆的神色，他眉頭微皺，隨即收回了目光。

顧桐月心頭一痛，謝斂那看陌生人般的冷漠目光，令她幾乎無法呼吸。

她正暗暗難過，竟見姚嫣然一個箭步衝過去，神色似激動、似歡喜，情急之下，居然抓住了謝斂的手。

謝斂愣住，卻沒有立即揮開她的手。

「斂哥哥，你沒事吧？」姚嫣然急急問道。

謝斂回神，眉頭皺得更緊，泛起幾分氣惱之意。他飛快看向顧桐月與顧華月，顧桐月已經垂下眼，顧華月抱著她，兩人似未留意到他們的樣子，這才收回拂開姚嫣然的手，輕聲道：「我沒事。」

他頓了頓，又問姚嫣然。「妳怎麼出來了？」

姚嫣然面上流露出幾分委屈和不甘，咬咬唇，揉著帕子輕聲道：「靜靜還在時，姨母在錦官銀樓幫靜靜打了幾套頭面，靜靜去世後，姨母一直傷心著，這兩日想起這件事，讓我過來瞧瞧。」

謝斂神色稍緩，正要說話，便聽見不遠處顧華月驚恐的聲音。「八妹，妳怎麼不說話？可是嚇壞了？」

顧桐月黑白分明的雙眼裡泛著血絲，有些思緒在她心底翻攪，攪得一顆心支離破碎。

顧華月抬頭，瞧見她眼眶發紅，卻忍著淚水不肯落下，眼珠黑得驚人，看似脆弱，神色卻憤怒異常。

顧華月嚇壞了，她從沒見過這般激動的顧桐月，一時間忍不住，失聲喊了出來。

「我……我沒事。」顧桐月深吸一口氣，聲音沙啞。「看到四姊平安，我太高興，高興得說不出話來，幸好四姊沒事。」

這瞬間，顧桐月眼底的光沈了下去，目光裡再無憤怒，只剩絕望。

原來，私底下，姚嫣然竟是這樣稱呼謝斂的！

原來，姚嫣然對謝斂抱著這樣的心思！

她看他的眼神，有愛慕、有擔憂，全不似假。

姚嫣然分明跟她說過，謝斂心思深沈莫測，為人太過冷清，不是良配。

呵，好一個不是良配！

而謝斂，在姚嫣然抓住他的手時，第一個反應不是拂開她，而是作賊心虛般地看向她跟顧華月！

從前，這兩人對彼此視若無睹，後來，姚嫣然甚至會在謝斂過來時，主動迴避，他們之間的稱呼，是「謝大公子」與「姚姑娘」。

可剛才他們那短暫的接觸，那句脫口而出的「斂哥哥」，那幾句輕聲細語，卻分明透露出兩人不同尋常的熟悉與親密！

原來，從前那些都是假的嗎？是為了蒙蔽唐靜好的假象！

顧華月覺得這時的顧桐月實在有些奇怪，明明在笑，可眼裡卻半點笑意也無；說話一如既往的輕聲細語，她卻聽出了咬牙切齒的意味。

「當真沒事？」顧華月忍不住追問。

顧桐月用力深吸一口氣，將謝斂與姚嫣然拋諸腦後，不再去看他們。

「我只是有些擔心大姊她們，不知眼下情形如何？對了，四姊是怎麼過來的？」

顧華月聞言，隨即被轉移了心思，面上升起一絲紅暈，轉過頭看謝斂。

「是謝大人救了我，若非謝大人及時抓住我，只怕……」

回想起剛才的事，顧華月俏臉煞白，甚至忍不住輕顫了下。

因為那陣騷亂，顧華月被人群擠出老遠。她衣著華麗不俗，又生得俏麗美豔，竟被人販子盯上，幾人把她逼到角落，就要將她打暈帶走。

危急關頭，也被人流擠到那處的謝斂瞧見了，便救下她來。

「這還真是有緣。」謝望輕佻的聲音響起，笑道：「我們兄弟倆救了妳們姊妹，世間怕再難遇到這樣的巧合了。顧八，妳說是不是？」

顧桐月暗驚，方才她全副心思都放在謝斂與姚嫣然身上，竟忽略了就在不遠處的謝望！

剛才，她……應該沒有失態吧？

可是連顧華月都看出她不對勁，何況是謝望？

謝望表面吊兒郎當，看似輕浮不可取，實則心思細膩。她還記得，唐承遠曾無意間同她說過，其實謝望心思縝密，更甚謝斂，若非不是彼此相熟，他都要疑心謝望是不是假借性子拓落不羈的表相，來麻痺世人……

謝望一直沒說話，那方才她的一舉一動，是不是都落在他的眼裡？他又會怎麼想？

一時間，顧桐月心亂如麻，不由避開了謝望探究般的目光。

「什麼有緣，這話可不能胡說。」姚嫣然柔聲開口。「謝大哥本就是古道熱腸之人，今日就算遇到別人有危險，也會仗義相助。謝二少爺，有緣、無緣的話，在這裡說說就罷了，如果讓旁人聽去，不論是對謝大哥，還是對那位姑娘，都是不好的。」

謝望聽了，似笑非笑地瞧著姚嫣然，忽地冷嗤一聲。「姚嫣然，妳還沒成為我的嫂子，就開始對我說教，是不是太心急了些？」

此話一出，姚嫣然飛快紅了臉，彷彿羞澀，又像委屈，卻又含了期待，幽幽看向謝斂。

「謝大哥，你看他……」

「好了！」謝斂皺眉瞪謝望，警告道：「不要胡言亂語，姑娘家閨譽要緊，豈可拿來隨意說嘴？向姚姑娘道歉！」

姚嫣然聞言，眸中閃過一絲失望，勉強笑笑。「謝大哥不用這樣認真，想來謝二公子只是開玩笑，我不會放在心上。」

謝望卻不領情，似十分討厭姚嫣然，撇嘴冷笑。「妳是不是很失望？這要不是玩笑該多好，對吧？」

謝斂再忍不住，驀地沈聲喝道：「謝望，道歉！」

謝望眸光閃閃，看看泫然欲泣的姚嫣然，又用眼角餘光瞥向面無表情的顧桐月，倔強地抿緊唇，不開口。

顧華月瞧著眼前這一幕，有些不安地與顧桐月咬耳朵。「八妹，這件事是不是因咱們而起的？」

「不是！」顧桐月輕聲而堅定地回答。「與咱們無關，四姊就當看了場熱鬧，不要胡亂插手。」

如果可以，現在她只想離他們遠一點。她要好好整理思緒，姚嫣然跟謝斂，他們是怎麼回事？又到了哪一步？更甚者，她的死，是不是跟他們有關？

這場背叛幾乎讓她否定了唐靜好那短暫的、以為還算美好的一生。

深情溫柔對她訴說將一生珍惜她、只有她不會有任何人的謝斂。

單純善良，永遠以崇拜、敬佩之色仰望她，說視她為世上最親最親之人的姚嫣然……

倘若真是背叛，過去的唐靜好簡直是個睜眼瞎子！

顧桐月的話，顧華月向來信服，聞言竟真把眼前事當成熱鬧看起來。

顧桐月瞧著她興致盎然的模樣，只差讓人送上茶水點心，一時有些哭笑不得，卻也因此沖淡了她心頭的憤怒與焦灼。

可是，顧桐月明白，再待下去，這般面對著謝家兄弟與姚嫣然，她將無法控制住自己。

「四姊，外頭像是平靜下來，是不是沒事了？」

「妳們待在這裡別動，我出去看看。」

謝望直起身，深深看了低垂著頭的顧桐月一眼，轉身快步往巷子口走去。

過了一會兒，他折回來，道：「京兆府跟五城兵馬司的人已經趕來，亂局已被控制住。」

顧桐月聽了，顧不上腳傷，拉著顧華月便往外走。「四姊，我們快去找大姊她們。」

謝望攔住她。「妳們的護院、下人都不在身邊，這時候出去可不是明智之舉，萬一再遇到惡人或人販子，嘖嘖……」

顧華月聞言，頓時嚇得花容失色，腳下彷彿生根般，再不肯挪動一步。

「八妹，我們再等等；不然……不然請謝公子幫我們找找大姊她們，不然找到我們的護院也好。」

剛才她真是被嚇破了膽，即便隔著厚厚衣裳，也能感覺到那些髒手留在她肩頭、令人噁心的溫熱與痕跡，越發不敢邁出腳步。

顧桐月一時進退兩難，她也知道，就這樣走出去，會遇到不必要的麻煩。她與顧華月的容貌太過出色，若遇到心懷歹意之人，下場肯定十分淒慘。

可她實在不願意繼續待在這裡，看著姚嫣然一個接一個的眼波旁若無人地送向謝斂。

謝斂對此是何反應，她根本不敢去看。

正遲疑間，她聽見謝斂與謝望同聲開口。「在這裡等著，我去把妳的下人帶過來。」

謝斂的話，自然是對姚嫣然說的。

姚嫣然柔柔應聲。「好。」目光纏綿又溫柔，依依不捨地看著謝斂。「你要小心點。」

顧桐月咬咬唇，微微抬眼看去，瞧見謝斂正大步往外走去。

那道挺直如修竹的背影，她看了很多年，從他還是瘦削少年，一直看到他長成英俊挺拔的男子。

她看了他這麼多年，卻從未像這次一般，讓她這樣難過、這樣痛心。

待謝望與謝斂離去，巷子裡只剩顧桐月、顧華月以及姚嫣然。

姚嫣然回頭，瞧見顧桐月望著謝斂的背影怔怔出神，神色複雜，讓她心中警鈴大響。

原本她不覺得如顧桐月這般還未及笄的小姑娘會是威脅，然而有謝斂那句要為唐靜好守三年的話，讓她不得不多想——三年後，這小姑娘該及笄了，謝斂這般風姿，如果小姑娘當真上了心，豈不也是一樁麻煩？

這樣想著，姚嫣然瞧向顧桐月的目光便帶上了不悅與不善。這小姑娘生得實在太好，還未長開，就已讓人移不開眼，三年後不知會長成何等絕色。

姚嫣然暗暗發狠，她必須杜絕一切的可能跟意外，謝斂只能娶她！

「不知兩位姑娘是京中哪一家的？等會兒望哥兒要是沒能找到妳們家的人，我便讓斂哥哥送送妳們，可好？」

姚嫣然微笑著開口，笑容雖親切，眼底卻隱有倨傲與戒備。

顧桐月微微低頭不說話。

顧華月看看顧桐月，見她沒有要出聲的意思，想了想道：「我們是鴻臚寺卿顧大人府裡的，我們剛跟父親從陽城回京。」

顧從安的正式任命還沒下來，顧華月再不曉事也明白，戶部侍郎之稱，現在只能在家裡說說，絕不能在外人面前宣揚。

姚嫣然恍然大悟，看向顧華月的神色便親近了幾分。「妳們的母親，不會正好是顧三夫人吧？」

「正是。」顧華月的反應也不慢，想到昨日突然去尤府的姚表姑娘，剛才聽謝望喊她姚嫣然，她又跟謝家兄弟相識，自然猜到她就是東平侯府那位表姑娘，不過這時還是要佯裝不知道。「不知姑娘是哪家府上的？」

姚嫣然微微抬起下巴，輕柔笑道：「我是東平侯府的。今日在這裡遇到兩位顧姑娘，也是咱們的緣分，日後若有機會，說不定還能時常見面。

「我比兩位姑娘虛長些，若不嫌棄，叫聲姚姊姊也使得，往後有事，有用得上我的地方，派人去東平侯府說一聲，也不算辜負今日這番緣分了。」

這話聽起來又真誠又感人，可顧桐月卻滿心不自在。

姚嫣然不過是寄養在東平侯府的表姑娘，那口吻卻似東平侯府就是她家一樣，那驕傲自豪又高人一等的口氣，不禁讓顧桐月懷疑，眼前這個當真是與她相處了十年之久的小表妹？

她還記得，姚嫣然曾滿面淚痕、楚楚可憐地在她面前哭訴，說她不過是個寄人籬下的小孤女，日日惶恐不安，心酸難言。她還勸著她，只管把東平侯府當成自己的家，有誰敢對她不好、不敬，只管告訴父母兄長便是。

彼時，姚嫣然感動得淚涕漣漣，直說她不敢……

從前她不敢，如今，她倒是敢了。

這些年來，姚嫣然雖是表姑娘，實則一應吃穿用度與唐靜好沒有半分差別；不說底下的僕從奴婢，連兄長們都將她當成親妹子看待，有好吃、好玩的，只要有唐靜好的，必會有姚嫣然一份。而姚嫣然一向乖巧懂事，這時承歡於痛失愛女的唐侯爺夫妻膝下，兩人將一腔愛女之情轉移到她身上，也有可能。

如此想來，姚嫣然以東平侯府的姑娘自稱，倒不難理解。

只是，顧桐月心頭卻無端有股被鳩占鵲巢的憤怒，怎麼也排解不出去。

不過，姚嫣然這番話，顧華月只當客套話聽聽，並不當真，聞言笑道：「姚姊姊人生得美麗，性子也好，我們姊妹能認識妳，是我們的福氣。」

這話一出，惹得顧桐月忍不住側目看向顧華月。

沒想到她也會奉承外人呢！

顧華月脾氣傲嬌，除了尤氏與顧蘭月，連顧從安也很難聽到她的奉承，顧桐月還以為她根本不屑於此道，沒承想做起來竟半點不勉強。

顧華月被顧桐月若有所思地盯著，有些不自在，悄悄掐了她一把，才逼退那意味深長的目光。

姚嫣然並未留意她們姊妹之間的眉眼官司，溫和笑道：「我聽妳們方才跟望哥兒說話，竟是相識的？」

顧華月立時警覺起來，含糊回答。「以前在陽城時，黃夫人帶謝公子來顧府做客，曾見過一面。」

她與姚嫣然並不熟悉，只是聽過而已，倘若姚嫣然不懷好意，從她們口中套話，說出去壞了顧家姑娘的閨譽，就不好了。

顧桐月見顧華月應對自如，並未被姚嫣然牽著鼻子走，便放心地不出聲，只在旁邊看。

姚嫣然彷彿沒瞧出顧華月的警戒姿態，依然含著笑意。「望哥兒性子向來拓落不羈，任性妄為慣了，我們府與謝府算得上是世交，如果望哥兒曾得罪過兩位姑娘，我在這兒替他向妳們賠個不是。」

說著，她當真盈盈屈膝，對顧桐月姊妹行了一禮。

顧華月見狀，呆呆地瞧著她，有些回不過神來。

顧桐月心裡卻冷笑不止，方才謝望說姚嫣然想做他的大嫂，還真沒冤枉了她！替謝望賠不是？一個東平侯府的表姑娘，以什麼身分來替謝望賠不是？

唐靜好啊唐靜好，連謝望那廝都看出姚嫣然那昭然若揭的心思，枉她自認不蠢，卻未發現過一星半點兒不對勁之處。

還沒出事前，謝望曾來府裡，不小心撞到她，似笑非笑、似嘲非嘲，輕佻地罵她一聲「笨蛋」。

她氣急，讓丫鬟推輪椅，追著謝望罵了半天。

謝望果然沒有罵錯，她可不就是個眼盲心盲的笨蛋！

見顧桐月姊妹被她的舉動震住，姚嫣然滿意地笑笑，想必她們已經明白她的言下之意。她不怕她們將這話拿出去說嘴，憑著唐家跟謝家的交情，就算別人聽見，也不會覺得奇怪，反正兩家好得如同一家，就算有覺得不對的，頂多只能說她有些逾越罷了。

沒等多久，謝斂先回來了。

他帶回姚嫣然的兩個丫鬟，也領著馬車過來。

姚嫣然大喜，矜持有禮地對顧華月與顧桐月點點頭，便由丫鬟扶著上車，並不耽擱，馬車緩緩消失於兩人面前。

少了一個人，顧華月覺得有些害怕，所幸沒多久，麥冬和桃仁，還有香扣跌跌撞撞地跑進了巷子。

見到兩個主子，三個丫鬟俱是雙腿一軟，癱在地上，竟起不來，又哭又笑。

與香扣相比，麥冬、桃仁的腿更要軟得多。

與顧華月分散後，兩人驚怕欲死，若找不回顧華月，或顧華月出事，護主不力的罪名，她們無論如何也逃不了。原以為必死無疑，這時看到顧華月好端端地站在那裡，猶如同時在天堂跟地獄裡走了一遭，頓時生出逃出生天的慶幸。

一會兒後，三個丫鬟終於定了神，忙起身過來扶各自的主子，嘰嘰喳喳問個不停，得知只有顧桐月扭傷了腳，顧華月毫髮無傷，才重重鬆口氣。

「姑娘別擔心，謝公子臨走前見過大姑娘，大姑娘會派人套車來接咱們，且等一等，很快就能回府了。」麥冬與桃仁細心整理顧華月有些凌亂的衣裙。

「大姊她們沒事吧？」顧華月與顧桐月異口同聲地追問。

麥冬忙道：「事發之時，大姑娘與三姑娘等人和奴婢們被擠回錦官銀樓，掌櫃當機立斷關上大門，所以沒事；唯有姑娘與八姑娘不見蹤影，大姑娘急得不得了。」

「大姊她們沒事就好。」顧華月唸了聲佛，放下心，又問麥冬。「可知到底發生了什麼事，怎麼突然之間發生暴亂？」

「奴婢聽聞，說是有人刺殺朝廷命官，殺人不說，還放了一把火。」麥冬也不甚了解，疑惑道：「可依這種節氣，又濕又冷，火應該燒不起來。」

顧華月直點頭。「是呢，昨晚才下了好大一場雪。八妹，妳說這是不是有古怪？」

顧桐月想了想，道：「想必是起火的屋宇被人事先淋了助燃之物。」

桃仁點頭，解了疑。「八姑娘真是聰明，奴婢們離起火之處有些距離，還能聞到桐油的氣味呢！」

顧桐月聽著，腦中浮起謝望說的那句「毀屍滅跡」，想到去抓刺客的蕭瑾修，忍不住有些擔心。使出這般手段者，定是窮凶惡極之人，若蕭瑾修對上他們，定然十分危險。

她第一次看見蕭瑾修，他躲在顧府的橫樑上，地上有血跡，想是受了傷；第二次在大慈寺中，她親眼看見他跟許多黑衣人對上；第三次，他身受重傷出現在顧府，逼她幫他找來止血藥……

這個人，好像總是在以身犯險。

她正呆呆想著，便聽顧華月揪著桃仁追問：「……妳們瞧見什麼了？什麼要緊的事情竟然吞吞吐吐的？快說出來！」

顧桐月忙收斂心神，便聽桃仁吞吞吐吐地說：「那個……忠勇伯府的俞世子，他……他身邊帶著凝香館的花魁娘子。」

顧華月差點跳起來。「什麼?!」隨即驚疑不定地看著顧桐月，湊過去小聲問：「妳不是說他有斷袖之癖？怎麼又跟花魁娘子在一處？」

顧桐月也覺得莫名其妙，想了想道：「有些人大概是男女都喜歡吧！」

顧蘭月與忠勇伯府的親事最後到底會如何，顧華月也不知道，此時心亂如麻。

「這……尋常男子逛青樓，也不是什麼奇怪的事，不是說很多人非得去那等地方才能文思泉湧，寫出好文章來嗎？就是有些不成體統罷了。」

顧桐月明白，顧華月想在下人面前遮掩，是為了顧蘭月的顏面，但——

她深吸一口氣，問道：「可是大姊撞見了？」

顧華月這才啊了聲，急著問：「大姊是不是氣壞了？」

麥冬聞言，忍不住嘆了口氣。「俞世子與花魁娘子也是被人擠進來的，或許是受了驚嚇，花魁娘子沒多久就嚷著肚子疼，這下大家都知道，那花魁娘子竟有了身孕。」

「啊?!」不說顧華月，連顧桐月都傻了。「有孕了？」

桃仁含糊接話。「不過，當時避進銀樓的人很多，俞世子並沒有看見我們，大姑娘也沒有上前追問。」

當然不能上前！不提那花魁是什麼身分，不值得顧蘭月去興師問罪，且她還未過門，上前理論，只會笑掉別人的大牙。

顧蘭月的未婚夫婿在大庭廣眾下帶著青樓的花魁娘子逛，已經惹人非議，更別提還讓她有了身孕；若讓花魁娘子把孩子生下來，顧蘭月還沒進門呢，難道就要先有庶子女了？

忠勇伯府也太沒規矩了！

「後來呢？」顧華月緊張地繼續問。

「待外頭安靜後，俞世子便帶著花魁娘子慌慌張張地離開，應該是去找大夫了。」

顧華月拉住顧桐月的手。「這該怎麼辦才好？」

顧桐月抿唇。「這件事，一定得告訴母親。」

接下來的事，就不是她們可以管的了。

顧華月完全沒了主意，不停地唉聲嘆氣。「大姊還不知道俞世子背地裡做的那些齷齪事吧？如今親眼看見，心裡不知難過成什麼樣子。」

顧桐月心想，顧蘭月難過是一定的。

如果查出來，俞世子的確如傳言那般下流惡劣，尤氏勢必會退親，絕不肯讓顧蘭月去過那種表面風光、內裡悲慘的生活；更何況，今日還讓顧蘭月撞見這種難堪的事。

可是，這樣一來，顧家及顧蘭月難免會淪為京中人家茶餘飯後的話柄。

對顧桐月而言，這些閒話跟顧蘭月的終身幸福相比，根本不值一提，但顧家其他人不會這樣想。顧蘭月的幸福與顧家的臉面，他們要顧全的，定然是臉面。

並非顧家人個個無情，顧桐月明白，無論是哪家，都寧願犧牲一個女兒來保全家族名聲或利益。

連尊貴如顧蘭月或許都無法掙出別的出路，庶出如她，到時不要被家裡拿來當成顧家男人們進階的犧牲品，就要謝天謝地了！

顧桐月想著，不禁咬牙，臉色瞬間變得很難看。

香扣瞧著她的表情，只當她腳傷難忍，低聲安撫道：「姑娘且再忍忍，府裡的馬車就要到了。」

顧華月聽見，連忙關切地問：「八妹的腳可是痛得難受？」

「四姊別擔心，我還忍得住。」

兩人正說著，就見巷子口有一輛馬車停下了，有人匆匆從馬車上下來，正是顧蘭月身邊的丫鬟百合。

見顧華月與顧桐月都好好的，百合也長長鬆了口氣，與香扣等人扶著兩個主子上車。

馬車駛到錦官銀樓，與焦急的顧蘭月等人會合後，顧不上多說，眾人匆匆登車，飛快趕回顧府。

第二十章　東宮太子

顧府裡，尤氏等人早得到信。

雖然長房的姑娘沒出門，但劉氏是當家主母，自然也擔憂不已。秦氏憂心如焚，跟尤氏、劉氏在二門等著，焦急地伸長了脖子，不住往外看。頭一回，她跟尤氏待在一塊兒，卻沒心情說話刺她。

三人終於瞧見馬車駛來，尤氏與秦氏再站不住，急步往前迎去。

劉氏跟著過去，轉頭問身邊的嬤嬤。「大夫可請來了？」

就算姑娘們沒受傷，肯定也受驚了，先請大夫來，正是她這個當家主母的細心妥貼。

嬤嬤點頭。「大夫已經進府，只等夫人吩咐。」

劉氏頷首，秦氏帶著哭腔的聲音便傳來了，一陣「兒啊」、「肉啊」的叫喚，可見她的擔心與緊張。

劉氏聽見，暗自慶幸自己的女兒沒有一道出門，免了這遭罪，但聽著秦氏這般號哭，她的心又高高提了起來，莫非顧冰月出了什麼不得了的事？

不及多想，她忙快步過去察看。

這時，尤氏眼睛也泛紅，一手牽著顧蘭月、一手扶著顧華月下馬車。

劉氏見姊妹倆安好無恙，稍稍鬆一口氣，上前關心。

得知除了顧桐月扭傷腳，其他幾個姑娘只是受到驚嚇，並無大礙，劉氏才徹底放心，暗暗埋怨秦氏大驚小怪，害她以為出了大事。

待姑娘們全下車後，劉氏便張羅著讓她們先回屋，又讓人傳大夫替她們瞧瞧。

將事情有條不紊地安排完，劉氏才逮著機會，回知懷園歇口氣。她剛坐定，就見女兒顧葭月扶著丫鬟的手走過來。

顧葭月長相肖劉氏，不似顧蘭月姊妹那般絕色，卻也清秀娟麗，舉止大方。她見劉氏滿臉疲色，面上便顯出擔憂來。

「娘親可是累壞了？快喝口茶壓一壓。」

女兒這樣體貼懂事，劉氏心中熨貼，喝了口茶，拉著女兒在身邊坐下。

「幸虧今日妳沒出門，不然娘親也要嚇壞了。」

「遇到這種事，的確很可怕。」顧葭月接過劉氏手中的茶杯，又把手爐遞到她懷裡。

劉氏見狀，越發疼愛地瞧著她。「可不是，妳那二嬸嚇得面無人色，當著下人的面，就抱著冰姐兒號哭起來，不知道的，還當冰姐兒怎麼了呢！不過，妳三嬸倒還撐得住，光這點，妳二嬸就不如她。」

顧葭月點頭贊同。「三嬸的確極為難得，大姊像極了她。」

「府裡姊妹遇到這樣可怕的事，妳該去關心關心。」劉氏欣慰地瞧著她。顧葭月冰雪聰明，她從不擔心，唯有這性子委實太過清冷疏離了些。「誰也不知日後是什麼光景，與府裡姊妹交好，就算沒有好處，也沒有壞處不是？」

顧葭月乖巧地點頭。

劉氏笑著道：「這就去吧！」

顧葭月應下，告退後，自去探望其他姊妹不提。

知趣園裡，秦氏摟著顧冰月坐在床上，一迭聲地催促下人趕緊將安神湯送過來。她親手餵顧冰月喝了安神湯，瞧著顧冰月發白的臉龐，又流了眼淚。

「我可憐的冰姐兒，定然嚇壞了吧！」

顧冰月瞧著母親這番做派，翻過來倒過去地哭她如何受驚吃苦，心裡不由有些膩煩。

「娘，您別再哭了，您這樣，不知道的人，還以為我怎麼了呢！」

「說的這是什麼話！」秦氏見自己的心意不被顧冰月接受，眼淚流得更凶。「娘這是為了誰？還不是擔心妳！今早妳出門前，我的眼皮就一直跳，叫妳別跟著三房那些人出去，妳偏不聽，瞧瞧，一出去就遇上這樣凶險可怕的事，幸好妳平平安安，不然我還活不活了？」

瞧著秦氏聲淚俱下、萬般傷心的模樣，顧冰月心頭嘆息一聲。「好了，您別哭了，我這不是好好地回來了嗎？」

「那妳答應我，以後再不跟三房那些掃把星一塊兒出門。」秦氏擦著眼淚要求。

顧冰月張張嘴，嚥下到了嘴邊的嘆息，面無表情地垂眸。「好，我答應您。」

秦氏破涕為笑，又摟著顧冰月一陣「兒啊」、「心肝啊」的揉搓。「真是娘的乖女兒！」

顧冰月閉上眼，唇畔逸出一抹苦笑。

唯有完全順著她，她才是她最愛的乖女兒。

知暉院西廂裡，顧桐月的腳踝已經上了藥，隨著香扣輕扶的力道躺下，長長地吁出一口氣來。

「姑娘喝了安神湯，就瞇一會兒吧！」香扣幫她掖好被子。「方才夫人囑咐，您只管安心養傷，老太太那邊，她會讓人過去說一聲；不管老太太那裡還是夫人那裡，這幾天都不用去請安。」

「我知道了。」顧桐月閉上眼，有些疲憊地說道，忽然想起一事，立即又坐起身。

不知蕭瑾修怎麼樣了，有沒有遇到危險？

她有心想打聽，可一來她困於內院，二來沒有人手，倘若不留神讓人發現她打聽外男，定然又是一場風波。

這般想著，顧桐月的心慢慢低落，在香扣疑惑的注視下，躺回床上。

「沒事，今日妳也累壞了，讓巧妙過來伺候，妳下去歇息。」

香扣眸光微閃，巧妙的爹娘都在知懷園裡當差，顧桐月這是要在府裡伸手的意思？連忙應聲去叫巧妙，沒有任何不悅。

巧妙很快過來了，瞧見顧桐月的腳傷，便紅了眼，眼淚汪汪道：「這些日子，姑娘清瘦不少，奴婢真是難過；都怪奴婢沒在您身邊服侍，不然哪能讓您受這些罪呢！」

顧桐月的確瘦了些，卻非因為下人服侍不周，而是開始長個子的緣故，巧妙這席話，自是在排擠香扣。

顧桐月只當沒聽出來，笑著道：「妳在這裡守著，我先睡一會兒，醒了再與妳說話。」

巧妙見狀，自是會意，悄悄退出了房間。

正院裡，尤氏放鬆身子靠在軟榻上，叫來霜春問道：「大姑娘可睡下了？」

霜春聽了，叫小丫鬟過去瞧，小丫鬟很快便跑回來稟報。「繡樓裡的燈亮著，大姑娘還未歇息呢！」

尤氏聞言，坐起身，命霜春拿來厚毛披風幫她披上。

「夫人，有什麼事，明日再與大姑娘說也使得。」霜春勸道：「外頭又下雪了，天黑路滑，何必非得急著走這一趟？」

尤氏搖搖頭。「反正我也睡不著，過去跟蘭姐兒說說話。」便帶著霜春出去。

這會兒，顧蘭月還未歇下，怕是存了心事睡不著。

顧蘭月回府後，俞世子的事便傳到了尤氏耳裡。當時，尤氏打量顧蘭月，發現她的表情有些不對勁，哪個姑娘家會不在意婚姻大事？且俞世子又是那樣的人，不由暗暗擔心。

其實，這日午間，尤氏已經接到尤老夫人派人送過來的信，看完後，決定退親！

但在退親之前，她覺得需要試探顧蘭月對這門親事的想法。

尤氏主僕一上樓，便瞧見顧蘭月擁著錦被、半靠在床頭，手裡拿著繡花綳子，只是心思不在那上頭，半晌才繡上兩針。

「今日可是嚇壞了？」尤氏拿走顧蘭月手上的繡花綳子，柔聲問道。

顧蘭月坐起身。「母親怎麼過來了？妹妹們也受到驚嚇，可都還好？」

「已經問過了，她們都好。」尤氏頓了頓，道：「銀樓裡的事，我都聽說了。蘭姐兒，妳心裡是怎麼想的，能跟母親說說嗎？」

顧蘭月聞言，不自在地迴避尤氏的目光。「這種事，在世家子弟裡，不是很常見嗎？只是那個女人跟她肚裡的孩子……」

她咬了咬唇，問尤氏。「若是母親，該當如何？」

「此事便是鬧到忠勇伯府，也不過兩種結局。」尤氏輕聲道：「或將那妓女遠遠送走，或墮了她腹中孩兒；若是下手重些，直接將那妓女打殺了也有可能。」

此話一出，顧蘭月驚得瞪圓雙眸，一時半刻竟說不出話來。

好一會兒後，顧蘭月垂下眼簾，低聲說：「這就算是交代了？我不欲傷人性命，那該怎麼辦？」

「大戶人家中，這樣的事情太多了，一床大被蓋下來遮掩一切，是慣用的手法。俞家如果做到這種地步，顧家也不好再揪著這件事不放；除非……」

「除非什麼？」

「除非退親！」說到這兩個字，尤氏屏息凝氣看著顧蘭月，不放過她面上任何的變化。

顧蘭月聞言，心頓時一沈，想起今日臨出門前尤氏讓她慢些繡嫁妝的話，那時便有了不好的預感，不由深吸一口氣，用探詢的目光看向尤氏。

「母親此言，必有原因。」

見顧蘭月未曾因此驚愕失色，隨即鎮定下來，尤氏心頭更加欣慰，卻也更心疼顧蘭月，心裡生出幾分自責。

於是，尤氏微紅了眼眶，把尤老夫人查到的消息說給顧蘭月聽。

「那俞世子表面光風霽月，人品甚高，背地裡卻喜變童小倌，甚至凌虐，還特地弄了座宅院，裡面豢養著他命人從各地買來的小男孩。

「每個月，那宅院裡都會抬出一、兩具小孩的屍體……這件事，俞世子做得隱秘，又極會遮掩，故京城中竟是少有人知；就算有知情的，礙於宮中的賢妃娘娘，也不敢聲張。」

顧蘭月聽了，臉色慘白，揪著被子的雙手緊緊握成拳，手背上的青筋清晰可見。

「怎、怎麼會這樣？」她原以為，今日所見已是十分不堪，孰料背地裡還有這些令人髮指的齷齪行徑。

尤氏見狀，心疼不已，展開雙臂將顧蘭月擁入懷中，拍撫她的後背，輕聲安撫。「這事要不是……府裡下人在回京途中偶爾聽到謝府少爺說起，只怕咱們就要被蒙在鼓裡了。」

尤氏沒將尤老夫人與顧桐月說出來，是怕顧蘭月日後面對她們時會不自在。

等顧蘭月平靜些，尤氏又道：「聽妳大伯母說，這樁親事，乃是妳二伯母一力促成。」

顧蘭月本就冰雪聰明，尤氏一點撥，便明白過來。

「您的意思是，二伯母是故意的？她、她要毀了我？」

顧蘭月又驚又懼，簡直難以置信，比起俞世子的可恨，親人的惡意更讓她難以釋懷。

二房與三房的確不睦，但再怎麼樣，她也相信尤氏不會做出毀害顧冰月一輩子的事來。

秦氏……她也是母親，她還叫了秦氏這麼多年的二伯母……

可為了報復尤氏，秦氏竟如此心狠手辣！

「忠勇伯府三老爺的夫人，同樣出自秦家，據說是秦家的庶女。那位夫人住在忠勇伯府裡，俞世子是個什麼樣的人，她會半點都不知情？而且，妳大伯母親口告訴我，妳二伯母與她是有來往的。」

原本，尤氏並不願意讓女兒過早見識到這些陰暗之事，但之前顧華月說得沒有錯，如果現在不將她知道的教給她們，非要等到她們像她一樣四處碰壁、滿頭是血才好嗎？

當年，是父母太過保護她，將她嬌養得天真不知世事，後來才受了許多罪。她當然想把兩個女兒護在自己的羽翼下，可她知道，讓她們在她無法伸手保護她們時，擁有自保的能力，才是最要緊的。

顧蘭月聞言，覺得全身的血似被冰凍了，忍不住瑟瑟發抖，連齒根都感覺到徹骨寒意。

「現在該怎麼辦？」她再沈穩有主見，也不過是個十六歲的姑娘，面對一輩子的重要大事，一時惶惑起來。

尤氏擁著顧蘭月，安撫她。「妳只要告訴母親，妳是如何想的，接下來的事，交給母親就好。」

顧蘭月想也不想，直接道：「我不要嫁給他！」

尤氏偏頭，側臉被燈光暈成一道剪影，嘴角微彎，以輕柔卻帶著不容人質疑的力道，一字一字慢慢地說：「那我們就退親！」

東宮。

鋪著色彩鮮亮的厚厚短絨地毯上，戰戰兢兢跪了一地太監、宮女，連頭也不敢抬，聽著裡間傳出來的打殺聲，越發臉色慘白、兩腿發顫。

剛才已經有三個太監鮮血淋漓、氣息全無地被抬出東宮，他們生怕自己會是第四個被抬出去的。

直到東宮屬官太子詹事匆匆趕來，大家才稍稍鬆了口氣。

「臣見過太子殿下……」

不等詹事行完禮，正大發雷霆的太子便急步走到他身邊，厲聲喝道：「西坊那邊是怎麼回事?!不是交代你們要謹慎，怎麼還鬧出那麼大的動靜？這是覺得本宮在父皇面前還不夠為難是不是?!」

今年太子已是三十有五，自小的錦衣玉食與養尊處優，並沒有將他變成大腹便便的中年男人，甚至比起一般同年紀的男子，顯得更蒼白、瘦削些。

此時，太子指著詹事厲聲質問，面目扭曲猙獰，陰鷙眼裡全是惱恨之色。

「殿下息怒。」詹事忙彎腰賠罪。「是臣等的錯，臣任憑殿下發落，萬望殿下保重身體！」

「保重身體？」太子眼裡燃燒著無盡怒火，猛烈得幾乎可以燒毀整座東宮。「一群廢物！出了這樣的事，還被人抓個正著，你叫本宮如何保重?!」

「殿下，這次咱們怕是被人算計了。」詹事躬身站著，不敢直起身。

他也覺得苦，口苦、心苦到處都苦，可這時候，他卻不敢叫苦。

「還用你說！」太子怒火滔天，若不是眼前的人頗得用，定也要命人打殺了！

「去查，無論如何也要把人給本殿查出來！本殿倒要看看，是誰敢這麼明目張膽地跟本殿作對！」

「臣這就去辦。」

詹事應下，本該轉身去辦差，卻停了停，出聲提醒向來剛愎自用的太子。

「殿下，東宮怕是有細作，不然怎會咱們剛動手，之後就有人放火焚屍，將這件事鬧得沸沸揚揚，繼而驚動陛下？」

御史臺有個剛正不阿的老御史，老跟太子作對，成天上奏說太子草菅人命、殘暴不仁，專橫跋扈、暴戾恣睢。

從前，武德帝聽了，尚且維護太子一二，近來卻對太子冷淡許多，甚至責令太子除夕夜前往皇陵罰跪。

於是，太子心頭火起，怎麼樣也消不下去，才命他們殺了老御史。

此事並不難辦，只須靜悄悄將人殺死在府裡就行了；誰知太子一刻也等不了，曉得老御史有上茶樓喝茶聽戲的習慣，便冒險策劃，打算在茶樓上毫無聲息地毒殺他。

孰料，太子的人正要動手，不知從哪裡鑽出幾名黑衣刺客，一進門便大肆屠殺茶樓裡的人，趁亂捅殺了老御史不說，更是當場放火，引發今天這場驚心混亂。

顯然地，這是有人得知了太子的打算，便張了這樣一張大網等著他們。

誰都知道太子為人小器、睚眥必報，老御史慘遭橫禍，不管是誰，第一個想到的凶手，定然是太子無疑！

且不說老御史，茶樓裡那些無辜被殺，以及在混亂中傷亡的百姓，還不知有多少人。

這件事一上報，武德帝當場就砸了硯臺。

太子聽了詹事的話，表情陰鷙，眼神冰冷而狠毒。

「給本宮細細地查！敢背叛本宮，本宮定要將他碎屍萬段、挫骨揚灰！」

另一邊，某座小院裡，雪地與綠竹相映，顯得綠竹更綠，雪地更白。

寒風乍起，茶煙輕揚。

石桌旁，兩道身影相對而坐。

一人烏髮白衣，頰若削玉，眉目清俊，氣質翩然出塵，身上的白色披風暈了層冬日陽光的微黃，彷彿帶著一絲暖意。

另一個人，著黑色勁裝，只在衣襟處繡著古樸花紋，神情冷冽，眼眸如寒星般璀璨，未束好的髮絲隨風飄動。

「西坊的事，你已經知道了？」

白衣男子素手輕揚，取下紅泥小爐上的茶壺，將滾燙的水注入黑衣男子面前的茶杯中。

黑衣男子神色恭謹地扶了扶茶盞，抿嘴道：「多謝殿下。」

白衣男子輕笑出聲。「小六，你我相識有多久了？」

原來，黑衣男子正是剛才出現在西坊救了顧桐月的蕭瑾修。

蕭瑾修微愣，張口便答。「約莫已有十年之久。」

「是啊！」白衣男子喟嘆一聲。「你我相識已有十載，但面對我，你還是這般謹慎無趣，真是怎麼說也改不了。」

蕭瑾修輕聲回道：「禮不可廢。」

白衣男子並非普通人，是武德帝之子——寧王。

「罷了、罷了。」寧王甚是無趣地擺擺手。「你這冷冰冰的性子，也不知道哪家姑娘受得了，你的婚事還沒有著落，要不要本王提醒父皇，請他為你指一門親？」

「多謝殿下關心，我已經稟過陛下，陛下答應給我三年時間。」蕭瑾修不疾不徐地說道。

寧王聽了，神色微動，笑道：「可見父皇對你的器重。也是，三年工夫，足夠讓你風光回到定國公府了。」

蕭瑾修輕抿薄唇，端起茶盞淺飲一口，沒有接話。

「自老定國公仙逝後，定國公府便一代不如一代。」寧王嘆息。「如今蕭氏在京城這支，竟只有寥寥幾個子弟入朝為官，還只是六、七品而已，只做些不緊要之事；若非有爵位支撐著，這烜赫一時的勛貴之家只怕早就……難怪定國公一心一意想要你回國公府。不過，你那二叔──」

如今的定國公是老定國公的第二個兒子，也是蕭瑾修的二叔。

說到如今的定國公，寧王忍不住搖頭，卻不好當著摯友的面說他家長輩壞話，遂及時岔開了話。

「小六，我在父皇面前雖然無甚地位，不過，若你有煩難之處需要幫忙，儘管開口。」

這回，蕭瑾修並未與他客氣，點頭道：「好。」

寧王這才笑開來，抬手拍拍蕭瑾修的肩頭。「今日你來找我，可是因為西坊之事？」

「是。」蕭瑾修直言道，沈沈目光凝視寧王。「太子想要毒殺老御史，有人將計就計，放火燒樓焚屍，將此事弄大，引發混亂，造成百姓傷亡慘重。此事鬧到御前，陛下甚為惱火，已宣了靜王、英王與康王入宮，只怕很快就會有太監來宣王爺。」

寧王聞言，眨了眨眼。「你的意思是，父皇要徹查這件事？他心裡……還是想維護太子殿下？」

「靜王與太子勢如水火，英王、康王蠢蠢欲動，陛下全都看在眼中，這次，他們勢必會請旨接下這差事；若陛下還未捨棄太子，便不會選他們。」

寧王一怔，隨即苦笑。「這是要推我出來查案了。小六，你怎麼看？」

「現在殿下還不宜出頭。」蕭瑾修淡淡道。
「太子未倒，靜王勢大，英王、康王不容小覷，我接下這差事，查到太子頭上，便是得罪太子；查到其他人頭上，便是得罪他們，果然不宜出頭，只是父皇堅持，我如何推託？」
蕭瑾修垂下眼，不說話。
寧王見狀，拍拍額頭，兀自苦笑兩聲。「罷了、罷了。」
說完，他脫下厚披風，寬衣解帶，脫到僅剩中衣、褻褲才停手。此時，他已經凍得面青唇白，瑟瑟發抖，寒風一吹，連打了好幾個噴嚏，渾身不對勁。
「王爺受苦了。」蕭瑾修瞧著寧王再不復方才優雅如仙人的姿態，輕聲開口道。
「別以為我沒瞧見你眼裡那幸災樂禍的笑……蕭小六，你就是個沒良心的！」寧王抱緊雙臂，口齒不清地罵道，連眼睛都有些紅了。
蕭瑾修站起身，一本正經地說：「雖然這裡離皇城最遠，不過此時傳旨太監應該要到了，希望他們過來時，王爺已經病倒，不然這苦便白吃了。」
寧王已經凍得說不出話來，朝蕭瑾修揮揮手，示意他趕緊走，不要留在跟前礙眼。
蕭瑾修轉身出了寧王府，卻沒有立刻離開，躲在府外不遠處的巷子裡。
過了一會兒，宮裡的傳旨太監果然捧著聖旨前來。
蕭瑾修見狀，唇角幾不可見地勾了勾，這才毫無聲息地離開。
另一邊，知暉院的東跨院裡，專心養傷的莫姨娘終於能起身了。

見顧荷月平安歸來，並無大礙，她便讓采青、采藍幫她細細梳妝，一遍遍瞧著銅鏡裡依然風姿綽約、楚楚可憐的容顏，不由露出滿意的笑容。

「老爺還沒回來？」

采青忙回道：「已經遣婆子去二門守著，一瞧見老爺，就請老爺過來。」

莫姨娘點點頭，抬手摸摸鬢邊的髮飾，原本春風得意的嬌容上有了些憾色。

「雖說京城樣樣都好，可這宅院卻比不上咱們在陽城時住的。」

在陽城時，除了尤氏的正院，就數她住的院子最大、最好；現在回了京城，不但沒了單獨的院子，得住在這麼個小跨院裡不說，也沒有小廚房，一應吃食俱從大廚房裡出。

以往，尤氏在吃穿上從不苛待她，不但任由她開起小廚房，缺藥、少食材什麼的，只要派人知會尤氏，便可以領回來。

可是，現在想吃點分例外的東西，還得讓人送銀子去，大廚房那些狗眼看人低的奴才才會做；做得絲毫不盡心不說，還會陰陽怪氣地嘲諷，道姨娘又不是正經主子，便是正經主子，也沒吃得這麼講究。

起初，聽見采青結結巴巴轉述這些話給她聽時，她氣得砸碎了碗，卻也深知，這裡不是陽城，不是她想如何就能如何！

養精蓄銳數日，她的美貌已經恢復，得趁著今日好好向顧從安哭訴她受到的委屈，就算顧從安沒法子在明面上解決，暗中也會補貼她一些。

以前在陽城，顧從安給了她不少花用，她也像尤氏那樣開鋪子、買莊子；只是不知怎地，她開的鋪子不但賺不了錢，還總落得血本無歸的下場。好在顧從安憐惜她，並沒將那些銀子放在眼裡。

這些年，她痛定思痛，覺得自己屢開屢敗，定是因為用人不當的關係。如今回到京城，手上有了銀錢，再磨著顧從安幫她找一、兩個得用的掌櫃來，自然也能跟尤氏一樣，賺得盆滿缽豐。

莫姨娘兀自盤算著，有了銀子，在這府裡才能更硬氣。如今她的女兒得到顧老太太的青眼，結一門好親事自不在話下，雖說嫁妝有尤氏打點，可尤氏能貼補多少？仍得靠她這個親娘為她多操些心；還有顧維夏，等他的身子好了，日後讀書出仕，哪一樣不要銀錢？

為了兩個孩兒，她要拚命多撈些銀子才是。

莫姨娘想著，又等一會兒，看看旁邊的漏壺，竟已是戌時，便有些心浮氣躁了。

「采青，妳親自去二門處瞧瞧。」

采青應是，領命出去了。

外頭下著雪，采青又冷又怕，小心翼翼地走著。

比起莫姨娘，采青更明白她們眼下的處境。這裡不比陽城，顧府裡規矩大得很，若被人瞧見她去二門等顧從安，告到顧老太太或尤氏面前，她一個小丫鬟哪裡禁得住主子的怒火？

可她又不能違抗莫姨娘的命令，只得躲躲閃閃，朝二門走去。

幸而下雪天冷，這會兒沒幾個人在府裡走動，采青遮遮掩掩來到二門，搓著手躲在假山後，等顧從安回來。

她運氣好，沒等多久，就聽見二門處傳來的動靜，探頭一瞧，果然是顧從安回來了，遂連忙提起裙襬跑上前，用凍得發僵的口齒含糊不清地稟道：「老爺，今日姨娘已大好了，請您去東跨院坐坐。」

話一說完，沒人答腔，采青才驚覺不對勁，悄悄抬眼，就見顧從安面無表情、眼神陰冷地盯著她。

采青莫名打了個寒顫，不及細想，便跪倒在他腳邊，哆嗦著，再不敢說一句話。

往日，顧從安十分寵愛莫姨娘，對貼身服侍莫姨娘的丫鬟，向來也是和顏悅色，因此采青甚少瞧見顧從安這般簡直稱得上陰森的模樣。

顧從安抬腳要走，不知為何又停下來，冷冷道：「告訴妳家姨娘，讓她安分待著！要是覺得這府裡容不下人，我就找個莊子送走她！」

采青聞言，倒抽一口冷氣，難以置信地抬頭，見顧從安頭也不回地大步走遠了。她顫顫巍巍地爬起來，想著怎麼回去覆命，又硬生生出了一身冷汗。

一會兒後，顧從安怒氣沖沖地進了知暉院。

剛從顧蘭月那裡回來的尤氏已聽說發生在二門處的事，不由驚訝地挑眉，這般毫不給莫姨娘留臉面的事，顧從安還從沒做過。

莊嬤嬤也忍不住問道：「老爺這是怎麼了？上回六姑娘被謝家少爺絞了頭髮，老爺還出聲護著莫姨娘母女，怎麼這回這樣打莫姨娘的臉？」

尤氏搖頭，吩咐道：「先準備薑茶，老爺在外頭，想必還沒用飯，讓大廚房做些簡單的菜餚送來。」

「晚上大廚房燉了雞湯，用那湯給老爺煮碗麵條，熱呼呼的，又養胃、又舒服。」

莊嬤嬤這般提議時，顧從安正一腳跨進門。

滿身戾氣與寒氣的他在門口頓了頓，聽見尤氏不疾不徐地吩咐。「正是，外頭天寒地凍，咱們能有這般溫暖愜意的日子，全是老爺辛苦換來的，咱們再不服侍好老爺，那真是沒良心了。快去大廚房吩咐一聲，再溫一壺酒，給老爺祛祛寒氣。」

莊嬤嬤忙應下，領著丫鬟往大廚房走去。

她一出內室，便瞧見顧從安站在門口，驚訝地發愣一會兒，才上前行禮請安。

顧從安的神色再不似方才那樣森冷駭人，對莊嬤嬤道：「讓她們都出去，我跟夫人有話要說。」

尤氏聽見了，忙迎出來。

她在內室門口頓了頓，才舉步走過來，親自幫顧從安脫下帶著積雪的大氅，眉心不自覺地皺了皺，語氣卻是輕快柔軟。「老爺這是怎麼了？一回來就把屋裡的丫鬟們全趕出去，可是外頭出了什麼事？」

說著，她在心裡暗暗將最近發生的事順了順，覺得都不至於讓顧從安變臉，便猜測可能事關升遷，神色立時緊張起來。

「可是升遷之事不順利？」

顧從安重重嘆息一聲，把尤氏拉到跟前來，神色沈鬱道：「今日，御史臺的大人上奏參我一本，為了這件事，我在外頭奔波了一整日，唉！」

尤氏心頭一緊。「在這樣緊要關頭被人參了？因為什麼事？」

顧從安輕咳一聲，目光微閃。「持身不正、治家不嚴；嫡庶不分，寵妾……滅妻。」

尤氏聞言，皺眉道：「這根本是無中生有，有人故意針對這次升遷造謠中傷老爺，治家不嚴，嫡庶不分；寵妾……」

難怪今晚顧從安會毫不客氣地訓斥莫姨娘屋裡的人，又那般警告她！

尤氏甩開顧從安的手，難掩心煩地在房間裡走了兩步，忽然頓住，霍地睜大眼，咬牙切齒道：「是二房！定是秦氏搞的鬼！」

這世上對顧從安高升最不滿的人，必是秦氏無疑！

顧從安也咬緊牙關。「她怎麼敢？」

「她有什麼不敢？」尤氏恨得紅了眼睛。「她是什麼樣的性子，老爺還不知道？二房得不到的，也絕不會便宜我們三房！」

顧從安聞言，頹然坐在椅子裡，望著尤氏氣急的臉龐，期期艾艾開口道：「眼下咱們該怎麼辦？這件事，是不是得請岳丈出面周旋？」

尤氏心浮氣躁，險些壓不住脾氣，遂也坐下，努力讓自己冷靜。

片刻後，她淡淡道：「第一件事，趕緊開祠堂將和哥兒記到我名下，如此名正言順，也就沒了嫡庶不分的閒話。

「再來，幾個孩子，以後該分嫡庶的，還是區分才好；京裡不比陽城，一舉一動都在御史眼皮子底下，即便老爺想偏心誰，也做得隱秘些。好在御史沒工夫去陽城查老爺到底有沒有嫡庶不分、寵妾滅妻，如今補救，還來得及。」

聽著尤氏夾槍帶棒地冷嘲，顧從安有些訕訕，但知尤氏的話雖不好聽，卻是占足了理，忙應聲道：「都依夫人的。」

因事態緊急，顧從安等不得黃道吉日，立即與尤氏去知慈院稟告顧老太太，在顧從明夫妻的陪同下，開了祠堂，將顧清和正式記在尤氏名下。

完成這件讓尤氏懸心許久的事情，顧從明便帶著顧從安去外書房說話了。

隔天是尤氏宴請各家夫人的日子，原本已經安排好，卻因御史那句寵妾滅妻，又要重新再合計，心裡恨極秦氏，也厭惡顧從安。

這晚，尤氏第一次沒等顧從安回來，就先歇下了。

第二十一章 很多可能

夜裡，因白日毫無準備地見到了謝斂與姚嫣然，又發現他們之間的不對勁，顧桐月翻來覆去，胡思亂想，沒能睡著。

小時候，謝斂與哥哥們帶她上城樓玩耍，她第一次登樓，歡快地跑來跑去，卻不小心摔下來。

小小的少年謝斂哭著說，都是他的錯，他沒有照看好她。

顧桐月想起那天的災難，不由緊緊蜷縮身子，臉色白得像紙，死死咬著拳頭，才能阻止自己不停顫抖。

她盯著黑暗中的帳頂，眼中有濃濃的悲哀和恨意。

沒人發現，當日她被人從高高的山崖上推下，並沒有當場殞命。

寒風凜冽的峭壁下，滴水成冰的幽暗山洞中透出沁骨寒氣，即便現在顧桐月身在溫暖柔軟的被窩裡，也依然能感覺到那日幾乎能將人凍成冰棍的冷意。

她趴在那裡，又冷又疼，一時昏沈、一時清醒，無力逃脫。每當清醒時，她便恨不得立時死去，卻連求死的力氣都沒有；或者，當時的她不甘心就此合眼，所以一直苦苦支撐。

山洞裡暗無天日，她昏昏沈沈，不知到底熬了多久，寒冷、飢餓，還有傷與疼痛輪番折磨著她。

雙腿殘疾，不良於行，沒有食物也沒有水，每當餓了、渴了，她便咬破手臂，拚命吮吸，讓自己的鮮血緩緩流進乾涸的嘴裡——那是她唯一能夠自救的法子！

她想著，再忍一忍，父母與哥哥們就能找到她，她就得救了！或者，要害死她的人沒親眼看見她的屍體，會不放心，她再等等，說不定就能知道凶手是誰。

若非對親人的眷念與不捨，以及心裡那股怨恨，她定撐不了那麼久。

最後，她還是死了！

顧桐月想，當時她肯定死不瞑目，不知後來哥哥們有沒有找到她的屍體，瞧見她那麼難看的模樣，他們會傷心成什麼樣子？

還有謝斂與姚嫣然，她死了，他們是不是鬆了口氣？有沒有額手稱慶，恨她死得太晚？

顧桐月不停地想，腦海裡一時是謝斂深情款款的臉，一時是姚嫣然楚楚可憐的容顏，很快又變換成白日她在巷子裡看到他們之間的曖昧湧動。

顧桐月累極，好不容易睡去，但睡夢中也噩夢連連，一會兒是她睜開眼，發現自己竟然癱倒在高高的懸崖上，冷汗瞬間浸透衣衫；一會兒看見山洞裡那雙被她啃食得皮破肉爛的雙臂；一會兒是姚嫣然笑意盈盈地站在她面前，不斷不斷地重複那句話——「我在這兒替他給妳們賠個不是」。

如果真有地獄，這便是了。

一大早，香扣來服侍顧桐月起床，瞧見她臉上明顯的黑眼圈，不由愣住。

「姑娘，昨晚您沒睡著嗎？」

「作了一晚噩夢。」顧桐月有氣無力地揉揉眼睛。「現在是什麼時候了？」

「已經寅時三刻，再不起來，就晚了。」香扣只當她被昨日那場混亂嚇壞，才作噩夢，安慰兩句，便催促道：「您忘記今兒夫人要宴客嗎？」

「昨日回來時，母親不是交代過，我只管養著腳傷便是，還免了請安的？」如此，還要她赴宴嗎？

顧桐月有些不解地瞧向香扣，怎麼一覺醒來，尤氏就變卦了？她並不是這樣反覆無常的人啊！這般想著，立時清醒過來。

「可是發生了什麼事情？」

香扣忙答道：「昨晚，老爺與夫人連夜開了祠堂，由大老爺與大夫人陪著，將五少爺記在夫人名下，從此之後，五少爺就是咱們三房的嫡少爺了！」

顧桐月眨眨眼，懷疑自己聽錯了。「妳說什麼？」

「是真的！」香扣面上喜氣洋洋。「府裡上下怕都知道了這件事，奴婢聽聞，一大早東跨院那邊掃出好一堆瓷器碎片，必定是那位知道這個消息，氣壞了。」

「這可真是天大的好消息啊！」

顧桐月回神，高興至極。顧清和是她的同胞親弟，他地位提升了，她這個做姊姊的也能跟著沾光。

她歡喜完了，卻又疑惑。「怎會那麼著急？先前不是說過，要挑選良辰吉日嗎？」

說是要挑日子，顧桐月卻明白，顧從安是因為莫姨娘所出的顧維夏，才找藉口拖延。她猜想，顧從安是打算想法子將顧維夏一併記到尤氏名下，只是苦於沒想出好辦法來，才一直拖著。

香扣搖頭。「這個奴婢沒能打聽出來，不過，奴婢聽說，昨晚開祠堂後，大老爺與老爺說了很久的話，老爺回來時，夫人院子裡的燈已經熄了；聽巧妙說，這好像還是頭一回夫人沒等老爺，就先歇下。」

顧桐月聞言，驚訝得張大了嘴。顧從安跟尤氏吵架了？什麼事能讓尤氏這樣生氣？跟突然將顧清和記在她名下有沒有關係？

顧桐月怎麼想也想不到，索性不想了。她受傷，等會兒顧清和一定會來看她，到時候再問問他知不知情好了。

顧桐月盤算著，就見巧妙喜孜孜地走進來。

「姑娘，時辰已經不早，您可不能再耽擱，要早早起來打扮才好。」語畢，她又責怪地看香扣。「妳進來這麼久，怎麼還沒服侍姑娘起身更衣？」

顧桐月蹙眉，將剛才問香扣的話拿來問巧妙。「我受了傷，母親讓我好好養著，今日怕是不好出去；再說，腳上塗了藥膏，一股藥味，在眾人前失禮就不好了。」

「不要緊。」

巧妙還沒說話，顧蘭月的聲音便響起，丫鬟們忙上前將她迎進來，又服侍她脫下披風。

顧蘭月走近床邊，抬眼看顧桐月。「今日先別上藥，可能忍得？」

「大姊，發生什麼事了？」

顧蘭月揮手，讓丫鬟們全退下去，方才嘆息道：「父親被御史臺的大人參了一本，道他持身不正、治家不嚴，更有嫡庶不分、寵妾滅妻之嫌。今日母親宴客，正好有兩位御史夫人前來……」

顧蘭月的話沒說完，顧桐月便明白顧清和被連夜記到尤氏名下的原因，也曉得尤氏為何生氣，更清楚顧蘭月要她赴宴的理由——倘若顧家庶出的女兒不露面，即便尤氏幫顧從安洗清寵妾滅妻的傳聞，只怕有心人會再給她安個苛待庶子女的罪名。

至於不上藥，是怕有藥味，反被藉機造謠。

「莫姨娘跟六姊那邊……」顧桐月不由擔心道。

寵妾是因莫姨娘而起，今日尤氏少不得會拿莫姨娘作文章，莫姨娘那邊有顧從安警告，不用擔心會生出亂子，但顧荷月……

想起之前在大慈寺中，顧荷月無論如何都要抹黑顧華月的做法，她便有些頭疼。

今日來者眾多，萬一顧荷月再鬧事，該怎麼收場才好？

顧蘭月嘴角輕揚，低頭拉開顧桐月身上的被子，看看她受傷的腳，極其輕蔑地笑了聲。

「六妹那邊，妳不必擔心，昨兒夜裡，她吃壞了肚子，今日只能在知慈院裡養病。」

瞧著顧蘭月輕描淡寫的模樣，顧桐月恍然大悟。

「六姊病了，的確是該好好養著，等會兒我讓人送些清淡吃食給六姊。」

顧蘭月見顧桐月昨日還腫得猶如饅頭般的腳踝已經消腫不少，放下心，抬眼卻見她低眉垂眼、似有些緊張害怕的模樣，忍不住失笑，伸出蔥白手指點點她的小腦袋。

「妳猜出來了？怕我了？」

顧桐月聞言，忙忙抱住顧蘭月的手臂，嬌憨地笑著撒嬌。「我才沒有害怕呢，大姊又不會這樣對我！」

昨天回來時，顧荷月只是受了點驚嚇，卻忽然吃壞肚子，且一大清早，顧蘭月還沒向顧老太太請安，便知曉此事，顯然動手的人根本就是她！顧蘭月自小住在知慈院裡，使喚人對顧荷月不利，再簡單不過。

顧蘭月彎唇笑起來，被顧桐月這般一鬧一抱，覺得昨晚堆積在心頭的鬱氣消散不少，玩心一起，故意嚇唬她。

「如果妳不乖，我也會這般整治妳。」

顧桐月繼續纏著她耍賴。「才不會！大姊最好了，捨不得那樣對我，我心裡都知道。」

「小馬屁精。」顧蘭月被她磨得沒法，笑罵著打她一下。「行了，放手、放手，把我衣裳都弄亂了。」

顧桐月這才從她懷中退出來，笑嘻嘻地正要說話，抬眼瞧見顧蘭月眼下那抹暗青，立時收起笑，憂心問道：「昨晚大姊沒睡好？」

陡然發生那樣的事，睡不好才是正常，可顧桐月不好出言安慰，生怕不小心惹得顧蘭月不痛快。

顧蘭月摸摸眼下，淡淡道：「沒事，等會兒讓人拿帕子敷一敷就好。」

「帕子沒什麼用處。」顧桐月想了想，她還是唐靜好時，因無所事事，每日裡最喜歡研究養顏方子，倒是叫她想到一個辦法。

「讓百合她們將昨晚用過的茶葉取來敷眼，很見效的。」

顧蘭月半信半疑。「這是打哪兒聽來的？」

「大姊只管信我，我保證敷過之後，立刻變得容光煥發、精神奕奕。」當時，她為了驗證這方子，還親自幫唐承赫試過，現在才有底氣向顧蘭月保證。

禁不住顧桐月這般勸說，顧蘭月揚聲命百合去尋昨天用過的茶葉。

「不過，妳這眼睛又是怎麼回事？」顧蘭月打量顧桐月，伸手點了點她的眼圈。

顧桐月便委屈又可憐地道：「還不是昨天那場混亂，害我整晚都在作噩夢。」說著，格格笑起來，拉著顧蘭月往床上躺。「大姊躺著，我們一起敷茶葉。」

顧蘭月拗不過她，瞧著時辰還早，便吩咐紫薇去催顧華月起床，然後脫下鞋子上床，當真與顧桐月頭靠頭地躺在一起。

一會兒後，香扣與百合好不容易才找來隔夜茶葉，細細幫顧桐月與顧蘭月敷上，又問顧桐月。「這樣就可以了？」

顧桐月閉著眼睛回答。「嗯，只須敷一刻鐘便行。」

百合笑道：「這樣簡單的法子，當真有效嗎？」

香扣也笑。「有沒有效果，等會兒咱們就知道了。」

顧桐月揮揮手。「妳們先出去，我跟大姊說說話。」

滿屋子丫鬟便井然有序地退了出去。
顧桐月先問顧蘭月。「大姊，父親跟母親沒事吧？」
顧蘭月也閉著眼睛，聞言勾了勾唇。「只要尤家不倒，母親就不會有事。」
顧桐月忍不住輕嘆一聲。
顧蘭月微微睜眼，失笑道：「妳一個小人兒，嘆的是哪門子氣？」
「母親這樣厲害，人又這麼好，仍是得靠娘家撐腰。」
「自古以來便是如此。」顧蘭月似早就看明白了。
姊妹兩個沈默半晌。
顧桐月不說話，顧蘭月覷她一眼，見她如玉似雪的小臉上，竟有著與她年紀不符的陰霾與鬱色，微微一怔，以為她人小鬼大，為了日後出嫁沒人撐腰而發愁，正要寬慰她兩句，便聽她忽然輕輕開口。
「大姊。」
「嗯？」顧蘭月放柔了聲音，顧桐月嗓音裡的落寞與傷感讓她忍不住蹙眉，不明白這個瞧上去活潑可愛的妹妹怎會突然這樣低落？
「這兩天，我看了一本話本……」
「妳認得全話本上的字？」顧蘭月挑眉。
並非她小看顧桐月，而是顧桐月從癡傻中好起來也沒多久，顧華月雖教她讀書認字，但現在便能讀懂話本，似乎有點快吧？

顧桐月聽了，噘噘嘴，對於顧蘭月的打斷有些不滿。「連猜帶認嘛，差不多就是了。」

顧蘭月失笑。「好，那妳接著說。」

「話本裡說，有個名門勛貴家的姑娘，家中兄長甚多，卻沒有姊妹相陪。恰在這時，這位姑娘的姨母家發生變故，幾乎家破人亡，只剩下一個四、五歲的小表妹，姑娘的母親就做主，把小女孩接到府裡，跟自己的女兒作伴。

「這個表姑娘乖巧伶俐，府裡上下都很喜歡她，姑娘也很喜歡，甚至將她當成至親姊妹，有好吃的、好玩的，頭一個想到的都是她。」

顧桐月娓娓說來，想起昔年種種，心頭又是一痛，便停了停。

「然後？」顧蘭月追問道。

「一晃眼，十年過去了，她們出落成大姑娘。有一天，那位姑娘聽信身邊丫鬟的話，偷溜出門，想親自去買一副極難得的墨寶，預備送給未婚夫婿，再過不久就是他的生辰，她想給他最好的生辰禮物，讓他開心。」

顧桐月說著，緊緊閉著的眼皮下，眼珠輕顫，似有些承受不住逐漸泛起的酸澀。

「可她沒想到，剛出門，便遭遇了橫禍……話本只寫到這裡，後半段不知去哪了。

「大姊，妳說，那位姑娘的死跟表姑娘有沒有關係？如果有，表姑娘為何會那般狠心？那位姑娘待她如同親生，即便是她喜歡的東西，只要表姑娘流露出喜歡的神色，她再不捨，也會送給她……」

「這就是原因！」顧蘭月斬釘截鐵地打斷道。

顧桐月不解，睜開眼看向身旁的顧蘭月。

顧蘭月也望著她，清亮眼睛閃著灼灼光采。「那位姑娘父母雙全，兄長疼愛，過得富足又幸福，可那位表姑娘呢，卻是寄人籬下、一無所有的小可憐。我問妳，倘若妳是表姑娘，面對總像恩賜或打賞一樣對待自己的所謂姊妹，心中是何想法？」

顧桐月聞言，忍不住坐起身，語氣中難掩憤憤。「可是那姑娘並沒有看輕她，那些心愛之物，真是因為表姑娘喜歡，她才忍痛割愛……」

「但表姑娘不會那麼想。」顧蘭月再次打斷她，審視般瞧著顧桐月憤怒的神色，淡淡道：「一個長久寄人籬下的表姑娘，乖巧懂事到所有人都喜歡和讚賞，妳不覺得古怪？」

「什麼古怪？」顧桐月愣愣地問。

「這世上再厲害的人，也做不到人人都喜歡吧？那位表姑娘才多大年紀，就能面面俱到、人人稱讚？便是我，也沒這個本事。」

不然，為何秦氏會想方設法將她推入忠勇伯府那個火坑？

顧桐月想了想，深以為然地點頭，想起在尤府及小巷子裡見到的姚嫣然，根本不是她往昔見到的模樣，更確信自己從前瞎了眼，不由越發惆悵難過。

顧蘭月見顧桐月怔怔無語，又道：「依我看，那位姑娘最後落得慘死的下場，定與那表姑娘脫不了關係！」

此話一出，顧桐月心口一陣勝一陣地揪緊，身上一陣冷、一陣熱，見顧蘭月疑惑挑眉瞧著她，忙穩住情緒，道：「一個人十年如一日地假裝，委實辛苦呢！大姊，若真是表姑娘害了那位姑娘，那她為何要害她？」

「這原因可就多了。」顧蘭月打量顧桐月的神色，把自己的猜測說給她聽。「剛才妳說過，那戶人家沒有別的姑娘，表姑娘又表現得極好，很討府裡人喜歡，那位姑娘去世後，一來表姑娘可以取而代之，成為那家人唯一的姑娘，失女之痛、失妹之痛亦可因她而得到撫慰，移情之下，可能對她更好；二來，那位姑娘的嫁妝，是不是理所當然也變成她的了？」

顧桐月聽著，掩住口，彷彿極為驚詫般道：「那麼表姑娘害人的可能很大？」

顧蘭月道：「這只是我們的猜測罷了，當然，還有更可怕的——」

語畢，她見顧桐月聽得緊張不已又聚精會神的模樣，不禁失笑。

「算了，妳還小，這種可能不聽也罷。」

「可不興大姊這樣的，吊了人家胃口，卻又什麼都不講，好姊姊，快說給我聽嘛，我給妳捶腿了。」

顧桐月一邊說著，一邊當真幫顧蘭月捶起腿，不去理會眼睛下面直掉的茶葉。

「告訴妳也行，只是這話就爛在妳我肚子裡，妳可不能將我說的話再學給別人聽。」禁不住顧桐月的纏磨，顧蘭月哭笑不得地應了，又乘機支使她。「再用力一點。」

顧桐月自然殷勤地伺候著，眼巴巴地等著顧蘭月開口。

顧蘭月瞧著她的模樣，原本到嘴邊的話卻有些吐不出來了，見顧桐月無聲催促她，索性把心一橫，直接說出她的想法——

「最可怕的結果，是表姑娘也瞧上那姑娘的未婚夫婿，因此設計除了她。」

顧桐月聽了，又露出怔怔的神色，片刻後，語調飄忽地問：「如果表姑娘真跟那姑娘的未婚夫婿看對了眼？」

「那麼，那位姑娘的死，恐怕跟她未婚夫婿也脫不了關係。來自於未婚夫與好姊妹的背叛……」顧蘭月搖頭嘆息。「真是慘絕人寰。」

顧桐月嚥了口口水，心有戚戚地附和。「那位姑娘真是可憐。」

顧蘭月微微挑眉。「的確很可憐，不過她的死，也跟她自己有關。倘若真是表姑娘與她未婚夫婿合謀殺了她，那這兩人私底下早有了來往牽扯，可她居然一無所知，最後白白送命，妳說，這故事裡，最該怪的人是誰？」

顧桐月深吸口氣，用手捂住了眼睛，半晌後才輕輕道：「怪她自己。」

有眼無珠！

顧蘭月見狀，詫異地拉下她的手。「不過是話本裡的故事，妳竟感傷成這樣？」

「是啊，只是個故事而已。」顧桐月努力穩住自己的心情，勉強對顧蘭月笑了笑，瞧漏壺一眼。「時間到了，讓百合她們進來吧！」

顧蘭月點頭，揚聲喊丫鬟。

香扣與百合領著丫鬟們魚貫而入，各自服侍著自己的主子。

見香扣幫顧桐月挑了雪青色衣裙，忙阻止道：「給妳們姑娘穿那件鵝黃色褙子，她膚色白，這顏色更襯她。」

吩咐完，她又對顧桐月說：「這是咱們三房頭一次宴請京裡的貴夫人們，機會難得，妳也好好見見世面。」

顧桐月並未因顧蘭月擅自做主而不悅，把剛剛的煩心事放到一旁，打起精神，笑嘻嘻地歪頭看她。

「都聽大姊的。」

顧蘭月笑瞪她一眼，又叮囑道：「今日沒妳什麼大事，只管坐著就好，若腳疼得受不住了，就讓人送妳回來歇著。」

顧桐月明白，今天她的任務就是乖巧可愛地現身於眾位夫人前，證明尤氏沒有苛待庶女，其他的事，自有尤氏與顧蘭月安排周旋，便點頭道：「我都記住了，大姊放心，我一定乖乖的，不會搗亂；但是二伯母那邊……」

用腳趾想也知道那些謠言是從哪裡傳出來的，今日尤氏想洗白，萬一秦氏來搗亂……

「果然什麼都瞞不過妳這個小人精。」顧蘭月眸中幽光一閃，卻笑著道：「放心，今日她沒空來搗亂！」

第二十二章　妯娌鬥法

今日是三房回京後首次宴請京城各家官夫人與貴夫人，尤氏十分看重，一大早便招來院子裡的下人，讓莊嬤嬤嚴厲敲打她們一回，務必好生服侍，不得逾矩出錯。

劉氏擔心尤氏人手不夠，很是妥貼周到地選了得用的人來幫忙，並讓人帶話，道今日有要事不能過去。

尤氏收下劉氏送來幫忙的人手，去知慈院向顧老太太請過安後，便收到客人已經到街口的消息。

「媳婦知道母親好靜，可今日宴客是沒法子的事，等會兒有人來請安，還煩請母親虛應一回。」

尤氏說著，面上不見半點笑意，眼底甚至隱有寒霜，讓原本被秦氏挑唆得想扯她後腿的顧老太太心頭發虛，竟然不敢說不。

原本以為她「忍氣吞聲」，尤氏就該離開，不想尤氏又不冷不熱地加了句。「媳婦做這些，都是為了老爺，這次老爺極可能會因為外頭的流言無法升遷或直接被罷黜，母親就算不心疼可憐老爺，也請可憐可憐我們三房這幾口人，暫且忍耐吧！」

顧老太太被她一口一個心疼、可憐說得心頭火起。「不過是幾句謠言，哪裡就嚴重到要被罷黜的地步？」

尤氏冷眼瞧著她。「母親可是忘了，昔年的沐恩侯府是如何被削爵降等的？您覺得顧府比沐恩侯府更厲害、更得皇恩嗎？」

顧老太太脹紅了臉，說不出話來。

昔年，沐恩侯正是因為寵妾滅妻，且打壓嫡子、扶持庶子，被武德帝當眾斥責，甚至下旨申斥沐恩侯府，引起莫大騷動。如今，就算沐恩侯夾緊尾巴做人，仍有不少人記得這件事。

顧老太太鮮少出門應酬，但也聽人說起，武德帝十分厭惡寵妾滅妻、嫡庶不分的行為，概因早些年他這個從太后肚皮裡出來的嫡子，委實吃過太多庶子給的苦頭之故。

一旁的秦氏見狀，甚是氣憤地對尤氏說：「三弟妹這是怎麼對母親說話的？妳的孝道都被狗吃了不成？聽聞今日三弟妹可是請了御史家的夫人們過來，三叔已經是傳言纏身，到時三弟妹還要再讓旁人道三叔不孝不悌、大逆不道嗎？」

尤氏冷眼看著滿臉正氣凜然的秦氏。「為何我們老爺會被謠言纏身，二嫂心知肚明。這件事，倘若我找不到證據便罷，若讓我查到了，到時二嫂不要怪我不留情面才好。」

「妳——」秦氏心頭一凜，眼底閃過心虛，但她在府裡橫行慣了，立時又挺胸抬頭道：「妳這話是什麼意思？難不成是我讓人把這些流言傳出去的？」

尤氏漠然收回目光，她要說的，已經說完了，也不看顧老太太吃驚的臉色，領著顧蘭月幾人去二門迎客。

「母親，等等我。」一道虛弱的嗓音響起。

被香扣扶著的顧桐月回頭一看，見顧荷月在喜梅、冬梅的攙扶下走過來。她臉色蠟黃，不過一夜，小臉就瘦了一圈，眼底下的青黑重得像是墨潑上去似的，可見昨晚根本沒能合眼。

顧桐月不由暗讚顧蘭月高明果斷，讓顧荷月病倒在顧老太太的屋裡，就算旁人知道了，也沒辦法將嫡母不慈的惡名安到尤氏頭上。

看見顧荷月，尤氏神色微緩。「荷姐兒既病著，就好好養病，妳祖母會照顧好妳。」

「母親，我已經好了。」顧荷月勉強擠出笑容，但這大冷的天，她鼻尖上卻冒出一層冷汗。「女兒也想幫母親分憂一二。」

尤氏立時板起臉。「胡鬧！妳養好身體，自有為母親分憂的時候，眼下什麼事也比不上妳的身子要緊！」隨即吩咐喜梅、冬梅。「還不快扶妳家姑娘回屋裡躺著！要是六姑娘有個好歹，仔細老太太剝了妳們的皮！」

顧荷月滿臉不甘，還想再求。「母親……」

可喜梅與冬梅被尤氏嚇得戰戰兢兢，忙連抱帶扶地把顧荷月帶回屋去。

尤氏見狀，便帶著姑娘們出門迎客了。

尤氏一群人走後，秦氏扯著帕子，破口大罵——

「我呸，枉尤家還好意思自稱詩書傳禮之家！好個表面端莊賢慧，內裡狠毒無情又不仁不孝的毒婦！母親，您可不能如此姑息了她！」

顧老太太目光沈沈地盯著秦氏，抿緊嘴不說話。

顧老太太從未用這般表情看過秦氏，秦氏心頭一慌，忙湊過去撒嬌。「母親，您這樣看著我做什麼？怪可怕的。」

「那些流言，是不是妳讓人傳出去的？」顧老太太冷著臉喝問。

秦氏立刻叫屈。「母親，我是什麼樣的人，您還不知道嗎？您教過我，顧家爺們的臉面，就是咱們女人家的臉面，我記得牢牢的；壞了三弟的臉面，我的臉上又有什麼光呢？這樣損人不利己的事，我怎麼可能會做？」

顧老太太壓根兒不相信秦氏的話，她疼愛秦氏，卻也深知秦氏的性子。「妳瞞著我做下這等事，還不承認？」

「我真的沒有！」秦氏極力抵賴，舉起手指對天發誓。「我可以發誓，倘若真是我做的，叫我不得好死。」

「尤氏早已經不是以前的尤氏。」顧老太太有些心灰意冷。「這件事，她不會輕輕放過，不是妳做的最好，如果真跟妳有關，別指望我這老婆子幫得了妳。」

「母親！」秦氏心頭一驚。這些年，她能在顧府後院要風得風，仗的全是顧老太太的縱容寵愛，要是顧老太太不管她了……

顧老太太閉上眼，揮揮手。「妳回去吧！」竟是不耐煩看見她的樣子。

秦氏心裡打鼓，一時不知顧老太太只是生她的氣，還是不再喜歡她了；要是顧老太太不幫著她，以後在後院裡，還怎麼當顧老太太底下的第一人？

秦氏正進退為難間，就見尤氏陪著氣質雍容華貴的肖氏進來給顧老太太請安。

尤氏回京第一次宴客，身為閨中密友，肖氏很給面子地頭一個到。她是有誥命在身的官夫人，顧老太太見了她必須行禮，如今卻肯陪尤氏過來請安，自是給尤氏撐足了臉面。

尤氏沒想到秦氏還在這裡，淡淡掃過一眼，含笑說：「還以為二嫂已經回知趣園了呢！剛剛遇到二嫂院子裡的易嬤嬤，瞧著她四處找二嫂，一副著急的樣子。」

她一邊說著、一邊吩咐海秋。「妳去找易嬤嬤，告訴她，二夫人在老太太這邊。」

海秋忙應下，出門去找易嬤嬤。

秦氏以為尤氏是隨口誆她，又一想，當著客人的面，尤氏未必敢這樣明目張膽地說謊；倘若她真敢，她不介意在許多客人前揭穿尤氏，讓尤氏落得說謊精的名聲，也是她自找的。

秦氏想著，正了神色，假裝驚訝道：「易嬤嬤四處找我？每日一早，我都會過來服侍老太太，她又不是不知道，怎還四處亂跑？萬一驚擾了府裡的客人，可怎麼是好？」

尤氏微笑。「易嬤嬤年紀大了，又是二嫂身邊用慣的人，如果衝撞客人，也只好由我向客人賠罪。二嫂還是先去看看，萬一易嬤嬤當真有事，耽擱就不好了。」

說罷，尤氏不再理會她，逕自對身邊的肖氏笑道：「琴姊姊，這位是我們家的老太太。」又向顧老太太說：「這次咱們能平安回到京城，全賴錦城巡撫黃大人與黃夫人一路照料。」

顧老太太雖不常在外頭走動應酬，卻也知道各家的事，聞言立刻就要起身對肖氏行禮。

肖氏爽朗笑道：「顧老太太莫要多禮，我跟尤妹妹是自小的姊妹情分，相互照料本是應該，今日不講身分品級，只是晚輩來跟老太太請安罷了。」

說罷，肖氏當真屈膝行了一禮，唬得顧老太太忙忙搖手。「使不得、使不得。」又轉頭吩咐丫鬟。「趕緊給黃夫人看座上茶！」

屋裡的丫鬟、婆子聽見，立時忙碌起來。

秦氏見狀，臉色尷尬，見這時壓根兒沒人理會她，不由咬了咬唇，扯著帕子，壓低聲音問身邊的丫鬟。「易嬤嬤在哪裡？」

「易嬤嬤一直在知慈院外等您。」丫鬟回道：「或許是真有急事呢！」

秦氏瞪她一眼。「真有急事，她不立刻進來稟報，待在外頭做什麼？」

丫鬟支吾道：「怕是不好讓老太太聽見的事吧！」

秦氏不甘心地看向尤氏，又看看肖氏，要是她也能與肖氏結交……但她深知，肖氏與尤氏是手帕交，她和尤氏素來不合，肖氏定然不會給她臉面。雖不甘心，還是暫時忍住這口氣，反正今日她已打定主意，要鬧得這場宴會不歡而散，讓尤氏丟盡顏面才好！

這樣想著，秦氏便帶丫鬟出了知慈院。

院門前，易嬤嬤正搓著手焦急徘徊，見到秦氏出來，立刻迎上去。

「夫人，大事不好了！」

秦氏心頭一跳。「胡說什麼，怎麼就大事不好了？」

今日該大事不好的可是三房！

易嬤嬤湊近臉色難看的秦氏耳旁，低聲道：「前些年老爺喜歡的那個胭脂姑娘又出現了，今兒老爺得到消息，連翰林院都沒去，就匆匆忙忙地去找她……」

易嬤嬤說著，瞧見秦氏的臉黑得猶如鍋底，眼裡醞釀著駭人的狂風驟雨，一個用力，手中扭著的帕子竟嘶的一聲裂開，頓時嚇得不敢再說下去。

秦氏咬牙，口中已滲出血腥味，一字一字從齒縫中擠出來。「他要做什麼？」

「老爺身邊的小廝偷偷跑回來報信，說現在老爺什麼都顧不上了，此事得請夫人趕緊拿個主意才好。」易嬤嬤嚇得一抖，趕緊把方才沒說完的話說完。

「怪道今日匆匆忙忙地出門，我還當他趕著去翰林院當差呢！好個顧從仁，這是當我死了嗎?!」

秦氏氣得一佛出竅，二佛升天，哪還顧得上找三房麻煩，立刻帶人去捉姦了。

另一邊，客人陸續到來，紛紛入席。

顧桐月乖乖坐在一旁，瞧著顧蘭月與顧華月應酬姑娘們。

因顧蘭月素日跟在尤老夫人身邊，沒少參加這樣的宴會，故而各家的夫人與姑娘，她竟比尤氏更熟悉些。

顧桐月瞧著顧蘭月領著顧華月與前來的夫人們請安問好，又熱情周到地張羅姑娘們玩耍，這才發現她家大姊那長袖善舞的好本事與好人緣。

她年紀還小，並不急著在各家夫人面前博取她們的注意，今日主要負責出風頭的，是三姑娘顧雪月。

今日顧雪月一反之前的素淨裝扮，換上芙蓉色妝花緞織錦衣，這樣嬌俏又粉嫩的顏色，讓她看上去更是溫順典雅，雖不及顧蘭月與顧華月出眾，但不論在顧家還是來做客的姑娘們裡，也極為引人注目了。

顧桐月坐在角落裡，瞧著顧雪月落落大方地站在尤氏身邊，向夫人們見禮問安，得到不少誇讚。

跟在尤氏身邊的，還有魏姨娘跟莫姨娘；不過，乍見尤氏公然領著姨娘們出來，也沒有顧桐月瞧見莫姨娘那蒼白憔悴猶如霜打茄子的模樣來得驚訝。平日裡，莫姨娘不說光彩照人，也是風光無兩，眼下雖精心打扮過，但戰戰兢兢跟在尤氏身後的模樣，不像是姨娘，反倒像個丫鬟，竟沒有魏姨娘的表現來得好。

香扣見她一直盯著莫姨娘瞧，遂將糕點往她面前推了推，藉著這個動作，飛快地在她耳邊道：「聽聞昨晚後半夜，老爺去了東跨院，把莫姨娘從床上扯下來，痛罵一頓。」

顧桐月恍然大悟，難怪今日莫姨娘這般模樣，只怕顧從安是因升遷不順，遷怒莫姨娘；倘若顧從安這次真的升不了官，莫姨娘勢必永遠失寵了。

顧桐月心頭冷笑一聲，寵愛莫姨娘的本來就是顧從安，如今因寵妾遭人參奏，一切的錯又變成莫姨娘的，如果顧從安不亂了規矩，不縱著莫姨娘母子，又怎會被人抓住把柄？不反思自身過錯，還將黑鍋強加到妾室身上，顧桐月頭一回覺得，莫姨娘也挺可憐的。

顧桐月想著，在顧從安心裡，莫姨娘再要緊，也沒有升官要緊；被顧從安痛罵一頓的莫姨娘，今日不得不出現在人前，自然是要打破那寵妾滅妻的傳言，或者再添一樁妻妾和美的美談？

可是，尤氏領著妾室出來招待客人，到底是對客人的不尊重啊！尤氏肯定不會落下這樣的話柄，想必很快就會打發兩位姨娘回各自的院子去。

顧桐月思索著，又把目光移到魏姨娘身上，見她一如既往地伺候、奉承著尤氏，眼睛卻時不時看向顧雪月，耳中聽著女眷對顧雪月的誇獎，越發精神奕奕，更加殷勤小意地服侍尤氏。她十分規矩得體，並不往各家夫人、太太面前湊，倒讓人高看了一眼。

「妳幫著我忙了一早上，下去歇著吧！」尤氏對魏姨娘的奉承與識相很是滿意，當著眾家夫人的面，笑著道：「魏姨娘是我的陪嫁丫鬟，這些年陪在我身邊，就如左右手一樣，她素來懂事體貼，才能將咱們家三姑娘教養得這樣好。瞧瞧，今兒夫人們都直誇三丫頭呢！」

魏姨娘脹紅了臉，心裡歡喜，卻恭敬地說：「都是夫人教導得好，婢妾不敢居功。」

「好了，妳下去吧！」尤氏滿意地點頭放行。

魏姨娘屈膝對眾人行了一禮，方才低眉垂眼地恭謹退出暖閣。

莫姨娘也想走，但尤氏沒發話，她不敢私自離開。

昨晚，她已經睡下了，孰料半夜裡顧從安突然跑來，二話不說將她狂罵一頓，勒令她今日定要跟在夫人身邊小心侍奉，要是膽敢出半點差錯，立刻就把她賣了！

當時，莫姨娘嚇得話都說不出來，但看得分明，顧從安已是狂怒，不是在跟她開玩笑，倘若她真敢耍花樣，顧從安絕對會賣了她！

她還沒來得及保證，顧從安猶覺得不夠，又惡狠狠地補充一句，不但要賣掉她，且從此再也不管顧荷月與顧維夏的死活，任由他們姊弟自生自滅。

不等莫姨娘求饒求情，怒火滔天的顧從安說完，便拂袖而去。

回想當時顧從安那恨不得掐死她的猙獰模樣，全無風度儀態，活脫脫如地獄裡爬出來的惡鬼般，莫姨娘忍不住又打了個寒顫。

正發愣間，莫姨娘聽見尤氏輕聲問她。「莫姨娘可是擔憂荷姐兒了？」

問完，尤氏又對眾人笑道：「荷姐兒是莫姨娘所出，也是個乖巧聽話的孩子，因她大姊搬回知暉院，她擔心老太太屋裡太過冷清，自告奮勇去與老太太作伴，老太太十分喜愛荷姐兒，便留下她。只是不巧，昨兒荷姐兒不小心吃壞肚子，幸好有老太太照料著，不然今兒我可要分身乏術了。」

尤氏這笑意盈盈的話語裡，真是飽含深意。先說顧荷月懂事，是因她身為嫡母，不能說庶女任何不是；又道顧荷月自請去跟顧老太太作伴，大家一聽就知道，顧荷月原來是個有歪心思的，並不是真的乖巧；再說顧荷月在顧老太太院子裡吃壞了肚子，可跟她這個嫡母毫不相干，把自己撇得乾乾淨淨。

相較於顧雪月，兩個庶女立刻在眾人眼中分出高下。

顧荷月連場都沒出，就被尤氏陰了一把。

於是，尤氏很是大度地說道：「荷姐兒病了，妳自然擔憂，母女連心本是人之常情，妳去老太太的院子裡瞧瞧，多陪陪她吧！」

心不在焉的莫姨娘正巴不得呢，結結巴巴道謝，束手束腳地往知慈院去了。

眾人見尤氏和氣，卻不失當家主母的威儀與端莊，兩個姨娘也並非流言所傳那樣妖媚跋扈，在尤氏面前或恭敬有加，或戰戰兢兢，哪有半分寵妾滅妻的樣子，便紛紛質疑起外頭的流言來。

顧桐月遠遠瞧著夫人們那邊一派融洽和睦的樣子，又見尤氏招呼著夫人們，或是聽戲，或是打葉子牌，或是去林子裡踏雪賞梅，悄悄鬆了口氣。

沒有顧荷月與二房來搗亂，看來今天會十分順利呢！

又坐了一會兒，顧桐月便讓香扣跟顧蘭月說一聲，扶著香扣與巧妙的手，強忍著腳痛回到房裡。

回到房間，顧桐月正要打發巧妙下去休息，巧妙卻湊近她耳邊，低聲說：「姑娘，今日一大早，二夫人帶著院子裡所有粗使婆子跟孔武有力的護院出門去找二老爺了。」

「二伯父怎麼了？」顧桐月疑惑地問，想起顧蘭月說過，今日秦氏沒空來搗亂，不禁猜測，這也是顧蘭月的手筆嗎？

可顧蘭月到底做了什麼，能讓秦氏帶著一群人匆匆離府？

巧妙立時回答。「此時二老爺正跟胭脂姑娘在一處，二夫人急著過去捉姦呢！」

「胭脂姑娘？」顧從仁跟秦氏不是青梅竹馬、夫妻情深嗎？即便有姨娘，有二夫人轄治著，也只是擺設罷了。聽聞顧從仁很是懼內，難道他竟敢在秦氏的眼皮子底下養外室不成？

不過，聽這名字，這胭脂姑娘似乎並不是好人家出身？

見顧桐月果然露出感興趣的神色，巧妙就要開口為她解惑。

「坐下說吧！」顧桐月示意巧妙，又看香扣一眼。

香扣會意，走出房間，替顧桐月守好門戶。

巧妙謝過顧桐月，便在杌子上坐下，替她解疑。「這件事，奴婢是聽奴婢的娘說的，不知道是不是這麼回事，姑娘權當閒話聽一聽吧！」

見顧桐月含笑點頭，巧妙才繼續道：「前幾年，胭脂姑娘是京城裡最有名的花魁娘子，聽聞她能歌善舞，琴棋書畫更是樣樣精通，連太子生辰，也請她進宮獻舞。正是那一次，胭脂姑娘以一曲盤鼓舞名動京城，引得京城多少男人趨之若鶩，甚至有人願以千金贖她，可胭脂姑娘沒答應；後來，不知發生什麼事，胭脂姑娘竟在京城銷聲匿跡了。」

「是因為二伯父？」

「聽聞胭脂姑娘與二老爺看對了眼，二老爺鬧著要納胭脂姑娘進門，二夫人拚死反對。雖然朝中也有官員納妓，但於官聲有礙，說不定還會影響仕途，老太太自然也不肯答應。這事鬧到最後，聽說胭脂姑娘不見了，二老爺找了大半年，實在找不到人，這才消停。

「後來，二老爺因為此事，足足冷了二夫人一年之久，後來是老太太下了死令，二老爺才從書房搬回正院，也是在那時，知趣園裡才多了幾位姨娘。」

巧妙將自己知道的一一說給顧桐月聽。「不知那幾年胭脂姑娘去了哪裡，如今怎麼又出現了，且還與二老爺牽扯上，這回，只怕二夫人又要大鬧一場，才會甘休。」

「原來如此。」顧桐月聽完，暗覺留下巧妙打聽府裡消息，果然是對的，便笑著對她道：「府裡這些事，香扣不如妳清楚，往後妳更要辛苦些，放心，我不會虧待妳。」

巧妙聞言，雙眼一亮，心裡盤算著，先把顧桐月服侍好，才有機會去顧清和身邊，不由越發殷勤小意起來。

另一邊，西坊一家酒樓的後院裡，顧從仁熱淚盈眶地拉著一如當年美貌動人的胭脂，激動得幾乎說不出話，一張口，竟「哇」的一聲哭出來。

「胭脂啊，這些年妳到哪裡去了？我一直在找妳，妳卻不出現，好狠的心啊！」

昔日名動京城的花魁娘子，如今只作尋常婦人打扮，脂粉未施、素面朝天，卻仍舊美得讓人如癡如醉。

胭脂神色冷淡地抽回自己的手。「二老爺，這裡不是你該來的地方，請回去吧！」

顧從仁哪裡肯，原以為這輩子再也見不到胭脂，失而復得的喜悅，令他越發懷念從前那段他撫琴來她跳舞、她焚香來他作畫、他畫眉來她描唇的快活日子。

他哭得一把鼻涕、一把淚，全然沒有往日人前的儒雅超然，跟個孩童般，一邊哭、一邊張開手臂要抱住胭脂。

胭脂抬手阻止他，微微上挑的眼睛輕輕一動，眼底的情緒分明是嘲弄，但微濕的眼又黑又亮，看起來竟是十分深情的樣子。

「回去吧！」胭脂把手中的手帕遞給顧從仁。「我好不容易才過上幾年安生的日子，你不要再來害我了。」

顧從仁哭聲乍停，接過沾染胭脂氣息的帕子，緊緊抓著，又痛哭起來。「是我對不住妳，都是我沒能護住妳！胭脂，妳跟我回府，拚著不做官，我也要與妳在一起！」

胭脂靜靜地看著顧從仁，幾年過去，他還如從前一樣，性情單純，猶如稚子。過去她最喜他這樣的性子，在一大堆追逐捧她的男人中，顧從仁寫了無數詩詞讚美她，親手做胭脂水粉給她；為了給她畫一幅讓她滿意的丹青畫，幾天不睡覺；為討她歡心，還曾換上戲服，為她唱一場《西廂記》……

「別傻了，你家裡的人容不下我，如今我這般安寧度日，不缺吃喝，很好。」胭脂抬起手，彷彿十分不忍般，溫柔地替顧從仁擦去腮邊的眼淚。「回去與你夫人好好過日子。」

「我不走！」顧從仁緊緊抓著胭脂的手，大聲喊叫。「胭脂，我想了妳這麼久，好不容易才見到妳！從今往後，我就住在這裡，跟妳在一起！」

「別說傻話。」胭脂溫柔而憐惜地瞧著他，輕嘆一聲。「我們之間的緣分，早就斷了。從前我不敢奢望，如今更奢求不得，我已經認命，你也認了吧！」

顧從仁聽了，越發激動得不能自已，又見胭脂眸光顫動，一滴清淚無聲滑落，更是心痛難當。

「我不認！這回我絕不會再委屈妳！妳信我，我這就回去求母親，求她做主把妳接回顧府，她老人家疼我，一定會答應的！」

就在顧從仁拉著胭脂激動得說個沒完時，狀似瘋婦的秦氏帶著丫鬟、婆子打上門來。

「顧從仁，你果然在這裡！」

秦氏雙眼發紅，瞧著顧從仁動情地拉住胭脂的手，氣得雙眼幾乎要噴出火來，再不願留情，一聲令下，讓帶來的人動手。

顧從仁又驚又氣，可滿腦子只想著如何把胭脂弄回府去，此時居然顧不得顏面，與秦氏廝打起來。

這下子，小院裡一團混亂，打的打、罵的罵，鬧著鬧著竟鬧到大街上，引得路人側目。

有下人見秦氏和顧從仁鬧得實在不成樣子，遂偷偷溜出去，趕回顧府稟報了。

第二十三章　後院風波

下午，尤氏與顧蘭月送走最後一位夫人，母女倆還沒來得及歇口氣，就聽丫鬟說劉氏請尤氏去知懷園一趟。

尤氏來到知懷園，見劉氏正坐在椅子上，臉色不太好看地揉著額角。

劉氏也因家事勞累了一天，抬頭勉強對尤氏笑笑。「我這副模樣，叫弟妹笑話了。今日弟妹宴客，聽說忠勇伯府也來了人，不過只坐坐就走了，沒什麼事吧？」

劉氏是擔心外頭那些不利於顧從安的流言會讓忠勇伯府對顧府生出不滿，身為顧府當家主母，她自然擔心顧蘭月的親事會受波及，故而關心幾句。

在沒將退親這件事擺到明面上來之前，該做的表面工夫，尤氏自然會做得滴水不漏，雖然不喜歡忠勇伯府的人，還是下帖子邀請；不過，來的只有二夫人，道忠勇伯夫人年前事忙，實在抽不出身，言語雖然懇切，但其中的倨傲真是讓人心裡不舒服。

「俞二夫人道年前事忙，所以忠勇伯夫人並未過來。」尤氏淡淡笑道：「是我的不是，偏挑在今日宴客。眼見沒兩日就是除夕了，各家定然很忙，只是我想著年後還須去各家走動，也要辦華姐兒的及笄禮，這才倉促安排今日宴請，順道替我們老爺解圍。」

劉氏點頭，輕嘆道：「年前年後的宴請本就多，這幾天門房送來的帖子，我要安排年節的事，實在沒心思看，要煩勞弟妹幫我分擔些，三房剛回京，正該多走動走動。」

尤氏有些驚訝，一時不知這是顧從明的安排，還是劉氏真想跟三房交好，從而提攜的意思，略沈吟道：「既然大嫂信得過我，我就不推託了。」

劉氏見她言語誠懇，心裡略感安慰，說了幾家夫人的性情脾氣，正要讓人將往年各家送禮的單子送來給尤氏瞧瞧，就見丫鬟慌慌張張地跑進來——

「夫人，不好了！二夫人與二老爺在大街上打起來了！」

劉氏聞言，霍地站起身，起得太急，竟險些暈倒。

尤氏忙扶住她，見她氣喘急促，趕緊幫她拍背順氣。

劉氏臉色慘白，喘了好一會兒，總算順過氣來，抓住尤氏的手，厲聲道：「快派人把他們帶回來！」

尤氏點頭應下，又招劉氏身邊的丫鬟進來服侍，這才走出房門，站在屋簷底下吩咐道：「找幾個護院跟粗使婆子，趕緊將二夫人和二老爺帶回府裡。」

她想了想，又道：「請老太太院子裡的洪嬤嬤親自走一趟。」

見人都下去了，尤氏依然站在屋簷底下，瞧著天空中悠悠飄落的細小雪花，眼中冷峻光芒一閃而過。

當街打起來了？打得好！

她要二房從今日開始，再無寧日。

等尤氏回來，劉氏向丫鬟問明白二房夫妻為何在大街上大打出手後，愣怔許久，方才嘆息出聲。「真是冤孽啊！」

尤氏故作不解。「大嫂，那位胭脂姑娘是？」

「是昔年名滿京城的花魁娘子，那時你們在任上，所以沒聽說過。」劉氏不欲多言。「這件事，我是處理不好的，只能請母親示下，若三弟妹無事，便跟我一起去見母親吧！」

尤氏扶著滿臉疲憊的劉氏往外走。「要不要讓人知會大伯跟老爺一聲？」

劉氏想了想，覺得顧從仁那邊的確不適合她跟尤氏去插手管教，便吩咐人去官署，等顧從明與顧從安忙完了正事就趕緊回府。

兩人到了知慈院裡，雖然覺得難為情，但此時不說破，等會兒顧從仁夫妻回來也要說破，都是刺激，不過早點跟晚點的區別罷了。

劉氏咬牙，簡短地說了。

顧老太太一聽，果然捂著胸口開始叫疼，劉氏與尤氏扶著她，一邊命人拿藥、一邊讓人倒水，好歹服侍著把藥餵下去，一會兒後，顧老太太才睜開眼睛。

「孽障，孽障！」顧老太太半躺在軟榻上，不由老淚縱橫。「人呢？帶回來沒有？」

她話音剛落，就聽見外頭吵吵嚷嚷的聲音。

尤氏緊走幾步，掀起簾子往外看。「母親別著急，二伯跟二嫂回來了。」

兩人一邊往屋裡走，一邊互相廝打，哪還有平日相敬如賓的模樣。

尤氏心裡冷笑，揚起聲音道：「二伯，二嫂，母親正等著你們說話，快進來吧！」

原要伸手去扯秦氏頭髮的顧從仁這才悻悻收回手，見尤氏盯著他的臉瞧，忙抬手臂，以寬袖遮掩被秦氏抓撓出道道血痕的臉，急步進了顧老太太屋裡。

秦氏不甘落後，提著裙襬小跑著跟在他身後，此時完全瞧不見尤氏，發紅冒火的雙眼只緊盯著顧從仁。

「怎麼？你還知道要臉啊？我還當你早不要那臉皮了……」

「潑婦，妳給我閉嘴！」顧從仁難堪的喝罵聲響起來。

尤氏唇角微勾，忙用帕子掩嘴遮住笑意，再移開帕子時，又是一副茫然著急的神色，跟在他們身後進了屋。

尤氏一進去，就見顧從仁與秦氏跪在顧老太太面前。

顧從仁張口便說：「母親，我要休妻！我一定要休了這潑婦！」

秦氏顯然沒料到顧從仁會說出休妻這樣的狠話，一時愣住，好半晌才回神，立時朝他撲過去，尖聲喝罵。「顧從仁，你要休了我給那賤人騰地方？你作夢！休想！」抬手又撓兩下，讓顧從仁本就傷痕累累的臉再添兩道新傷。

顧老太太驚喘一聲，捂著胸口，忙不迭地喊。「快分開他們！快！」

劉氏忙令丫鬟和婆子上前去攔人。「二叔，二弟妹，母親在這裡，你們別鬧了，一切自有母親做主。」

秦氏被人拉開，掩面嗚嗚哭起來。「母親，您一定要為我做主啊！我活不下去了，活不了了！」

顧從仁顧不得劉氏與尤氏在場，也含淚哭道：「母親，您疼疼兒子，兒子再不能跟這個心狠手辣的毒婦一起過日子！您看看兒子的臉，當著那麼多人的面，她就敢跟兒子在大街上廝打，兒子的臉全被她丟光，眼下淪為滿京城的笑柄，沒法見人！」

「顧從仁，是你自己先不要臉！」秦氏毫不懼怕地反唇相稽。「你還知道要臉？真要臉，怎會跟一個千人騎、萬人睡的妓女糾纏不清？你有什麼臉面去見外頭的人，真是可笑！」

顧老太太坐在上首，看著跪在地上的顧從仁與秦氏俱狼狽萬分、目眥盡裂地瞪著彼此，一副想置對方於死地的凶狠模樣，刺得她眼疼心疼，不由哎喲一聲，又捂住胸口。

翡翠與瑪瑙見狀，嚇得花容失色，雙雙喚著老太太，為她撫胸順氣，又叫婆子請大夫。

劉氏忙喚人再取藥丸來，瑪瑙哭著阻止。「大夫人，大夫交代過，那藥丸不能多吃，方才老太太已經服過一粒，萬不能再服。」

說著，她又流著淚去求顧從仁與秦氏。「二老爺，二夫人，求你們消停些吧，老太太的身體禁不住啊！」

一個是顧老太太的親兒子，一個是顧老太太的親姪女，見到顧老太太被他們氣得喘不過來，到底因愧疚而住了嘴，但看向對方的眼神，依然是明晃晃的恨意。

尤氏瞧著他倆形容狼狽的模樣，將那抹若有若無的笑意抿進唇裡。

正巧，大夫來了，尤氏遂換上擔憂關切的神色道：「大嫂，大夫來了，快讓大夫給老太太瞧一瞧。」

劉氏沒注意到她的表情變化，趕緊起身請大夫過來。

一陣兵荒馬亂後，顧老太太終於醒過來。

她一睜眼，瞧見自己最疼愛的兒子跪在跟前，滿臉血痕、頭髮散亂、衣衫不整，看著她的眼神裡，又是擔心、又是後怕。

「母親啊！」顧從仁見顧老太太醒轉，張口哭了出來。方才真是嚇壞他了，倘若他真將顧老太太氣出個好歹來，讓大哥跟三弟不得不回家丁憂，定會被活活打死！

跪在他身邊的秦氏也不甘落後，膝行上前，抓住顧老太太的手，哭喊道：「母親，您總算醒了，您一定要幫我做主啊！」

劉氏忍著氣喝道：「母親剛醒，你們這是做什麼？還不快住嘴！」

尤氏也道：「大嫂說得是，二伯與二嫂有話要說，也該輕聲細語，母親上了年紀，你們這樣一哭一號，母親還以為發生了天大的事，哪能承受得住？」

顧從仁聞言，原本斯文儒雅的臉頓時紫脹起來，連忙舉袖拭淚。「大嫂跟弟妹教訓得是，是我失了體統，讓妳們見笑了。」

秦氏卻張口嘲諷。「你還知道體統？你有什麼體統？你的體統就是為了一個青樓女人拋棄妻子！顧從仁，你這該遭天打雷劈的騙子！那年你是怎麼跟我說的，詛咒發誓以後再也不會見她，再也不會找她！」

顧老太太見狀，臉都青了，哆嗦著乾癟的嘴唇，目光陰鷙，恨恨地瞪向秦氏，啞聲厲喝。「妳給我閉嘴！」

「娘——」秦氏哀哀哭道：「是顧從仁對不起我，是他負心，他竟然想要把那個女人接進府裡，這是在打我的臉啊！那女人進了門，您讓冰姐兒跟秋哥兒日後怎麼出去見人？他們的父親迷戀青樓妓女，以後會有多少人在他們身後指指點點？娘，即便您不疼我，也要疼一疼冰姐兒跟秋哥兒啊！」

此時，秦氏恨極顧從仁，恨得要吐血了！

彼時，兩人年少，桃花樹下，少年紅著臉，結結巴巴對少女說：「表妹，我會一輩子待妳好，我不要別的女人，這輩子就妳一個。我們兩個，一生一世一雙人，好不好？」

剛開始，的確只有她一個。

可後來，顧從仁遇到了那個女人。

他開始嫌棄她不會鑑賞詩詞古畫，嫌棄她因生育過孩子的腰身不再纖細，嫌棄她不會調香更不懂香，嫌棄她總是將唇塗抹得太過紅豔，一點都不婉約靜美，甚至連她說話的聲調，他都開始嫌棄。

那次，他們吵得厲害，她一哭二鬧三上吊也未能打消顧從仁納胭脂進門的決心，要不是顧老太太死命壓著，胭脂又突然失蹤，恐怕事情不會那麼輕易了結。

秦氏原以為，這幾年，她已慢慢地將丈夫的心攏回來。

孰料，那個女人又出現了！

秦氏好恨，恨胭脂，可是更恨顧從仁！

這個口口聲聲許她白首盟約的男人，毀了昔日一生一世一雙人的誓言，也打破了她一生的美夢！

不過縱然恨得心頭吐血，她也絕不能把他讓給胭脂！否則她連一個青樓女人都比不上，此生便要成為別人口中的笑話！

顧從仁還想哀求，抬眼卻瞧見顧老太太疲憊地閉上眼睛，不打算再理他，心裡會意，只得悻悻住嘴。「累母親為兒子操心了，您好好休息，兒子這就出去等大哥回來。」

秦氏怔住，隨即回神，哭喊著要去拉顧老太太的手。「娘，您可不能不管啊！如果您不管我們三個，這家裡就沒有人會管了！娘，求您一定要給我們做主！」

「二弟妹，好了。」劉氏皺眉上前，拉起秦氏。「母親身子不是頂好，妳先出去，讓老人家好好歇著再說。」

語畢，見顧蘭月不知何時已經進屋，毫無聲息地站在顧老太太身邊，便吩咐道：「蘭姐兒來得正好，多陪陪妳祖母。」

顧蘭月看尤氏一眼，尤氏點了點頭。

顧蘭月收回目光，對劉氏說道：「大伯母放心，祖母交給我就好。」

顧從仁想到自己的狼狽形容被小輩看了去，滿心不自在，舉袖遮臉，飛快爬起來。

「母親歇著，兒子先走了。」說罷，他匆匆忙忙地跑了出去。

秦氏伸手要揪他，卻連一片衣角都沒摸到。

劉氏見她猶不起身，便示意身邊的奴僕上前。「送二夫人回知趣園。」

丫鬟與婆子領命，半是勸說、半是強硬地把秦氏帶走了。

接著，劉氏又吩咐洪嬤嬤及翡翠、瑪瑙好好照顧老太太，鉅細靡遺地安排妥當，方才與尤氏一道出了知慈院。

妯娌倆一出來，劉氏便忍不住嘆息一聲，苦笑道：「妳看，這都是些什麼事啊！」

尤氏想著方才秦氏狀若瘋癲的模樣，唇邊快意的笑容一閃而逝，跟著劉氏輕嘆，寬慰她。「大嫂別想太多，母親願意把這件事交給大伯，也是信得過大伯與大嫂的緣故。」

劉氏聞言，笑得更苦了。「這得罪人的差事……我真不知道該怎麼做才好。」

尤氏自然不肯幫她出主意，只一味安慰她。「大伯行事果決，想來很快就能解決了。」

劉氏忍不住又對她倒苦水。「哪有這麼容易。妳也看到了，二叔那個樣子，只怕不肯打消念頭；納妾本不是大事，可他偏偏要納個青樓女子，若是傳出去，像什麼樣子？

「還有二弟妹，有什麼事情不能關上門好好說，非要鬧得人盡皆知，不知外頭現在如何議論顧府，他們兩口子倒是打得痛快……府裡男孩、女孩都多，未訂親的也多，今日他們鬧出這一場，雖說與長房、三房不相干，然而一損俱損，日後姑娘們說親，只怕要難了。」

尤氏聽了，面上神色也暗淡下來。顧蘭月的親事是一定要退的，但她已經十六，退親後，得趕緊再尋一門親事。

不過，尤老夫人已經答應，倘若顧蘭月退親後，說親不順利，便將顧蘭月嫁回尤家，且不拘哪一房，都是真心喜歡顧蘭月的，若非顧老太太當年做主訂下忠勇伯府，說不定早已與尤家結成兒女親家。

還有顧華月，肖氏與她的交情頗好，又有回京路上的患難與共，兩家早已有了默契，只等黃泰生榜上有名，便會訂親。因此，二房的醜事並不會影響她親女兒的親事。

但是，庶女的親事就不一定了。

「大嫂說得很是。」尤氏面上十分沈重。「今日原本有兩家瞧上我們三丫頭，不知二房這事會不會對三丫頭有妨礙；還有老爺，好不容易想出法子解了流言的局，二叔又鬧出這種事，升遷的調令尚未下來，我真是擔心……」

這回，換成劉氏安慰尤氏。「三叔的差事，應該不會出錯。我聽我們老爺提過，這幾天，他一直在為三叔的事情奔走，咱們齊心協力，總能順利度過眼前的難關。」

妯娌兩個，妳寬慰我一句，我安慰妳兩句，絮絮說了半晌才分開，回了各自的院子。

另一邊，顧清和過來探望顧桐月時，顧桐月正拿著顧雪月送來的帖子細細瞧著。

顧雪月剛剛離開，明著是給顧桐月送帖子，實則是想從她這裡打聽府裡到底出了什麼事。

得知是二房的事，顧雪月就沒了多問的興致，略坐坐就離開了。

她剛走沒多久，顧清和便來了，姊弟倆自是好一番噓寒問暖。

巧妙見到顧清和，忍不住又想上前獻殷勤。

顧桐月見狀，便開口道：「和哥兒這是剛從外面回來？外頭冰天雪地的，定然凍壞了。巧妙，妳去廚房看看，讓他們給少爺做點熱熱的吃食來，讓少爺暖暖胃。」

巧妙連忙應下。「奴婢與廚房的人甚是相熟，這就過去吩咐。」

見巧妙出去，香扣也有眼色地退出房外，拿過針線籃子，一邊做針線、一邊替顧桐月守著門。

「姊姊，那個丫鬟怎麼又回來伺候了？」顧清和皺著眉頭問道。

「她的爹娘都在大伯母院子裡當差，有些事，她比較方便去打聽。」顧桐月並不隱瞞，直言道：「姊姊知道你不喜歡她，往後你過來時，我想法子把她支開，好不好？」

顧清和點頭。「姊姊屋裡的人都是陽城帶回來的，就巧妙一個是家生子，留在妳身邊雖然礙眼，但確實有用處，姊姊不必顧忌我，該如何就如何吧！」

說完，他關切地瞧著顧桐月擱在錦被下的腳，問道：「今天姊姊的傷好些沒有？」

顧桐月不想讓他擔心，若無其事地笑道：「好多了，和哥兒不必擔心。今日去了哪裡，似乎回來得有些晚？」

「今天二哥領我去書肆買書，又見他的同窗，去了他們辦的賞雪宴，聽人做些酸詩，就回來了。父親還沒有回來？」

「正院那邊沒動靜，應該還沒回來。」顧桐月對顧從安不甚關心。「今天你也累了，早點回去歇息。」

「聽聞家中出了事？」被顧桐月當成小孩子的顧清和有些不滿了，問道：「有什麼事是不能告訴我的？」

「不是不能告訴你，只是沒有必要罷了。」顧桐月輕描淡寫道：「是二伯他們那房的事，與咱們並不相干。」不願讓顧清和接觸太多內宅的隱私之事。

顧清和聞言，便不再多問，見屋裡沒其他人，才從荷包裡取出一只小小的青玉瓷瓶。「這個給姊姊。」

顧桐月疑惑地接過來，還未打開小瓷瓶，就先聞到一股淡淡的、很好聞的藥香。「這是什麼藥？」

「說是對跌打損傷極有效的，每晚姊姊用熱水泡腳後，讓丫鬟幫妳上藥，多按摩一會兒，藥效會更好。」顧清和叮囑道。

顧桐月瞧著滿臉認真的顧清和，心裡又是感動、又是高興。「這藥是哪裡來的？」裝藥的青玉瓷瓶觸手生溫，玉色亦是上等，並非尋常藥鋪用得起的。

顧清和聽了，表情掙扎，彷彿在猶豫要不要據實以告。

顧桐月斜眼看他，把玩著小瓷瓶。「這不是一般藥鋪賣的藥，且尋常人家也用不起這樣的青玉瓷瓶，和哥兒，你打算對我撒謊嗎？」

顧清和長吁一口氣，還是實話實說。「今日在書肆遇到蕭公子，他問起姊姊的腳傷，然後給了我這個，說是活血化瘀的聖藥。」

顧桐月心中一跳，垂眸瞧著指間的青玉瓷瓶。「他還說什麼了？」

顧清和細細打量她的神色。「別的並沒有什麼。姊姊，妳跟蕭公子……他怎麼會知道妳受了傷？」

顧桐月抬眼望著顧清和，見他滿臉的擔憂與不安，哭笑不得。「我跟蕭公子並沒有什麼，那日發生混亂時，蕭公子正好在場，順手幫我一把，所以知道我受了傷。」

顧清和聞言，露出放心的笑容，因為自己的多想而有些不好意思。「原來是這樣，我還以為……沒事就好，沒事就好。」

「別胡思亂想，以蕭公子如今的年紀，就算尚未訂親，只怕也快了。」顧桐月這般說著，不知為何，心裡竟有些惆悵。一時間又覺得自己想多了，那惆悵定非真的，不過是莫名其妙的情緒罷了。

顧清和卻道：「那倒未必。」

顧桐月疑惑。「怎麼，蕭公子的親事有什麼曲折不成？」

顧清和聽顧桐月問起，便道：「我聽二哥提過兩句，說是與蕭公子的身世有關。原來蕭公子是定國公府的人，父親為老定國公的嫡出長子，算起來，蕭公子應該是定國公府的嫡子嫡孫。」

顧桐月想起，蕭瑾修獨自住在朱雀街，便好奇地問：「可蕭公子並未住在定國公府，這又是為何？」

她記得老定國公有三子，都是蕭老太君所出，如今的定國公若不是老定國公的嫡長子，難不成那蕭老太君是老定國公的續弦？

「二哥道，蕭公子的父親原是老定國公的元配夫人所出，只是國公夫人生下蕭公子的父親後，沒多久就去世了，老定國公就娶了如今的蕭老太君。因時間久遠，前頭那位元配出身低微，據聞是商戶出身，不知是真是假，是以近些年世人只知蕭老太君，不知前頭那一位早逝的老夫人。」顧清和見顧桐月聽得認真，便將自己聽說的一股腦兒說與她聽。

顧桐月聽得咋舌不已，不知當年定國公府的內宅裡是怎樣一番腥風血雨，竟讓蕭瑾修這嫡子嫡孫淪落到連家都回不去的境地。

她想著，不禁又問：「如此，蕭公子的父親便是定國公府的嫡長子，那他是如何被趕出定國公府的？」

「蕭公子的父親不但被趕出定國公府，聽聞當年還被族裡除名。我問二哥，二哥也說不出個所以然來，想必是蕭公子的父親犯下不可饒恕的大錯，才會被除名。蕭公子的父親被趕出京城後，老定國公就給蕭老太君所出的大兒子，也就是如今的定國公請封了世子。」顧清和瞧著顧桐月。「如果姊姊想知道，我再多打聽打聽？」

「不用了。」顧桐月忙道：「我不過是好奇，才多問兩句。蕭公子是咱們的恩人，若他有困難，咱們能幫就幫一把，不過蕭公子自己就很厲害，應該用不上咱們。」

顧清和認真點頭。「姊姊說得很是。」

姊弟兩個又說了一會兒話，聽聞尤氏回來，顧清和便起身去了正房。

如今顧清和已正式記在尤氏名下，尤氏本就疼他，如今越發名正言順，見了顧清和，自是噓寒問暖好一陣子。聽聞長房二少爺待顧清和很是盡心，心裡便盤算著，要送點什麼過去以示感謝。

母子倆說了一會話，就聽人稟告，說顧從安回來了。

尤氏與顧清和起身，顧從安大步從外頭走進來，見顧清和陪著尤氏說話，稱讚兩句，又考了功課，才讓顧清和回去歇息。

顧清和一走，尤氏面上的笑容便淡下來。

顧從安難免有些尷尬，上前去拉尤氏的手。「夫人，還生為夫的氣呢？」

剛剛他進門時，尤氏便發現他滿臉喜氣，顯然外頭那些流言已不足為懼，又或者，升遷的調令已經下來了。

果然，顧從安歡喜道：「別氣了，告訴夫人一個好消息，今日吏部已經正式發下我任職戶部侍郎的調令，等年後開朝，便走馬上任！」

尤氏懸著的心終於落下，卻還是不肯給顧從安好臉色，只不冷不熱地說：「如此，恭喜老爺，賀喜老爺。」

「若沒有夫人這賢內助大力扶持，這事也不能如此順利。」顧從安這時倒是真心感激尤氏。「也幸而昨日那場混亂，將我的事情壓下去。」

老御史死在西坊茶樓裡，眾目睽睽下，刺客不但殺人，還放火燒樓，引發百姓惶恐，爭相奔逃，造成不少傷亡。

武德帝大怒，勒令靜王、英王與康王三王聯手調查此事。

尤氏一聽這事，顧不上與顧從安生氣，蹙眉思索道：「三王聯手？昨晚大伯跟你說了些什麼？」

顧從安有些詫異地瞧著尤氏，沒料到她竟對時局如此敏銳，隨即想到，自家夫人可是尤老太爺抱在膝頭上長大的，對朝事耳濡目染，便毫不隱瞞，把顧從明的話說給她聽。

「大哥道，這回太子只怕要不好，想讓我去岳父那邊，想法子幫忙周旋。」

顧從仁與太子一黨走得很近，這是顧從安與尤氏回京後才知道的事。

「茶樓的事跟太子有關？」

尤氏心想，太子未免太不順了，才有黃玉賢拚死帶回來的確鑿罪證，又遇上當街刺殺案；顧從明的態度也轉變得太快些，前兩天還訓斥顧從安不要站錯隊，一力擁護儲君，那才是正統，這兩日他似乎琢磨出武德帝的態度，想從太子黨抽身而退了？

「老御史前腳才參太子一本，後腳就遭人當街刺殺身亡，還被焚屍，更有無辜百姓慘遭不幸。太子殿下可能做了前半件事，之後放火，怕是旁人做下的，自然也算在他的頭上。」顧從安猜測道：「又或者，老御史的死跟太子無關，但三王聯手，卻是無論如何也會將這罪名安在太子頭上。」

尤氏見微知著，蹙起眉心去看顧從安。「陛下深知靜王等人對太子的心思，仍讓他們主理審查此案……」

顧從安乘機摟住她，滿意地含笑頷首。「正是，恐怕太子殿下已經徹底被陛下所厭棄，不知此案之後，陛下會如何處置太子殿下。」

尤氏淡淡道：「只要太子殿下不舉兵造反，陛下顧念父子之情，想來以後的日子也不會太難過。」

當然，廢太子怎麼也比不上太子風光就是了。

顧從安卻聽得心頭一跳。「太子自小被冊立，早已習慣一人之下、高高在上的掌權日子，倘若一朝跌落雲端，依他的脾性，只怕真會……夫人先歇下，我這便去找大哥再商議一番，看看有沒有更好的脫身之計。」說罷就要走。

尤氏卻扯住他的衣袖。「老爺且慢，太子殿下又不會即刻舉兵造反，況且這也只是你我的猜測，並沒有真憑實據，且先觀望些時日再說。馬上就要過年，靜王等人再想將太子定罪，也不會趕在年前，惹陛下不悅。」

尤氏說著，顧從安不住點頭，他早知尤氏對於朝事有超越其他婦人的敏銳，卻沒想到，她竟有這樣的見識！

「夫人說得極是，即便要鬧，恐也要等到年後了。」顧從安十分贊同尤氏的話。「幸而年後我才走馬上任，於此事並無牽扯。」

尤氏白他一眼。「老爺是沒有牽扯，卻要提防大伯那邊，大伯到底是不是太子殿下的心腹？倘若長房牽涉過深，咱們三房可會有無妄之災？」

「夫人思慮得是！」顧從安一斂方才的愜意，憂心忡忡道：「我還是得去大哥那邊走一趟才行。」

「大伯與大嫂怕有要事商量，此時過去，他們應該沒空見你。」尤氏輕嘆一聲，將二房鬧出的醜聞和盤托出。「老太太讓大哥做主二房的事，這麼大個燙手山芋，你去了，誰知大伯會不會隨手丟給你？」

顧從安聞言，立時打消了去知懷園的念頭，皺眉嘆道：「老太傅有句話說得很對，姨娘、通房都是亂家根源！那出身青樓的女人若真進了門，二房不知要亂成什麼樣子！」

尤氏聽了，似笑非笑地瞅著他。「姨娘、通房都是亂家根源？敢問老爺，誰家沒有幾個姨娘、通房？即便如老爺這樣不好女色的，不也有兩個姨娘？」

顧從安知道尤氏這是暗諷他寵愛莫姨娘的事，也因此惹出流言，險些害他升不了官，臉上有些訕訕。

「不管如何，大哥應當不會讓青樓女子進門的。」

尤氏聞言，幾不可聞地冷哼一聲，拂開顧從安的手。「聽聞老爺昨兒夜裡去東跨院發了脾氣，今兒我見她還惶恐非常呢！這會兒老爺的事情塵埃落定，應該過去安撫她才是，免得她因老爺思慮過重，妨礙了養傷。」

孰料，顧從安聽了，竟不生氣，也沒有出去的意思，見尤氏拾起方才看的書，坐在軟榻上繼續看，便有些訕訕地摸摸鼻子。

「京城不比陽城，該教她京城的規矩了，無論什麼時候，咱們三房都當以夫人為尊，不然再鬧出這樣的事來，也是煩難。」

尤氏聽著，可有可無地嗯了聲，神色頗為冷淡，眼角餘光掃到顧從安欲怒又強忍住的神色，嘴角輕輕勾了勾。

顧從明自劉氏口中得知家中發生的事，眉頭狠狠皺了起來。

他已因太子的事情心力交瘁，遂煩躁地看向劉氏。「妳是這府裡的當家主母，府裡的事務，該由妳做主，連這些細微末節的小事都處理不好，如何當這個家？」

劉氏聞言怔住，半晌後才委屈道：「知道老爺在外面忙大事，但凡家中我自己能做主解決的，哪一樣煩過老爺？

「老太太向來最疼二叔，他鬧成那樣，剛才有人來回話，二叔又不管不顧地出府去尋胭脂姑娘了；我派人去阻止，但二叔不是犯人，下人們也不敢強行動手，我又是婦道人家，難不成要我親自去攔人？況且老太太說了，這件事交給老爺處置，我又如何敢做老爺的主？」

見劉氏竟使起性子，顧從明亦是氣不打一處來。今日他在外頭奔走一天，從先前篤定太子不會有事到眼下的動搖心慌，已是心急如焚、六神無主，哪還有心情去安撫劉氏，見她這般作態，只覺越發礙眼，索性一甩袖子，板起臉，冷冷道：「今晚我歇在書房。」

「老爺！」

劉氏起身追了兩步，見顧從明頭也不回地走了，咬唇站在那裡，眼淚瞬間流了下來。

知趣園裡，顧冰月看著自回來後便不停打砸東西、高聲喝罵丫鬟、婆子以及顧從仁的秦氏，只覺得腦袋一陣接一陣地痛。

她看著面前形容瘋癲的女人，再無半點大家出身的氣質與風度。明知這樣想不應該，顧冰月依然忍不住想著——如此不懂事，難怪父親會迷戀一個青樓妓女。

「母親，您別鬧了。」

等秦氏將能砸的全砸了，也沒力氣繼續叫罵，顧冰月才上前開口勸道：「您這樣，只會把父親越推越遠。」

「冰姐兒，妳不知道，妳不懂……」秦氏一把抱住女兒，這一刻才流露出極度脆弱的一面，無聲流著眼淚。

「現在妳父親眼裡、心裡只有那個女人，再也沒有咱們娘兒幾個了。我跟他這麼多年，誰也沒有我了解他，他這次是鐵了心啊！以前還有老太太幫著咱們，可這次，連老太太都撒手不管，冰姐兒，咱們該怎麼辦？」

顧冰月沒想到秦氏會變得脆弱如斯，剛剛還有些厭煩她哭鬧打罵、全然市井潑婦的做派，此時心裡亦是十分難過，眸光幽幽，低頭略想了想，道：「母親，父親已經變心，不如就成全了他，讓他把那女人納進來吧！」

秦氏聞言，猛地推開顧冰月，難以置信地審視著女兒雪白無瑕的小臉，氣得連聲音都顫抖起來。

「妳……妳說什麼？妳知不知道那個女人是什麼身分？她是青樓妓女！若真順了妳父親的心意，納她進門，日後你們姊弟該怎麼辦？妳還沒有訂親，以後妳弟弟還要讀書求取功名呢……」

顧冰月細聲細氣地打斷她。「父親的官職原就不顯，也錯過了這次的升遷，他執意要納青樓女子，便已經做好捨棄仕途的準備。

「母親越鬧，父親在外越是難看，與其讓他跟那女人受人指點，連累我與弟弟，倒不如把人接進來，放在眼皮子底下；不過一個妾室，要打要賣，還不是您說了算？就算再鬧，也是關上門的事，外頭不會有什麼非議。」

秦氏聽得發傻。「可……可妳跟妳弟弟……」

「我的親事，自然比不得大姊跟二姊她們，若與咱們二房門當戶對，也不會嫌棄我，便是良配了。

「至於弟弟，以他的身體，不指望他將來科舉榜上有名，不如趁早尋個出路，要不跟著長房的哥哥們，要不跟著三房的和哥兒。有長房或三房看顧一二，日後我們姊弟也不會差到哪裡去。」顧冰月頭頭是道地說。

秦氏表情變幻莫測。「要巴結長房跟三房？」

「若母親拉不下臉，只管與大伯母交好，三房那邊，自有女兒。」顧冰月深知秦氏與尤氏的過節。「只是眼前第一件事，便是讓人把父親找回來，說您同意他納那個女人進門。」

秦氏仍無法下定決心。「那種地方出來的女人，心機手段十分厲害，真讓她進門，轄治住妳父親，咱們娘兒三個在府裡哪還有容身之地？」

顧冰月搖頭。「現在您就去長房找大伯母，只說您同意父親納妾，只是往後還請大伯母多關照我們。大伯母生性寬厚，知道您忍辱負重答應此事，以後對我們娘兒幾個，定會多照拂幾分。顧府沒有分家之前，父親再寵愛那個女人，對我們也不敢太過分。」

「就怕那個女人攛掇妳父親對付妳跟妳弟弟。」秦氏還是憂心重重，不肯輕易答應。

「冰姐兒，這是大人的事，妳小孩子家的，不要管了。」

說罷，她抹去臉上的淚水，吩咐丫鬟送顧冰月回去休息。

待顧冰月走遠，秦氏坐在房裡，細細謀算著。

眼看顧老太太是不中用了，她要趕緊送信回娘家，讓他們幫忙想辦法，就算要毫無聲息地弄死那個女人，也絕不能讓她進門禍害她的孩子們！

第二十四章 出門揍人

是夜，尤氏查完帳本後，聽完二房的事，淡淡笑了笑，問海秋。「莊嬤嬤還沒回來？」

轉眼要到除夕，她心裡再不喜歡忠勇伯府，也不得不依照禮數，讓莊嬤嬤去忠勇伯府送年禮。

話音才落，莊嬤嬤便走進來。

「忠勇伯府怎麼說？」

今日尤氏讓莊嬤嬤前去，讓她務必見到俞夫人，把銀樓的事說給她聽，想試探她對此事的態度。

莊嬤嬤站在尤氏身後，為她卸下頭上釵環，聞言苦笑一聲。「俞夫人不肯承認，道是我們家姑娘眼花看錯了，說俞世子品性高潔，如何會行狎妓之事？還說親家雖不是真正的親戚，但也該懂得守望相助的道理……」

尤氏神色不變。「看來，宮裡的賢妃娘娘果然十分受寵。」

「是。」莊嬤嬤十分不平，她知道尤氏要退親的心思，此時便不遮掩，將自己所見一股腦兒說出來。

「奴婢離開前，瞧見俞世子扶著個妖嬈的女子上車，奴婢一時沒忍住，追上去，藉著請安告訴他，奴婢是顧府的人。結果，俞世子當著奴婢的面，就叫那女子心肝，還道咱們姑娘比不上那妓女一根手指，以後即便嫁進忠勇伯府，也不用將姑娘放在眼裡。

「當下，奴婢氣得想撕他們的衝動都有了。俞世子實在太過分，竟在一個下三等的妓女面前這般打我們大姑娘的臉！」

「我如何能讓蘭姐兒嫁給那樣的人。」尤氏手裡捏著一支金釵，釵尖抵著她的掌心，傳來一陣鑽心的痛。

但她彷彿無所覺，甚至還笑了笑。「那女子，可就是他們說的花魁娘子？」

「奴婢跟著他們的車，那車確是停在了凝香館。」

尤氏與莊嬤嬤低聲說話，誰都沒有留意到，顧蘭月安靜地到來，又安靜地離開了。

昨晚長房與二房發生的事，隔日一早，顧桐月就從巧妙口中得知了。

瞧起來柔弱的顧冰月很叫她刮目相看，沒想到她竟會告訴秦氏，先同意胭脂進府再說。她設身處地地想了想，倘若她是顧冰月，定然也會這樣勸說秦氏，無論如何，先把人弄到眼皮子底下來。

胭脂到底是個青樓女子，進了顧府，一能防著她害顧從仁的子嗣，二則不讓她懷有身孕，她在這府裡無兒無女，毫無根基，再過幾年年老色衰，秦氏再捧出幾個年輕貌美的姨娘，顧從仁眼睛一花，哪還會把心放在胭脂身上？

便是與她熬日子，熬到最後，秦氏也會是贏家。

只可惜，秦氏不願意。

香扣見她若有所思，笑道：「二夫人與二老爺是青梅竹馬的情誼，不肯讓二老爺把人接進府，也是意料之中。」

顧桐月忍不住嘆口氣。「這大概就是誰愛得多，誰先輸吧！」

她這脫口一嘆、老氣橫秋的模樣，讓向來穩重的香扣愣了愣，隨即哭笑不得道：「姑娘在奴婢面前說說也罷，這愛不愛的，您可別在旁人跟前出口，要被人笑話的。」

顧桐月也深覺自己失言，不再多說，見香扣拿了青玉瓷瓶來，便拉起裙襬，露出嫩白如玉的小巧腳踝來。

香扣一瞧，驚喜道：「姑娘，這藥果然十分管用，腳踝瞧上去已經不腫了，奴婢再多揉一下，說不定您就能下地。明天是除夕，其他事倒罷，祭祖是勢必要去的，腳好了，想來明日也不會太辛苦。」

她一邊說著、一邊仔細幫顧桐月揉腳踝，一炷香工夫後，才停手。

顧桐月也覺得腳傷好了許多，輕輕轉動腳踝，不似昨日那般鈍痛，驚喜道：「這藥果然很不錯，收好了，以後說不定還能派上用場。」

「八妹真是的，這年關節下的，該多說些吉利話才是。」

顧桐月話音才落，就聽見顧蘭月笑盈盈的聲音自門口傳進來。

顧桐月忙要起身相迎，顧蘭月伸手按住她，目光自她手中的青玉瓷瓶一掠而過。

「八妹這腳傷，瞧上去確是好了不少。」

「是呢！」顧桐月有些摸不清顧蘭月的來意。「方才香扣替我上藥，這會兒更好受些，說不定明日就全好了，多謝大姊百忙之中還抽空來看望我。」

「我可不是白來看妳的。」顧蘭月含笑讓人將她給顧桐月準備的點心拿上來。「這是我閒來無事做的梅花糕，八妹嚐嚐。」

「大姊專程給我送梅花糕來？」顧桐月請顧蘭月坐下說話，有些難以置信地瞧著丫鬟從食盒中取出的金黃色糕點，俏皮一笑。「大姊可是有事求我？」

原本只是玩笑，孰料顧蘭月竟真的點頭。「是有件事想請八妹幫忙，事成之後，隨妳要什麼謝禮，只要大姊有，絕不會推託一字半句！」

顧桐月愣了愣，忍不住苦了小臉。顧蘭月可是顧府嫡長女，有什麼事能求到她這個一無所有的小庶女身上？此事肯定很不得了、很難辦啊！

可顧蘭月話說到這個分上，她也只得硬著頭皮道：「不知大姊想要我做什麼？」

「聽聞妳與御前護衛蕭大人很熟，我想向蕭大人借兩個身手厲害的人一用。」

顧桐月聞言，震驚地瞧著表情平靜得彷彿不是在說外男，只是隨口品鑑胭脂水粉的顧蘭月。

「我……我跟蕭大人其實也不太熟……」

她唯一相識的蕭姓人士只有蕭瑾修，是誰告訴顧蘭月她跟蕭瑾修很熟的？這話若讓人傳出去，她還要不要活了？

而且，蕭瑾修竟然是御前護衛！聽唐承赫說，能做到御前護衛的，都是皇帝極為信任之人，否則誰放心將帶著刀的護衛放在眼皮子底下，還要人家保護自己的性命呢！

「蕭大人兩次三番救了妳，我都知道。」顧蘭月神色淡淡，眸光一轉，瞧見顧桐月驚得小臉發白的模樣，又笑起來。「怕什麼，我又不會告訴別人，妳也別問我是從何處得知此事，權當我請求也好，要脅也罷，這次之後，我自會留個大把柄在妳手中，日後妳也可以拿這個來為難、要脅我。」

這下，顧桐月又嚇了一跳，瞧著眼前灑脫磊落的顧蘭月，一時不知該如何是好，只得道：「大姊這般信得過我，我願意盡力一試，只是不知，大姊借人來做什麼？」

顧蘭月聞言，唇畔的笑瞬間發冷，目中的狠戾讓人顫抖，似看著顧桐月，卻又好像沒看她。「八妹幫我借好人，我領著八妹一道出門，看場好戲如何？」說完，便告辭而去。

顧蘭月來得急，走得也很急。

她離開後，顧桐月久久沒回過神來。

但眼下顧不得去追究顧蘭月從何得知她與蕭瑾修相識的事，最要緊的是，她要如何把消息遞給蕭瑾修，而蕭瑾修又會不會真如當時承諾的一樣幫她？

不過，不管蕭瑾修答不答應，她已經答應顧蘭月，定會試試，才好對顧蘭月交代。

與外男私通書信的事，顧桐月不敢做，萬一被人抓個正著，如何是好？思來想去，還是親自出門妥當些。

正巧，巧妙進來，顧桐月便對她吩咐道：「妳去跟大姊說，雖然我腳傷不方便，不過陪她出門挑花樣，還是可以的。」

既是顧蘭月要人，那便讓她陪著出門去找蕭瑾修好了，若被發現，就兩個人一起完蛋！

巧妙應聲去了。

顧蘭月很快安排妥當，親自過來接顧桐月。

顧桐月在她過來前，已知會了尤氏。尤氏關切地問了她的腳傷兩句，見她確無大礙，並不為難，便放了行。

顧華月聽聞顧桐月要跟顧蘭月一起出門，也來了興致，想要同去。

顧桐月見狀，求救般地看向顧蘭月。

顧蘭月便如她所願，找藉口攔下顧華月，姊妹倆這才順利出門。

馬車平緩地朝朱雀街駛去。

車裡，顧桐月不由自主地打量顧蘭月。「大姊，妳向蕭大人借身手厲害的人，到底是要做什麼？」

顧蘭月閉著眼睛養神。「到時候妳就知道了。」

如此雲淡風輕，但顧桐月卻總有種她要鬧事的預感。

可問又問不出來，看樣子顧蘭月沒心情說笑，顧桐月也只好跟著閉目養神。

馬車很快駛進朱雀街，車伕問了蕭宅的方向，隨即停在離蕭宅不遠處的一棵光禿禿棗樹下。

顧桐月示意香扣下車叫門。蕭瑾修見過香扣，到時候見到面，便知是她來找他。

顧桐月將車簾掀開一條縫，往外瞧去，見蕭宅不過是一座兩進大小的宅院，看上去似已經有些年頭，暴露在積雪外頭的外牆更是露出斑駁的頹狀。

香扣站在大門口，叩響門環子，等了等，便見旁邊的側門打開，一個年邁的老僕攏著雙手、縮肩弓背地出來。

「姑娘找誰？」老僕瞇著眼打量香扣，彷彿很是吃驚，可見這裡鮮少有人來拜訪。

香扣說了幾句，老僕便順著她的手指瞧見靜靜停在棗樹下的馬車。

因要避人耳目，顧蘭月挑了家中最不起眼的馬車，且讓人將馬車上的徽記取下，因而老僕沒法子依此判斷車裡的人。

老僕又打量馬車兩眼，才收回目光。

過了一會兒，老僕掩上門，香扣折身走回來。

「怎麼樣？可是蕭公子不在府裡？」顧桐月連忙問道。

顧蘭月這才睜開眼，似笑非笑地看向顧桐月。「八妹別亂費心思了，我來之前，已經命人打聽清楚，如今已經罷朝，蕭大人定在府中。」她早聽出顧桐月想打退堂鼓，企圖誘導香扣說謊的小心機。

顧桐月被顧蘭月揭穿，也不懊惱心虛，反而笑嘻嘻地誇讚她。「大姊好生厲害，小妹真是佩服！」

果然，沒多久，便見穿著家常藍灰色長袍的蕭瑾修腳步匆匆走出來，找到棗樹下的馬車，見香扣對他盈盈一禮，心知車裡就是顧桐月無疑，連忙上前，卻是守禮地站在馬車旁，隔著車簾與顧桐月說話。

「顧八姑娘？」

「蕭公子，是我。」顧桐月出聲應道：「一大早過來，不會打擾你吧？」

「不會。」蕭瑾修早已察覺車裡除了顧桐月還有其他人，只是顧桐月不說，他也不好多問，原本想問問顧桐月有沒有用上他送的藥、好不好用，也因有旁人在而不好說出口。「不知顧八姑娘今日前來，所為何事？」

「之前蕭公子讓和哥兒帶來的傷藥很好用，我的傷已無大礙，多謝蕭公子贈藥之恩。」顧桐月在顧蘭月戲謔的注視下，客客氣氣地對蕭瑾修說道。

原本她心裡坦蕩得很，雖然認識蕭瑾修，但他們並沒有別的往來，此時在顧蘭月這樣意味深長的注視下，顧桐月莫名生出幾分不自在，忍不住咳了兩聲來掩飾。

蕭瑾修聽著顧桐月咳嗽，有心想關切兩句，又怕讓車裡另一人誤會，再生出對顧桐月不好的事情或流言來，便忍著沒問，只道：「顧八姑娘客氣了，之前蕭某受傷，全賴妳慷慨贈藥，如今不過是回報昔日之恩罷了。」

顧桐月聽著，心裡湧起些許暖意，蕭瑾修這般說，自然都是為了她好，但不及多想，在顧蘭月催促的目光下，為難地開口道：「蕭公子，今日前來，實則是有件事想請你幫忙。」

「顧八姑娘請說。」蕭瑾修察覺顧桐月語氣中的忐忑，唇畔揚起一絲笑意。

「我聽聞蕭公子手底下能人不少，因此今日想向蕭公子借兩個身手厲害之人。」顧桐月說出自己的請求，發現蕭瑾修沒有回應，忙道：「你放心，絕不是要讓他們行為非作歹、違法亂紀之事，而且就一天！」

蕭瑾修聞言，道：「並非我不信任顧八姑娘，只是眼下正是年關，除了當值的弟兄們，其他人恐怕沒有空閒；顧八姑娘若急著要人，便算上蕭某一個，至於另一個，我再找找，如此可好？」

顧蘭月湊近顧桐月，小聲道：「他這是不信任妳呢！」

顧桐月白她一眼。「換了妳，不也是一樣？現在蕭公子要親自來監督，妳還敢不敢用他及他的人？」

「有什麼不敢！」顧蘭月微微一笑。「妳跟他說……算了，我自己來說。」

既然蕭瑾修要跟著來，發現她的身分不過是早晚的事，她也懶得遮遮掩掩，倒弄得像是見不得人似的，故而清了清嗓子，輕聲開口道：「多謝蕭公子如此仗義相助；只是蕭公子在京裡算得上是熟面孔，眼下我需要的人，最好是不常出現在人前，以免日後被發現，遭到報復就不好了。」

還會遭人報復？

顧桐月瞪大了眼。「大姊，妳到底要做什麼呀？」

顧蘭月慢條斯理地衝她一笑。「當然是做壞事了。」

「蕭公子，剛才那些話，當我沒有說過。」顧桐月被顧蘭月弄得氣不打一處來，乾脆拆她的臺。「我們這就回……大姊？」

不過一轉眼工夫，方才還從容自若的顧蘭月，眼下已是淚流滿面。

顧桐月目瞪口呆地看著她，這變臉的動作是不是太快了點？

顧蘭月無聲淚流，梨花帶雨的模樣，竟比莫姨娘還要可憐幾分。
「大姊被人欺負，八妹當真不肯施以援手？」
連示弱的招數都使出來了，顧蘭月這是要做什麼大事啊？
顧桐月想著，不禁頭皮發麻，深覺自己上了賊船，想要抽身，可瞧著顧蘭月哭得這般可憐兮兮的，又於心不忍。
就心軟這一次吧！
若顧蘭月真要做對她不利的事，她只好捏著鼻子認了！但她對顧蘭月的心軟，有生之年，總有討回來的一天！
「好好好，大姊別哭了，我幫妳還不成嗎？」
顧蘭月一聽，立時破涕為笑。
顧桐月再次傻了眼。

白日裡的凝香館安靜矗立，絲毫不見夜裡的熱鬧喧囂與曖昧繁華。
誰都知道，白天青樓不迎客，這時卻有一名身材高大的青年男子站在凝香館門口敲門。
睡眼惺忪的鴇母邊打呵欠邊開門。「一大早的，是誰啊？」
青年忙作揖。「在下來找湘君姑娘。」
湘君姑娘正是凝香館的花魁娘子，正是很可能懷了俞家骨肉的女人。
不太高興的老鴇用一雙利眼將來人打量了好幾遍，見他身材高大魁梧，膚色雖黝黑，但藏青色披風脖領處鑲嵌的那圈銀狐毛卻不見一絲雜質與瑕疵；腰間玉珮看著平淡無奇，卻是極上等的岫岩玉，此人絕對非富即貴！

老鴇被吵醒的不悅立時不見了，笑咪咪地迎青年進門。「外頭天冷，公子快進來暖和暖和，咱們湘君姑娘還在歇息，公子請先坐坐。」

青年隨著老鴇走進凝香館。「在下久聞湘君姑娘盛名，十分傾慕湘君姑娘的才情與品性，想替她贖身，不知湘君姑娘的贖身銀子幾何？」

老鴇聞言，雙眼一亮，雖然湘君是她花了心力培養出來的，但如今年紀有些大了，二來又跟忠勇伯世子有了牽扯。她知道攀上俞家是好事一樁，可俞世子給的贖身銀子實在是……她也不能白養湘君一場不是？

再者，昨兒夜裡，竟有人往湘君的房間裡潑桐油，事後還發現一張字跡歪七扭八的紙條，說是湘君一日在凝香館中，凝香館就一日不得安寧的話。誰知道這是真的還假的，萬一是真的，昨兒潑了桐油，今兒就要點火，可怎麼是好？

眼前這人要贖湘君，看起來又是富貴模樣，給的贖身銀子定然不少，反正都是為了銀子，自然是誰給得多，就把湘君賣給誰。等俞世子過來，她再讓樓裡其他姑娘好好哄哄，也就罷了。之前她一直拖著俞世子，目的就是希望能多撈些贖身銀子回來。

老鴇這般想著，便將心一橫，伸出兩根手指比劃道：「公子給我二十萬兩白銀，即刻就能領著湘君離開凝香館。」

青年也不討價還價。「好，我這就讓人去取銀票過來。那湘君姑娘……」

老鴇原以為這公子少不得要討價還價一番，不想竟如此爽快，立時笑逐顏開地奉承道：「公子好大方，湘君能跟著您，真是她幾世修來的好福氣。公子稍等，老身這就上去請湘君下來。」說罷，提著裙襬，喜不自勝地上樓去了。

孰料，老鴇與湘君姑娘還未下樓，青年就聽見身後的大門被人一腳踹開，衣冠楚楚的俞世子帶著一群護院衝進來。

「什麼人敢跟我們家世子爺搶湘君姑娘，是活得不耐煩了嗎？」俞世子身邊的小廝瞧主子的神色，趾高氣揚地上前喝問。

青年被一群人圍在當中，只皺了皺眉，目光落在人模人樣的俞世子身上，不悅道：「湘君姑娘還未起身，請這位公子帶著你的家奴出去，不要擾了樓裡的清靜。」

「呸！」小廝惡狠狠地啐了一口。「你是從哪裡冒出來的臭東西，還不趕緊給我滾出凝香館！」

「有什麼事出去說，不要在這裡影響旁人。」青年說完，轉身要往外走。

俞世子臉色陰沈，一揮手，便有護院將青年攔下。

「想走？我們爺說了，今天你不留下兩條腿，別想活著離開。」

事情鬧大了，老鴇雖然心驚肉跳，但仍陪著笑上前，想要勸和，卻被護院一腳踢出去。

青年見從前門走不了，趁人不注意，轉身往凝香館的後角門走去。

這時，竟沒人去想，頭一次來凝香館的客人如何得知凝香館的後角門在哪個方向。

俞世子當他要逃走，一馬當先地追上去。

他來之前，已經打聽清楚，這想要贖湘君的男子是江南來的商人，在京裡並沒什麼雄厚背景跟後臺，他要收拾這樣妄想吃他的天鵝肉的人，還不是輕而易舉的事？

被打倒在地的老鴇眼睜睜地看著人追出去，哎哎兩聲，見無人理會，也不敢跟過去，只好與聞訊趕來的湘君抱成一團，無計可施。

俞世子指揮人追著青年到了一條暗巷中，還未走近，就聽見一聲接一聲的痛呼，還有拳腳落在身上的悶響，不由得意地笑起來，慢悠悠邁著外八字腿，邊走邊高聲喝道：「給我打！往死裡打！」

忽然，巷子裡的呼喝聲、呼痛聲戛然而止，俞世子只當那人已被打倒在地，故而出不了聲，轉身去瞧，見巷子裡橫七豎八倒在地上的，竟全是他帶來的護院，而原以為已經被揍成死狗的青年人，居然毫髮無傷地站在自己面前。

「一群膿包。」青年輕蔑地看著俞世子笑。

俞世子雙腿一軟，立時要逃，腦後忽然襲來一陣勁風，他只來得及感覺脖子的劇痛，便軟倒在地。

第二十五章　徹底丟臉

一輛不起眼的馬車停在巷子陰影處，豎起耳朵聽著外頭動靜的顧桐月吁了口氣，無語地瞧著顧蘭月。

「大姊，妳要不要再三思一下？」

顧蘭月慢條斯理地理理袖口，又掂掂嬰兒手臂粗細的木棍，粲然一笑。

「我已經想過上百遍，再沒有像眼下這樣清醒！」

「要是將人打出個好歹，這俞家……上頭可是有人的，日後吃苦的，還不是妳呀！」顧桐月忍不住勸道。

這種事若發生在東平侯府，根本不叫事，什麼賢妃，什麼忠勇伯府，東平侯府都沒放在眼裡。

可顧府能扛得起他們的怒火嗎？

她肯定，今天顧蘭月出來揍人，尤氏定然不知情，不然根本連門都出不了；倘若讓家裡發現，少不得要受一頓家法。受就受了，可若因此壞了尤氏的事，尤氏絕不會輕饒她。

「我有分寸。」顧蘭月撫著棍子，輕聲笑道：「咱們下去會會那世子爺吧！」

顧桐月見顧蘭月是鐵了心要痛揍俞世子一頓出氣，看她起身要下車，忙道：「好姊姊，萬一俞世子醒來，看到妳的臉就不好了，非要揍人，不如讓我去幫妳揍他一頓？只是，這般讓人偷偷摸摸揍他一頓，也礙不著他什麼啊！依我說，還不如讓他在京城裡徹底丟臉，日後連出門的勇氣都沒有，才叫好呢！」

顧蘭月雙眼一亮，連忙問道：「妳這鬼精靈，可是有什麼好主意？說來讓我聽聽。」

她原是想把俞世子痛揍一頓，狠狠給自己出口氣。自她與忠勇伯府訂親後，便一心憧憬著如何與良人共度一生，沒承想，夢想裡的良人，竟是這般不堪。惱怒、失望，加上厭恨，使她實在忍受不住，非要出了這口惡氣才好。

聽了顧桐月的話，她才驚醒，若能讓俞世子在京城丟盡臉面，如此退親之事，就更容易了吧？顧家可是吃虧，占了理呢，於她的名聲也沒有半點妨礙。

顧蘭月越想越覺得，顧桐月的話更合她的心意，於是毫不猶豫地將木棍塞到她的手中。「妳去揍他吧！我把這好機會讓給妳，讓妳消解心頭的鬱氣。」

顧桐月哭笑不得。「我哪有什麼鬱氣？」

「別哄大姊了，要是妳心頭無事，剛才坐車時何至於出了好幾回神，皺了好幾下眉，嘆了好幾次氣？」

顧桐月是想著要如何調查姚嫣然有沒有參與害她這件事，故而有些走神兒，沒想到一舉一動皆落入了顧蘭月眼中，也不辯解，笑嘻嘻地道：「大姊果然心細如髮。」說罷，提著棍子就下車。

蕭瑾修負手站在馬車旁，姊妹倆雖然壓著聲音說話，可他耳力過人，自是沒有錯過一字一句。

見真是顧桐月提著棍子下車，便有些不贊同地搖頭。「仔細手疼。」

顧桐月不喜自己被小瞧了，微挑眉，朝蕭瑾修看去。「別小看人。」

她這般噘嘴，流露出嬌俏之態，讓蕭瑾修微微一怔。

記憶裡那個姑娘，每當她對著她小哥撒嬌耍賴時，似乎也是這樣天真嬌憨的姿態，半點不見人前的端莊典雅。

怎麼總在這小姑娘身上瞧見她的影子？

蕭瑾修忍不住苦笑搖頭，他是魔怔了吧？

顧桐月提著棍子走向被人一掌劈昏的俞世子，那引誘俞世子前來的青年見車上下來個嬌柔的漂亮小姑娘，手裡還握著一根木棍，驚奇地張大眼望向蕭瑾修。

蕭瑾修朝他揮手，示意他避開。

青年卻不離去，反而頗有興致地靠在牆邊，環住雙臂瞧著顧桐月的舉動。他見過不少大家閨秀，卻從沒見過如顧家這兩位的，不但敢設計人，還敢親自扛棍子來打人的大家閨秀，委實讓人驚訝。

顧桐月見巷子口站著個與蕭瑾修年紀相當的青年，知道他是蕭瑾修找來的幫手，故而不覺得害怕，還感激地對他行了一禮。

顧桐月走近俞世子，見這人雖長得不錯，但臉白眼青，一看就是縱慾過度的模樣。如果唐承赫在這裡，定要指著他嘲笑，如此模樣還不知節制，好生調養，往後能不能生得出孩子，可是難說。

萬一顧蘭月真的嫁給他，以後沒有子嗣，可如何是好？想到以前唐承赫還跟他稱兄道弟一塊兒玩過，顧桐月就覺得……好想把識人不清的唐承赫也拖來打一頓！

她正這般想著，手上忽然一輕。

她轉過頭，便見蕭瑾修取走她手上的棍子。

「回車上待著。」

顧桐月眼珠一轉，輕聲哀求。「讓我試試吧！」

以往她還是唐靜好時，想修理人，吩咐一聲就行了，從未有親自動手的機會。

上一次，在驛站遇到刺客追殺，她對著刺客亂砸亂打之後，隱約覺得，親自動手似乎是一件頗為快意的事，很想再試一試，想知道那種快意到底是她當時太過緊張產生的幻覺，還是真的存在。

又或者，其實一直存在！那些年她不良於行，獨屬於唐家人的血性與凶狠，才被深深壓抑下來。

蕭瑾修忍不住搖頭。「尋常小姑娘瞧見打架都要嚇得喝安神湯，妳倒好，這種事情是可以隨便試一試的？」這樣說著，用眼神示意顧桐月站遠一點。

顧桐月不依地看著他，濕漉漉的黑眼睛彷彿會說話，長長鬈鬈的睫羽輕輕一動，似振翅欲飛的蝴蝶，撩撥得人心發軟，讓人不由自主想成全她。

「……就一下。」蕭瑾修清清嗓子，別開目光，把木棍還給她。「人身上有不少要害，倘若只是要教訓他一番，便要避開這些部位，如頭部、太陽穴、下巴、咽喉、頸後等等，都能一擊致命；另有鎖骨、腹部、脊椎及體內臟器……」

顧桐月定睛瞧著蕭瑾修認真的側臉，他一邊講、一邊順手拿起牆角處的朽木，在昏迷的俞世子身上指指點點。

這個人長得可真好看。他低頭說話時，下巴微微收起，鼻梁挺直、髮色如墨，沈沈黑眸似有流光；雖然他的神情冷淡又嚴肅，俊美無匹的臉上一絲笑意也無，微抿的唇線看上去分明有些嚴厲，但就是讓人移不開眼。

顧桐月的目光悄悄滑到蕭瑾修寬闊的胸膛、精瘦的腰腹，還有筆直修長的腿。

這人從頭到腳，無一處不好看。

這樣好看的人，卻有那般令人唏噓的身世，這世上果然沒有十全十美的事。

「……記住了嗎？」蕭瑾修指點完，側眸瞧向顧桐月。

方才偷偷落在他身上的目光，他自然有所察覺，那是單純的打量與審視，不帶任何意圖或目的，令他覺得好笑之餘，又莫名有些不自在。

「啊，記、記住了。」

顧桐月心慌意亂地收回目光。蕭瑾修應該沒發覺她在看他吧？隨即失笑，便是發現又如何，於他而言，她只是個小姑娘而已。

這般一想，她便定了定神。「雖然記住了，可是你教我這些，以後我也用不上呀！」

蕭瑾修淡淡道：「我也希望妳永遠不會有用上這些的機會，不過，人生無常，以防萬一總是好的。」

「有道理。」顧桐月深吸一口氣，指指地上的俞世子。「現在我可以——啊，他是不是要醒過來了？」

俞世子的眼珠輕輕顫動，讓她嚇了一跳。

蕭瑾修迅速把顧桐月扯到身後，寬大披風高高揚起，嚴嚴實實地遮住她，然後出腿如電，踢在俞世子的昏睡穴上。

方才掙扎著想睜開眼睛的俞世子頓時又失去了知覺。

一會兒後，顧桐月抓住蕭瑾修的衣襬，從他身後悄悄探出頭。「他沒有看見我吧？」

「沒有。」蕭瑾修見她戰戰兢兢的模樣，忍不住失笑。「既怕被人發現，還偏偏要湊上來？」

「誰知道會那麼湊巧。」顧桐月出聲辯解，被嚇了一回後，也沒心情證明她是不是血性凶狠的正宗唐家人了，直接把棍子塞到蕭瑾修手裡。「還是你來吧！讓他多躺幾天就行，別將人打廢了。」

她跟俞世子並無血海深仇，曾經做過殘廢的她，自然不忍心看著旁人也變成殘廢。

「打完之後，妳們有什麼安排？」蕭瑾修問道。

說著，他暗暗搖頭嘆息，怎麼也想不明白，自己放著一大堆事不做，居然在這裡陪她胡鬧？又看看顧桐月黑白分明的濕漉漉大眼，越發覺得與記憶中那雙眼睛格外相似，且瞧久了，竟然重合在一起；唯一的差別是，那雙眼睛裡，比顧桐月多了幾分狡黠與靈動。

不過，蕭瑾修心裡清楚，這是不可能的，那個姑娘在她最美好的年華香消玉殞，眼前這個，只是個還未及笄的小丫頭罷了。

他想著，心底一絲苦澀悄然而生，許久不曾散去。

顧桐月不知蕭瑾修此時千迴百轉的念頭，偏頭想了想，大方道：「不如脫光了他的衣服，把人掛在凝香館門口。」

這話一出，不只蕭瑾修聽得呆住，一旁的青年亦是張口結舌，誰也沒料到顧桐月竟用這樣坦然大方的語氣，說出尋常女子不能坦然說出來的話。

車裡不動如山的顧蘭月聽見，忍不住晃了晃身子，陪著出來的百合脹紅了臉，透過車窗，吶吶開口安慰主子。「八姑娘……她還小。」

顧桐月還小，因而不知，身為大家閨秀，有些話絕不能亂說，尤其是當著外男的面。

顧蘭月無力地扶額，心思一轉，笑道：「這丫頭真是生了七竅玲瓏心，這主意倒比咱們偷偷摸摸揍他一頓好得多，既然要他丟臉，自然便要丟得全京城都知道才好。」

主僕倆正說著話，就見顧桐月歡喜地掀開車簾上車。

「大姊，都辦妥了。蕭公子將俞世子的衣服全脫了，再把人掛到凝香館外面，然後散布俞世子為青樓女子與人爭風吃醋，被人脫光衣物羞辱的消息。這話傳出去後，俞家連出門買菜的下人都會覺得面上無光，姊姊覺得這氣出得夠不夠？」

顧蘭月笑起來，握住顧桐月有些發涼的手。「好妹妹，多謝妳幫大姊出了這口氣，反正咱們都出來了，索性也去瞧瞧熱鬧。」

顧桐月見她心情甚好，沒有半點難過的模樣，更別提因俞世子而覺得屈辱，便也笑起來，用力點頭。

「嗯，咱們去看熱鬧！」

百合忍不住插嘴問道：「八姑娘，蕭公子還有那位公子不會將今日之事說出去吧？」

「蕭公子品行高潔，為人正義又信守承諾，絕對會保密的；至於另一位公子，蕭公子信得過他，才找他來幫忙，定然也是信守承諾之人。」

顧桐月也不知道，她對蕭瑾修這般信任是從何而來，但就是覺得，蕭瑾修絕不會將此事告訴任何人。

另一邊，已快一步將渾身赤裸的俞世子毫無聲息掛在凝香館大門外的朱紅柱子上的蕭瑾修混在看熱鬧的人群中，正與來幫忙的青年說話。

「六爺，方才那位顧家小姑娘，膽子還真不小。」

青年忍著笑，回想起方才脫俞世子衣服時，顧桐月不但沒有迴避，還睜大眼，好奇地等著瞧，被蕭瑾修瞪了一眼，方才訕訕回馬車的模樣。

「這還不算什麼，讓我最最驚訝的，還是六爺。您是不是有什麼把柄落在那小姑娘手上，不然怎會被她指使得團團轉？您可是正四品的御前侍衛，是陛下眼前的紅人，多少人想拉攏您為他們辦事，都不得其法……」

蕭瑾修聽著，唇邊淡笑一閃而逝，眼角餘光瞥見顧桐月與顧蘭月的馬車停在凝香館對面的角落，便急步朝那邊走去。

青年見狀，死皮賴臉地跟在他身後，纏著想要答案，因為實在太令人好奇了。他原以為蕭瑾修找他，是做頂要緊之事，沒想到只是讓他出手教訓俞世子這個酒囊飯袋，簡直讓他有殺雞用了他這把牛刀的感覺。

「六爺，好歹我也出了力，您是不是應該賞我兩句話？」

「多謝。」

青年傻了，就這麼敷衍他？

於是，他厚著臉皮，繼續跟著蕭瑾修。

「不說顧八姑娘，單說她那沒有露面的姊姊，六爺知道剛才她們在馬車裡說了什麼嗎？能想方設法給自己出氣，那姑娘也不簡單，依照我說，可是聰慧極了；不過，這樣好的姑娘竟要嫁給俞世子那個膿包，真是讓人覺得可惜。」

蕭瑾修淡淡看他一眼。「背後不論人是非，尤其是女子，今日這件事……」

「我會爛在肚子裡，誰也不說！」青年舉手發誓，知道蕭瑾修不喜歡聽這些，便說起別件事。「明兒除夕，您來我府裡，咱們好好喝幾杯，如何？」

蕭瑾修微微垂眸，長長睫毛覆下的陰影擋住眼底的神色。「不用，明日我有事。」

「已經罷朝，又不用進宮當值，您還有什麼事要忙？」青年追著他問：「難不成要回蕭家過年？」

蕭瑾修猛地止步，看向青年的眼神忽然變得銳利而冷淡。

「我又說錯話了。」青年笑嘻嘻地自打嘴巴。「不是我多事想管您，是前兒定國公進宮面聖，您沒在聖駕前當值，正好我在，就聽了一下，定國公涕淚縱橫地求陛下做主，讓您回蕭家去呢！」

「我知道了，多謝你提醒。」蕭瑾修微蹙眉頭，很快又舒展開來。「陛下應承過我，一切看我自己的意思。」

青年嘆道：「陛下對六爺真是看重，難怪那幾位爺想方設法要拉攏您了，您當心些，那可是個無底深淵，別一腳踩進去。」

此時兩人已經來到顧家的馬車前，蕭瑾修伸出手指敲敲車壁，低聲道：「這裡龍蛇混雜，不好久待，先回府去。」

正趴在車壁上聽外頭議論的顧桐月與顧蘭月忙坐好，顧桐月在顧蘭月的示意下，對蕭瑾修道：「今日的事，多謝蕭大哥仗義相助，剛才我讓人買了糕點，權當送你的年禮，還望蕭大哥不要覺得寒酸才好。」

馬車外的香扣連忙將糕點雙手奉上。

蕭瑾修頗有些哭笑不得，這丫頭也太會順竿子爬了，剛才還是蕭公子，一會兒工夫，就變成蕭大哥，他們有這麼熟嗎？

腹誹歸腹誹，他還是伸手接過糕點，輕聲道謝。「這的確是蕭某收過最寒酸的年禮，不過還是多謝顧八姑娘，外頭冷，回去吧！」

「蕭大哥，如果以後我還有事請你幫忙，你會不會幫我？」顧桐月沒想到蕭瑾修當真覺得那份糕點很寒酸，就算臉皮再厚，面上也忍不住因此染上幾分紅暈，卻仍硬著頭皮問。

她想追查唐靜好的死因，可單槍匹馬一個人，連從哪裡入手都不知道，因而，她要替自己找個幫手，也不知從哪來的自信，覺得蕭瑾修不會拒絕她。

雖然心裡這樣覺得，可沒聽見蕭瑾修的聲音，顧桐月還是有點心慌，又有點尷尬。

好一會兒後，蕭瑾修帶著笑意的嗓音響起來。「會。」

向蕭瑾修與青年告別後，顧蘭月與顧桐月便乘著馬車回府。

車上，顧蘭月饒有興致地瞧著顧桐月。

剛開始，顧桐月還如無事人般，不將顧蘭月打趣的視線放在心上，可老這麼被瞧著，她終於撐不下去了。

「大姊，妳盯著我做什麼？」

顧蘭月輕笑。「原以為六妹是姊妹幾個中臉皮最厚的，沒想到……今日八妹倒是讓我開了眼界。」

「什麼嘛！」顧桐月嘀咕。「這次請蕭公子幫忙，還不是為了妳的事，萬一蕭公子只肯幫我一次，那以後我又遇到難事，該怎麼辦？」

「蕭公子？」顧蘭月挑眉。「剛才不是還喊蕭大哥？」

顧桐月窘迫地紅了臉，鼓起雙頰，嘟嘟囔囔道：「此一時，彼一時也。」

顧蘭月卻忽然正了神色。「八妹，妳對那位蕭公子，不會是……」

「不會是什麼？」顧桐月睨著她。

顧蘭月張了張唇，心一橫，紅著臉說出來。「妳不會傾心於他吧？」

顧桐月原以為顧蘭月不會這麼直白地說出來，才想逗逗她，真聽她說出來，頓時感覺自己的臉發紅、發燙了。

「大姊說什麼呀！」

「當真沒有什麼？」瞧著顧桐月那張紅透的臉，顧蘭月心頭猛地一跳，語重心長道：「真的沒什麼才好，倘若妳私底下與人有了什麼，傳出去，可是會要命的！」

「我知道。」顧桐月低下頭。

唐靜好是父母兄長們的掌中寶，不管合不合規矩，只要她願意，那些規矩從來不是問題，像她的親事，也是她點了頭，發話之後，父母才做主訂下。訂親前後，她與謝斂從沒遵循過所謂的男女大防，想要見面，便央哥哥們請他來府裡；或者，謝斂得到新奇好玩的東西，便直接送到她手上，從未有人說過半句不合規矩。

但現在她是顧桐月，再也沒有唐靜好那樣的特殊與待遇。

甚至，若與外男頻繁往來，還會因此遭遇滔天大禍！

她的心情，頓時無法抑制地低落下來。

顧蘭月拍拍她的手，輕輕一嘆。

馬車停下，車簾掀起，是方才奉命下車去辦事的百合回來了。

「姑娘，外頭已經傳開，不出今日，全京城的人都會知道俞世子與人爭搶青樓花魁而被扒光吊在青樓外的消息，剛剛奴婢拿了幾文錢給一個小乞兒，讓他去忠勇伯府送信。」
顧蘭月笑道：「很好，咱們去坊市轉一圈，買了花樣就回府。」
顧桐月與顧蘭月出門之事，在偌大的顧府裡，並沒有引起旁人的注意。
直到俞世子被人扒光掛在青樓門外的消息傳遍京城，顧府才曉得這件事。
彼時，尤氏正與莊嬤嬤等人拿著帳簿在對帳。這是顧從安交到她手裡的私產，原以為並沒有多少，孰料算下來，才知道顧從安這些年經營得竟不比她差。
算完帳，尤氏讓莊嬤嬤出去打探消息，聽聞俞世子不但被人扒光，還痛打了一頓，但傷得極為尷尬，渾身上下都是瘀青，卻只是皮外傷，並未傷及筋骨；唯一完好無缺的，就是俞世子那張臉，擺明了要讓俞世子、讓忠勇伯府丟臉的意思。
莊嬤嬤說完，覺得大快人心，又慶幸地拍拍胸口。「俞夫人派人趕去將人弄下來接回府時，俞世子還沒醒過來呢！您瞧，這臉可丟大了，幸好咱們姑娘還未過門，否則今日便要跟著一塊兒丟臉。」
尤氏卻微蹙眉頭。「今日蘭姐兒跟桐姐兒出去了？」
「您疑心是大姑娘……這怎麼可能？」莊嬤嬤嚇了一大跳。
「且去瞧瞧蘭姐兒再說。」
尤氏起身，帶莊嬤嬤去了繡樓。

第二十六章　傾慕於她

顧蘭月剛沐浴完，見尤氏主僕過來，並不覺得驚訝。

「母親坐下說話吧！」

尤氏揮手讓屋裡服侍的丫鬟退出去，接過顧蘭月手裡的巾帕，細心為她擦乾濕髮。

「今日俞世子出醜丟人之事，是妳與桐姐兒做的？」尤氏直接問道。

顧蘭月十分平靜，並不隱瞞。「是我做的，與八妹無關。」

尤氏眉頭微皺，手上的動作停住。「母親不是要責怪妳，只是此事非同小可，若被人知道，後果不堪設想。母親與妳說過，我會做主，斷不會讓妳嫁去忠勇伯府，妳可是不信？」

「不是。」顧蘭月看著銅鏡裡尤氏掩不住憂愁的神色，頓了頓，道：「我只是想替自己出口氣罷了。」

俞世子毀了她對未來的憧憬嚮往，還將她與妓女相提並論，隨意侮辱，她打他一頓，讓世人看看他醜陋的嘴臉，是他活該，剛好而已。

尤氏嘆了口氣。

顧蘭月垂下眼，她也知道自己做得十分魯莽。忠勇伯府有賢妃娘娘這座靠山，若此事驚動了賢妃娘娘，查到她或顧府頭上，忠勇伯府定然不會善罷甘休。

但事情已經做了，沒有她後悔的餘地。

顧蘭月咬牙。「若事發，我一力承擔就是。八妹那裡，是我逼著她去的，您不要責罰她，天色不早，我累了，您回去吧！」下了逐客令。

尤氏知她心煩，便不久待，吩咐顧蘭月身邊的丫鬟好好伺候，便出去了。

離開繡樓後，尤氏去了顧桐月的屋裡。

顧桐月與顧蘭月修理了俞世子，起初還不覺得如何，回來後，越想越心驚，萬一事敗，她這個庶女怕是連活路都沒有。

正想著，尤氏就走進來。

顧桐月連忙起身相迎。

尤氏猛然喝道：「跪下！」

顧桐月想也不想，立刻下跪。「女兒有錯，求母親責罰。」

尤氏冷眼瞧著她伏低的身體。「妳何錯之有？」

「女兒不該與大姊一道出門胡鬧。」顧桐月不敢再隱瞞，將顧蘭月如何找上她，如何出門，甚至如何請蕭瑾修幫忙捉弄俞世子，都鉅細靡遺地講出來，只省去蕭瑾修託顧清和給她送傷藥之事。

顧桐月沒想過此事能瞞得過尤氏，唯一糾結的是到底要不要將蕭瑾修供出來。思來想去，不得不承認，除了供出蕭瑾修，她別無他法——尤氏豈會相信，就憑著她與顧蘭月兩人之力，最多再加上身邊的丫鬟，便能做成轟動全京城的大事？

倘若她撒謊，她們是在外頭雇人行事，尤氏信不信是一回事，若命她將雇用的人交代出來，她要去哪裡找人？

尤氏認得蕭瑾修，又託他的福，顧家與黃家才能平安到達京城，是顧家的恩人，顧桐月有事去尋他幫忙，便說得過去了。

尤氏聽了，果然沒有先前的惱怒，哭笑不得。「蕭公子竟隨著妳們一起胡鬧？」

「蕭公子很仗義，女兒原想著定要費些心思才能說動，沒承想他聽聞此事後，便二話不說地答應，想來是瞧在父親與母親的面上，他才爽快應允。」顧桐月說著，悄悄鬆口氣，又不動聲色拍了尤氏與顧從安的馬屁。

尤氏橫她一眼，嘆息道：「蕭公子瞧著面冷，卻是個極熱心的人。今日妳與蘭姐兒的行事，實在欠妥，妳們就沒想過，倘若此事被人發現，被俞家知道的後果？」

因顧桐月年紀尚小，尤氏壓根兒沒將她與蕭瑾修往男女那方面去想。

「我也勸過大姊，可是沒能勸住。」顧桐月吶吶道：「俞世子品行不端，舉止也讓人心寒，大姊嫁過去，定要被他欺負；女兒想著，一不做、二不休，先讓他徹底沒臉，就算……就算要退親，也有了說法。」

尤氏聞言，眼睛不由一亮。顧桐月這話，說到了她的心坎上，她雖覺得姊妹倆行事魯莽，但未必不能藉著這件鬧大的事，把親事退了。

只是該如何著手，還得細細思量才是。

「妳幫著妳大姊，是姊妹情分，不算什麼壞事。」尤氏話鋒一轉，又道：「只是蕭公子畢竟是外男，為免旁人流言蜚語壞了妳的名節，該避諱的，還是得避諱著些。」

這些都是為了顧桐月好的話，顧桐月忙點頭。「女兒謹記母親教誨。」

尤氏叮囑完，便帶人離開了。

出了顧桐月的屋子，莊嬤嬤猜度尤氏的心思，開口道：「夫人，蕭公子年紀輕輕便做了陛下身邊的御前侍衛，那可是正四品的官職，多少人窮其一生，也做不到那個位置，蕭公子真是能幹。」

「好是好，只是蕭家……」尤氏忍不住搖頭，定國公府蕭家，如今就是一盤散沙，自老定國公那一代開始，是一代不如一代。「蕭公子到底姓蕭，總有一日要回去。」

「定國公府的門楣，說起來也是不差。」莊嬤嬤小心地說：「蕭公子不是沒有能耐的人，若他回到定國公府，使出鐵血手腕，也不是不能將定國公府重新發揚光大……」

尤氏仍是搖頭。「罷了，定國公府的情況太過複雜，這裡面……總之蕭公子再如何有本事，有那樣的出身，便注定親事不會順利。」

明眼人都看得出蕭瑾修年輕有為，又深受帝寵，然而已到弱冠之年，卻孑然一身；不是沒人動過心，一來是因蕭瑾修不願意成親，二則顧忌著定國公府。

之前定國公府想插手蕭瑾修的親事，被蕭瑾修毫不客氣打臉，蕭老太君才暫且作罷。日後，若蕭瑾修回定國公府，免不了對上蕭老太君，蕭老太君可不是尋常人家的老祖宗，那些年定國公府發生的事，至今還有人拿來嚼舌根呢！

莊嬤嬤一聽，隨即明白尤氏的意思。之前尤氏有些動心，怕是想到了顧華月身上；不過再深想，憑蕭瑾修如何能幹，她也捨不得將女兒嫁去那樣的人家。

「老奴瞧著，黃家就很好，至於蕭公子，夫人覺得八姑娘如何？」

「桐姐兒？」尤氏一頓，兀自好笑地搖頭。「桐姐兒才多大，蕭公子已經二十，年紀與桐姐兒差得也太多了。」

莊嬤嬤聞言，訕訕笑道：「夫人說得是，平時八姑娘表現得老成持重，老奴竟一時忘了她的年紀。蕭公子這人品，不知最後會配什麼樣的人。」

尤氏淡淡笑道：「這不是咱們能操心得了的。」

說著，主僕倆自回正院不提。

另一邊，顧蘭月擔心顧桐月被尤氏斥責，想了想，換過衣裳，去西廂瞧顧桐月。知道顧桐月並未受到責罵，顧蘭月才放心，與她閒話。

姊妹倆說著，顧桐月忽地想起一事來。

「對了，昨晚大伯回來，可有說要不要將胭脂姑娘接進府裡？」

「怎麼可能！」顧蘭月斜她一眼，笑道：「大伯自認遵從祖訓，向來持身端正，怎會容忍青樓女子進府？聽說，今兒一早，二伯便跪在大伯書房裡，求大伯答應他納了胭脂。大伯狠狠罵他一頓，也沒將他罵醒，還僵在那裡不肯走呢！」

「二伯母呢？」顧桐月好奇地追問。

「說是一早就回了娘家。」顧蘭月也覺得有些奇怪。「若是以往，二伯母定要寸步不離守著二伯，這次卻先回秦家，祖母不想沾上這件事，難道秦家還會幫她？」

如今，秦家是每況愈下，而顧府卻是蒸蒸日上，倘若因為秦氏而與顧府不睦，得不償失的自然是秦家，秦氏又不傻，怎會想不到這一點？

但秦氏還是回娘家去，難不成無計可施了？

姊妹倆琢磨不透，索性拋諸腦後，暫且不管。

見夜色已深，顧蘭月便讓丫鬟服侍顧桐月歇下，告辭回去。

西城八寶巷，秦家。

此時，秦氏聲淚俱下地跪在秦夫人腳邊，抱著她的腿哭訴道：「母親啊，我真的活不下去了，那府裡所有人都在逼我，都想逼死我啊！」

這回，連她的女兒顧冰月也不肯站在她這邊，還勸她將那個賤人接進府裡來。

秦夫人已經聽到消息，見女兒哭成這個模樣，也傷心不已。

「事到如今，還能如何？連妳婆婆都不肯管，那可是妳的親姑母！我跟妳爹去開口，更是無用。女兒啊，娘跟妳說過多少次，這脾氣要改，不要仗著妳婆婆是姑母，姑爺又百般忍讓，便作威作福，妳怎麼就不聽？」

「現在說這些，有什麼用？」

秦氏眼中閃過憤怒，幽幽說道：「原本姑母與我是一條心，不論我說什麼，姑母總是向著我，誰知三房回來，竟不像從前那樣好拿捏，居然敢當眾與姑母撕破臉。姑母氣了一回，精力大不如前，瞧著是想撒手，什麼都不管了；偏偏這時老爺又找到那狐狸精，鬧著要將人納進府裡。

「母親，您想想，誰家有個青樓出來的姨娘，不被人指指點點當作笑柄？可憐我們冰姐兒跟秋哥兒，他們父親的心思全在一個賤人身上，日後還有什麼好日子過？」

說罷，她又哀哀欲絕地哭起來。「娘，便是不為女兒，只為您那兩個乖巧又可憐的外孫，您也要幫幫我們啊！」

秦夫人拖著濃濃鼻音，問道：「我有什麼法子，又能如何幫妳？」

「一不做、二不休，咱們弄死那個狐狸精，徹底斷絕顧從仁的念想，不就行了？」

秦氏眼中乍然迸射出的濃濃恨意，驚得秦夫人愣怔片刻，回過神後，才慌忙伸手去拍秦氏的肩頭。

「快閉嘴，那可是人命關天的事，若因妳的魯莽，害妳爹丟官罷職，他會打死妳的！」

「不過就是個青樓妓女，每年青樓裡死的人還少了？反正是賤籍，即便死了，也不會有人追究。」

這個念頭生出後，便在秦氏心中扎根發芽，連帶著她的眼神也瘋狂起來。

「沒錯，只要那賤人死了，顧從仁自然會回心轉意！我就不信，那賤人死了，顧從仁還能一輩子為她守著。娘，您說，您到底要不要幫我？」

秦夫人心亂如麻，扯著帕子，又慌又亂地問：「我如何幫妳？」

「這事自然用不著爹娘親自動手，咱們族裡不是好些年輕後生沒事做？您跟他們說，只要幫我辦成這件事，我不會虧待他們！」秦氏紅著眼，信誓旦旦地說。

秦夫人猶豫片刻，到底還是抵不住秦氏的軟磨硬泡，應下了此事。

秦氏回娘家的所作所為，很快就傳到尤氏耳中。

這個時候，尤氏正陪著劉氏，見各家來送年禮的人。

尤氏聽完霜春的稟報，微微一笑，附耳對她吩咐幾句，又淡淡道：「妳親自去告訴胭脂姑娘，能不能進府，就看她自己的能耐。」

霜春領命去了。

隔日，便是除夕。

今年的年關，對顧府而言，實在算不上喜慶。

一大早，顧從明與稱病多日的顧老太太領著府裡眾人，鄭重地開了祠堂，焚香祭拜。

顧桐月跟在姊姊們身後，學她們的模樣焚香磕頭，耳中聽著顧從明高亢激昂地唸祭文，眼角餘光卻偷偷打量幾個姊姊的舉動。

顧蘭月低眸垂首，神色虔誠，口中似唸唸有詞。

俞世子被脫光吊在青樓門口的事，如同一夜春風般，吹遍京城的大街小巷。

忠勇伯府丟了臉，又覺理虧，一反之前的高傲嘴臉，給顧府及顧蘭月送了不少禮物來，還說已經處置了那青樓花魁與她肚裡的孩子，想帶過這件事。

尤氏乘機提出解除婚約，俞夫人頓時淚眼婆娑，道她的確教子無方，但綜觀京城上下，哪個男子不風流？又有誰不曾涉足紅粉青樓？更何況這是在婚前，青樓女子也被收拾了。俞夫人還保證，等顧蘭月過門後，俞世子屋裡定然乾乾淨淨，絕不留亂七八糟的人。

俞家做到這樣，顧家再抓著此事不放，便顯得得理不饒人了。

最後，俞夫人還將賢妃娘娘搬出來，擺明要用她來壓顧府。

尤氏無法，退親的事，不得不先暫時擱著。

因此，尤氏與顧蘭月的臉色都不太好看。

顧桐月忍不住嘆口氣，她就知道，退親不會那麼順利；不知道接下來尤氏會怎麼做，依她對嫡母的了解，尤氏定然不會輕易甘休。

而鮮少見面的長房二姑娘顧葭月神色恭謹，眸光溫婉地祈禱著。她的婚期也不遠了，訂的是按察使家的二公子，聽聞其人十分努力上進，夫家也是人人稱頌的積善之家，是一門很不錯的親事。這些日子，她趕著繡嫁妝，極少出門。

五姑娘顧槐月是長房所出的庶女，平日裡安靜得像抹影子，總是與顧葭月形影不離。

顧雪月表情平靜，行禮如儀。那日宴後，尤氏將打聽過顧雪月的夫人們家境一一說與魏姨娘聽。魏姨娘激動得不知如何是好，回去抱著顧雪月哭了一場，此後母女倆對尤氏越發恭謹細心。

這幾天，隨著莫姨娘的沈默，成功留在知慈院裡的顧荷月竟也安靜下來——俞世子那般丟人，她竟也無暇看笑話，每天除了給尤氏請安外，顧桐月幾乎看不到她的身影。

請安時，顧荷月不復往日的囂張高傲，即便顧華月故意拿話激她，竟也忍得住，讓顧桐月驚詫不已。

既然顧荷月不再生事，不再見了她就要挑刺，顧桐月也樂得與她相安無事。

至於顧華月——垂著頭，狀似虔誠認真，不過嘴邊疑似口水的亮晶晶水痕卻出賣了她。

顧桐月哭笑不得，滿府裡最沒心沒肺的，怕就是她了。

不過能像她這般也挺好，以前的唐靜好，不就常常被唐承赫等人笑罵沒心沒肺嗎？

想到這裡，顧桐月心神一晃。此時，東平侯府也在忙著焚香祭祖吧？少了唐靜好的侯府，是不是還跟從前一樣呢？

東平侯府。

原是辭舊迎新、全家歡聚的喜慶日子，東平侯府卻依然掛著白幡與白燈籠，入目不見半點紅色。

穿著素色軟毛織錦披風的姚嫣然領著丫鬟、婆子從廚房出來，直接去了郭氏屋裡。

郭氏一臉病容地躺在床上，微微閉著眼，神色之間滿是悲痛與了無生意的頹然。

姚嫣然命人放下朱紅色雕花食盒，小心地從裡面取出一碗熱氣騰騰的湯藥。

「姨母，該吃藥了。」

郭氏睜開眼，瞧瞧姚嫣然手上的藥碗，氣息微弱地開口。「拿下去，我不想吃。」

「姨母，您已經三天沒喝藥，眼下我還能瞞著姨父他們，可等姨父與表哥們發現我縱著姨母不喝藥，定會生氣的。」姚嫣然捧著藥，泫然欲泣地站在床邊，悲聲求道：「還請姨母疼疼我，將藥喝了吧！」

郭氏虛弱地搖頭，眼角有淚倏地滑落，昔日最是明亮有神的眼睛，此時黯淡無光。「我不想喝藥，我想去見靜靜。今日是除夕，妳聽外頭——」

她微微側頭，彷彿真的聽見外頭的喧囂般。「靜靜最喜歡熱鬧，如今卻孤零零地離開家人，定然不習慣，她會怕，會哭的。」

近身服侍郭氏的大丫鬟司琴聞言，嗚咽一聲落下淚來，跪在床邊，低聲勸道：「夫人，您別這樣，姑娘若得知您為她這般自苦，如何能安息？」

「是呢！姨母。」姚嫣然瞧著郭氏這般，心裡十分著急。郭氏是她在侯府的最大倚仗，誰死了她都不能死，否則沒有郭氏為她做主，在唐家，她還能得到什麼？

「便是不心疼我，姨母也想想姨父與表哥們。姨母，靜靜才去了，您難道真的忍心……忍心看著姨父與表哥們再為您悲痛難過嗎？」

郭氏卻似什麼都聽不進去，又閉上了眼睛。

姚嫣然見狀，只好帶著湯藥退出了房間。

她惶惑難安，又惱恨無比，唐靜好死了這麼久，郭氏還這般要死不活的，絲毫看不見她在她身旁做了多少事！

司琴跟在姚嫣然身後，紅腫著雙眼問道：「表姑娘，夫人這般，怕是再不能瞞著老爺與少爺們；倘若夫人因此有個萬一，奴婢與表姑娘都擔不起啊！」

郭氏痛失愛女，因此纏綿病榻。起先，她還肯聽話，該吃藥就吃藥，該看大夫就看大夫，雖然沒有一下子好起來，但已有了起色。

孰料，前兩天郭氏作夢，夢見唐靜好孤零零地在陰曹地府受眾鬼差欺凌，醒來後，便不肯再好好用飯吃藥，一心求死，要下去保護唐靜好。

姚嫣然覺得能勸郭氏回心轉意，便自作主張瞞下此事，沒告訴姨父唐仲坦及唐家四個少爺。郭氏一直是她在照顧著，前頭有起色時，唐仲坦還誇了她好半晌，如果得知郭氏又不好了，定要對她失望。

她好不容易，費盡力氣才得到侯府裡所有人的信任，不想因為任何事情在他們眼裡或心中留下不好的印象。

但眼下郭氏這般情狀，再瞞下去，只怕當真要不好。

姚嫣然沈吟片刻，問司琴。「姨父去了何處？」

「老爺領著少爺們去祖祠祭祖。」司琴忙回道：「公主和二少夫人也去了族裡幫忙。」

姚嫣然點頭。「等姨父回來再告訴他吧！」

郭氏這般，她看著也有些怕了。雖然說出來會令唐仲坦對她生出不滿，認為她沒有好好照顧郭氏，但也比郭氏雙腳一蹬就此去了得好。

唐家世居京城，根深葉茂，是真正的鐘鳴鼎食、百年世家。大周崛起不過兩百來年，唐家卻已綿延屹立近四百年，比帝王基業還要深重厚實。

唐氏一族，光是京城，就有幾千名族人。唐仲坦雖非唐家族長，但身為下一任的準族長人選，除夕祭祖時，還是忙得腳不沾地。

他正想打發小兒子唐承赫去做事，轉眼不見人，立時皺起眉頭，恰好二兒子唐承博自身邊經過，忙喚住他問道：「小四去哪裡了？」

唐承博在說實話與說謊話之間猶豫了一瞬，讓唐仲坦瞧出了不對勁，虎目一瞪，唐承博只好說了實話。

「小弟道，今日到處熱鬧得不得了，獨小妹孤苦無依十分可憐，去萬象山陪她了。」

唐侯爺聞言一怔，原本高大魁梧的身子微微一晃，過了片刻，才輕聲道：「罷了，讓他去陪陪你們小妹也好。」

唐承博看著自己的父親，短短時日內，原本意氣風發的他似蒼老許多，兩鬢也有了灰白顏色，心頭亦是一痛。

唐靜好慘遭橫死給唐家蒙上的陰影，不知什麼時候才能散去。

唐家祖墳位於城外西面，整座萬象山都是唐家的地盤。

唐承赫策馬而來，進了萬象山。

京城其他地方早已層林盡染，可萬象山上仍是一片翠綠，連綿山脈高低起伏，幾座高大聳立、直入雲端的山峰合圍出平坦谷地，冒著熱氣的溫泉水自山腳蜿蜒而過，滋潤大地，青瓦白牆掩映其間，乍一看，竟是世外桃源的景象。

正是這難得的溫泉，才能讓萬象山即便在冬日裡也是綠意蒼翠。若唐靜好還在世，這樣的天氣，定要賴在萬象山，不肯回府。因女兒喜愛這裡，唐仲坦才命人在此造莊子、栽果樹，以至於每年冬天他們想要見唐靜好，便要策馬出城，費上大半天工夫。

可這裡就如唐靜好所言，實在太過舒服，讓人來了便不想離開。

唐承赫觸目所及，幾乎處處都能看到唐靜好的身影，還有她那清脆悅耳的嗓音在耳邊迴響著——

「小哥，那棵樹上的桃子才是最甜的，我要最上面最大的那顆，快摘給我！」

「小哥，我跟莊子裡的人學會編蚱蜢，你看、你看，是不是編得很好？」

「小哥，你說南方的荔枝能在京城養活嗎？我聽說荔枝喜高溫高濕，咱們弄幾株來，種在溫泉旁邊，以後想吃荔枝，就能吃到新鮮的，再不用巴巴盼著南方送過來，那多棒呀！」

「哎呀小哥，你英俊無雙的臉上居然生痤瘡啦！你不要著急，更不要惱羞成怒，快來求我，我新得了個方子，專門治這個，快求我吧！」

微風吹拂，滿目蒼翠，溫泉旁的荔枝樹亦隨風而舞。

荔枝樹活了，他的臉早就好了，可是……

唐承赫猛地閉上眼，逃也似地離開了這裡。

穿過這片世外桃源，唐承赫下馬，準備往其中一座山峰爬去，目光一掃，卻見不遠處竟有匹黑色駿馬正悠然地吃著草。

他微微一愣，這個時候，誰會來這裡？且滿京城的人都知道，萬象山是唐家的，難道來者是唐家人？

唐承赫思索著，急步往山上去。

唐家祖墳占地極大，列祖列宗全長眠在此，墳塋挨著墳塋，像是一座一座的小山丘。

唐承赫嘆氣，目光落在一座新墳上。

不過，墓碑之前，已站著一道挺拔身影。

唐承赫一愣，揉揉眼睛，懷疑是萬象山上的霧氣太大，讓他花了眼，可再定睛瞧去，那道身影依然站在唐靜好的墓前。

「你怎麼在這裡?!」唐承赫快步過去，驚動了站在墓前的人。

那人竟是蕭瑾修！

蕭瑾修聽見唐承赫喚他，眼裡似有慌亂一閃而逝，隨即平靜下來，轉身對唐承赫拱手。

「四爺。」

唐承赫審視著蕭瑾修，身上依然是慣常穿的玄色勁裝，映著滿山青翠，瞧著越發挺拔修長、俊逸出塵，長眉間的冷冽似乎淡去許多。

「你來祭拜我小妹？」

說著，他移動目光，停留在唐靜好墓碑前乾淨的祭臺上，上面擺著一支栩栩如生的金蓮花，做工十分精緻，連花瓣上的紋路都清晰可見。

小妹生前最愛蓮花，蕭瑾修竟然知道？

唐承赫猛地回想起，當日回京時，蕭瑾修提起小妹，雖然沒有過多表情，但向來冷淡寡言之人，卻對他說了那麼多，甚至提醒他，小妹的死與侯府裡的人脫不了干係。

當時他沒想那麼多，現在回想起來，才覺得有些突兀，一個從來不多管閒事的人，卻獨獨關注小妹的事，似乎有些說不過去。

眼下，蕭瑾修又在全家團圓這日出現在小妹墳前，隻身前來祭拜，他跟小妹，難不成有什麼交集？

但小妹自雙腿殘疾後，便鮮少出門，出門也總有他陪著，倘若她與蕭瑾修相識，他不可能不知道！

「四爺也知道我孑然一人，無事便來看看。」最初的慌張過去後，蕭瑾修又恢復了從容鎮定。「四爺怎麼突然過來了？」

唐承赫沒回答他，微微瞇眼，又打量蕭瑾修好幾遍。「你怎麼知道我家小妹喜歡蓮花？」

蕭瑾修神色如常，沒有半分躲閃與避讓。「我見過唐姑娘幾次，她的首飾以及衣裳上，皆是蓮花圖樣。」

「小妹足不出戶，你在哪裡見過她？」唐承赫狐疑又戒備地盯著蕭瑾修，忽然恍然大悟。「之前父親領你進府，那時候你便見到小妹了？」

蕭瑾修沒否認。「是，遠遠瞧見幾次。」

唐承赫眸光微動，恍然道：「你是不是喜歡我小妹？」

他行事向來拓落不羈，這種難以啟齒的話，竟張口就說。

饒是蕭瑾修再鎮定，也因這話而面露窘迫，但他並未迴避，坦然答道：「唐姑娘品性高潔，我傾慕她，並不奇怪。」

如此坦誠回應，卻讓唐承赫嚇了一跳。「你是認真的？」

蕭瑾修見狀，微笑起來。「只因唐姑娘與謝府公子早有婚約，故而……」

唐承赫仍是難以置信。「我家小妹極少出門，你也只是遠遠見過她幾次罷了，這傾慕之心，是從哪裡來的？」

說著，唐承赫仔細一想，如今小妹已經不在了，蕭瑾修沒必要在他面前說謊，那麼，他果然一直愛慕他家小妹？

真要說起來，謝斂與蕭瑾修，他覺得蕭瑾修更順眼些！

然而，再順眼又如何？唐靜好早已香消玉殞。

思及此，唐承赫頓時沒了追問的興致，不等蕭瑾修回答，便輕嘆道：「比起謝斂，你倒更有情有義，這樣的日子，竟是你我陪著小妹過，那謝斂……」話音未落，又是一聲嘆息。

蕭瑾修微微抿唇，看向墓碑，目光落在「唐靜好」三個字上面。

「現在還是沒查到什麼線索？」

唐承赫目光一凜，臉上現出駭人的煞氣。「雖然還沒有證據，但那人是誰，我心裡已經有譜了。」

蕭瑾修脫口問道：「是誰？」

唐承赫目光深深地看著他。

蕭瑾修並未閃躲，甚至不覺得這脫口一問有什麼不妥，遂靜靜地回望唐承赫。

微風輕拂，揚起淡淡煙霧，猶如輕紗一層一層被揭開般，吹向了他們心裡的迷霧……

第二十七章　各自心思

今年顧府的年夜飯，吃得很是沒滋沒味。

雖席開四、五桌，菜餚也甚是豐盛可口，不過上到顧老太太，下到撐著病體勉強出席的顧維夏，幾乎沒有一個人臉上露出過年的喜色與歡快。

顧從明愁容滿面，拉著顧從安低聲說個不停；顧從仁則埋頭喝著悶酒，並不理人。

顧大少爺做了首賀歲詩，除了搖頭晃腦的顧二少爺外，沒人捧場，只好悻悻地坐下，不再炫耀他的學識。

顧三少爺因是庶出，也沒什麼天賦，因而顧從明早早便令他打理家中庶務，大過年的也沒在家，聽說是去外地收帳；顧四少爺也是庶出，與顧清和的年紀差不多，卻畏縮沈默，連菜也只揀面前的吃。

顧清和與二房的六少爺顧孟秋及最小的顧維夏坐在一處，身為兄長的他，很是體貼周到地照顧著兩個弟弟。

顧孟秋還好，雖然病弱，但並不驕縱挑剔。顧維夏因生來體弱，又是莫姨娘心上的寶貝，在陽城時，幾乎沒將他寵上天；結果，回了顧府後，還耍著如陽城一樣的脾氣，不是嫌湯太燙，就是菜不合口味，哭哭啼啼地要找莫姨娘。最後，顧從安煩了，板起臉，讓婆子把他抱回去。

男人們那邊氣氛沈悶，女眷這頭也是各懷心思。

因朝堂上的事，劉氏擔心丈夫，神色凝重。

秦氏不復往日的光鮮亮麗，面無表情地坐著，不時拿眼斜睨借酒澆愁的顧從仁，唇邊始終噙著一抹冷笑，瞧得人莫名覺得心頭發寒。

尤氏心裡也壓著顧蘭月退親之事，顯得心事重重，卻還要打起精神幫襯劉氏，不時吩咐人上菜、上酒。

再來是幾個姑娘坐在一處，顧蘭月頗有大姊風範地照顧妹妹們。

顧雪月自是幫著顧蘭月，或給顧華月布菜，或替顧桐月盛湯。

顧華月是最大剌剌的人，縱然瞧出氣氛不對，依然嘻嘻哈哈地傻樂，看起來無憂無慮。眼下她唯一擔心的，只有顧蘭月的親事，但她相信尤氏能解決，自然不會過於煩惱。

顧荷月依然發著呆，一副魂飛天外的模樣，方才顧維夏哭鬧，她也像沒瞧見一樣，整個晚上不見她生事，顧桐月有些不習慣。

最坐立不安的，便是顧冰月。她不時望向顧從仁，又不停看著秦氏，目光在兩人間轉來轉去，憂心之情不由爬滿她的臉。

此時，顧從仁的長隨忽地急步進來，來到快喝醉的主子身邊，彎腰附在他耳邊說了幾句。

顧從仁聞言，猛地抬起發紅的眼睛狠狠盯住秦氏，一副目眥盡裂的模樣，而後一甩袖，跌跌撞撞起身，就要往外走。

「二弟，這麼晚了要去哪裡？」顧從明不滿地喚住他。

顧從安也道：「是啊二哥，今日是除夕，全家團圓的日子……」

顧從仁氣呼呼。「少我一個就團圓不了了？你們不用管我，我有急事要出去一趟。」

「你給我站住！」顧從明眼皮一跳，厲聲喝道。

顧老太爺去世後，顧家就是顧從明當家做主，已經很有大家長威嚴的顧從明一板臉，顧從仁還是有些發怵，可一想到長隨說的話，哪還管得了那麼多，匆匆忙忙說一句「很快就回來」，便不管不顧地往外跑。

這動靜自然驚動到女眷那邊，顧老太太瞧見顧從仁慌慌張張的身影，揚聲問道：「老二這是怎麼了？慌慌張張地要去哪裡？」

顧從明忙起身說：「不是什麼大事，他向來是這樣的性子，您不用擔心，我讓人跟著他就是。」

顧老太太點頭。「別對你二弟太嚴厲，他也不是一直如此，想來是有急事吧！行了，別板著臉，等他回來，我好好說說他就是。」

眾人對於顧老太太護著顧從仁一事見怪不怪，尤氏也只是輕輕扯了扯嘴角。

顧桐月見尤氏瞥了秦氏一眼，便也忍不住看向秦氏，見秦氏不慌不忙地坐著，唇瓣那抹冰冷笑容此時換成了快意，端起手邊的青花纏枝酒杯，仰頭將杯裡酒水一飲而盡，彷彿是在慶祝什麼一般。

顧冰月見狀，神色越發焦急起來，終於坐不住，起身朝秦氏走去，不知對秦氏說了什麼，秦氏看起來很不耐煩，但還是起身跟她走了。

顧冰月又與顧老太太、劉氏說了一聲，便讓人帶著顧孟秋一道回了知趣園。

尤氏目送秦氏不情不願地離開，微微勾起唇角，又是一笑，轉身便又與劉氏低聲說起話來，彷彿什麼都不知道。

顧從仁飛奔至西坊酒樓時，就見眼前的酒樓陷在熊熊大火中，救火的衙差與街坊提桶端盆地潑水，卻也只能眼睜睜看著大火將酒樓吞噬。

顧從仁淒厲長喊。「胭脂——」埋頭就要往火海裡衝去。

隨從死死拉著他，哀求道：「老爺，不能進去！橫樑都砸下來，已經進不了，您千萬別衝動啊！」

「你放開，給我鬆手！」顧從仁拚命掙脫，這一路跑來，他散了髮髻、掉了靴子，已狀若瘋癲。「你快放手！我要進去救胭脂！」

「老爺，您冷靜一點，火燒得這樣大，您進去是送死啊！」隨從急急勸阻。「更何況，萬一胭脂姑娘已經逃出來，您卻衝進去，豈不是白白錯過？您別著急，奴才這就去打聽。」

顧從仁這才住腳，急急喝道：「還不快去！」

話音方落，就見一個灰頭土臉的小丫鬟小步跑來。

顧從仁定睛一看，立刻驚喜地抓住她的手臂。「妳家姑娘呢？她是不是逃出來了？她是不是平安無事？現在她人在哪裡？有沒有受傷？」

小姑娘被他搖得幾乎站不穩，連忙回道：「二老爺不要擔心，我家姑娘逃出來了，此時就在不遠處的巷子裡，因火起得太急，什麼都沒能帶出來，我們想去客棧投宿，身上也沒有銀子，姑娘讓我回來瞧瞧，看看滅火之後，能不能找到值錢的東西，無論如何也要度過今晚；至於明日，姑娘說，她會再想法子。」

顧從仁聽得心痛不已，問清胭脂在哪條巷子，便急步朝那邊走，小丫鬟亦步亦趨地跟在他身後。

「妳家姑娘到底有沒有受傷？」顧從仁一邊走、一邊焦急地問。

「幸而我們逃得及時，但姑娘手臂被火燒傷，起了幾顆大水泡，旁的都還好。」

顧從仁大鬆一口氣，這才繼續問道：「好端端的，怎麼突然起火了？」

小丫鬟目光閃爍，語焉不詳。「這、這個，我家姑娘不讓我說。」

「這是為何？」顧從仁又驚又疑。

小丫鬟咬牙，跺腳道：「今兒下午，有幾個人來酒樓搗亂，聽聞這是姑娘開的，非吵著鬧著要見姑娘，可京城裡除了顧府，沒人知道這酒樓與咱們姑娘有關。平日姑娘大門不出，連打理酒樓都是雇掌櫃來，奴婢就覺得奇怪，這些人是如何知道姑娘的？等他們砸完酒樓，耀武揚威地走後，奴婢悄悄跟過去，發現那些人大搖大擺地進了八寶巷的秦家。」

「什麼?!」顧從仁驚駭不已。「妳沒看錯，當真是秦家？」

「奴婢沒看錯，他們是進了秦家，在裡面足足待了一炷香工夫才出來。因奴婢人小，那時天色又暗，他們並未發覺，還聽見他們說，殺人放火可是要吃官司的，不該應承這件事；

另一個人說，怕什麼，不過就是放把火罷了，那些白花花的銀子擺在面前，誰不動心啊？

「奴婢嚇一跳，回去就告訴姑娘，可姑娘偏不信，還道大過年的，家家戶戶都在吃年夜飯，誰會跑來放火？」

小丫鬟說得又急又快，小心覷著顧從仁鐵青的臉色。「孰料，那群人心狠手辣，竟真的跑來殺人放火，幸虧那時姑娘還在算帳，沒有睡下，否則……」

顧從仁聞言，氣得幾乎咬碎後齒槽。

秦氏如此行事，就別怪他不留情面了。

另一邊，因為顧從仁匆匆離席，顧家二房隨之走人，讓本就不甚熱鬧的年夜飯顯得更加冷清。

眾人又坐了坐，顧老太太便道乏了，由顧蘭月扶她回知慈院。

這回，顧荷月並未與顧蘭月爭，待顧老太太離開，也起身離席，去東跨院瞧望眼欲穿的莫姨娘。

不過短短幾天，莫姨娘便憔悴了不少。

一見到顧荷月，莫姨娘的眼淚便如滂沱大雨嘩嘩落下。

「我的兒啊，如今就你們姊弟倆還記得有我這個人，我的命好苦，好苦啊！」

「娘，您別哭了，我這不是來看您了嗎？」顧荷月扶著淚流不止的莫姨娘坐下。「這兩天，您怎麼樣？顧老太太那邊看得緊，我也不好過來。」

實則是顧老太太厭惡姨娘，因而不願顧荷月提起莫姨娘，但凡她流露出想回來瞧瞧莫姨娘的意思，顧老太太就會似笑非笑地瞧著她，連那該死的洪嬤嬤也會露出一副「姨娘生的就是姨娘生的」的嘴臉，委實讓人生氣。

可洪嬤嬤是顧老太太身邊最得臉的人，顧老太太十分信任她，只要她露出半點不喜洪嬤嬤的神色，當著她的面，洪嬤嬤就敢在顧老太太面前說她不是。

如今，雖然她如願以償地進了知慈院，可要在那邊站穩腳跟，並不是件容易的事，她忙著與知慈院的人鬥智鬥勇，自然就顧不上莫姨娘這邊。

莫姨娘抹著眼淚，巴巴地問：「妳見到老爺了？有沒有幫娘求情，讓老爺過來看看娘？今天是除夕，往年除夕，都是妳父親陪著我們守歲，今晚，他會不會來？」

顧荷月不比莫姨娘，已經接受京城不是陽城的事實，遂勸道：「娘，眼下咱們在京城，爹爹顧忌甚多。您忘了之前他被御史參了寵妾滅妻的事？為了這個，爹爹不會過來的。」

更何況，回京後，顧從安更清楚尤家對他的助力，又怎會和在陽城一樣，毫無顧忌地寵著他們母子三人？

今晚，顧從安定是要待在尤氏屋裡的。

莫姨娘期盼的神色頓時變得暗淡，喃喃自語道：「這樣下去不行，老爺很快就會將我們母子三人拋到腦後，我得想想法子……」

「娘，您先別急，待爹爹走馬上任後，咱們再想法子。」顧荷月瞧著她儼然失去主意的模樣，安撫道：「您陪了爹爹這麼多年，爹爹不可能說丟開就丟開，況且您幫爹爹生兒育女，還替他擋過劍呢！爹爹只是忌憚著夫人身後的尤家罷了，等爹爹當上戶部侍郎，咱們一定能再將他的心拉過來，您放心，我會幫您。」

莫姨娘聞言，淚光盈盈地瞧著她。「娘就指望妳了！」

筵席散後，長房回知懷園，顧從明順道把顧從安也帶走了。

尤氏便領著顧桐月幾個回知暉院。

進了屋，丫鬟們端年糕上來，尤氏領著眾人吃過，便令她們自己玩耍。

興致勃勃的顧華月，拉著顧桐月與顧雪月，就要去院子裡放爆竹。平日顧桐月表現得再沈穩持重，可骨子裡本是個貪玩好耍的，她活了兩世人，也沒親手點過爆竹，禁不起顧華月的攛掇，便隨著她一起去了。

因顧蘭月留在知慈院，顧雪月便盡著姊姊的職責，站在旁邊，叮囑她們小心。

一時總算有了些歡聲笑語。

尤氏站在窗邊，瞧向外頭不識愁滋味的顧華月，又看著一手捂住耳朵、戰戰兢兢持著線香去點爆竹的顧桐月，覺得這個模樣的顧桐月終於有了些她這般年紀的小女孩模樣，淡淡一笑，這才轉身問霜春。「二房那邊如何了？」

「二老爺果然帶著胭脂回府，二夫人氣得拿刀要殺人，口口聲聲喊他們……喊他們姦夫淫婦，鬧得快要翻天了。」

尤氏抿唇。「鬧一鬧也好，顯得熱鬧。妳瞧京裡哪戶人家像咱們府裡，過年不像過年。」搖搖頭，冷嗤一聲。「多派幾個人瞧著姑娘們，讓她們玩玩就散了，明兒還要出門拜年，莫要起晚了。」

霜春應是，出去傳話，顧桐月幾個又玩了一會兒，才各自回去歇息。

大年初一一大早，顧桐月便被香扣喊醒。

巧妙也頂著一身寒氣，笑容滿面地擠過來。「姑娘，昨兒夜裡二房鬧出大事了！」

顧桐月揉著眼睛，愣了一會兒才會過意，又聽她刻意壓低聲音，便知道事情必定不小，便問：「可是二伯將胭脂姑娘領回府裡來了？」

巧妙一愣，隨即有些失望地說：「您已經知道了呀！」隨即抬眼去瞧香扣。

香扣抿嘴笑道：「我也是剛聽妳說起，不過咱們姑娘一向聰明，定是自個兒猜到的。」

巧妙聞言，顧不得分辨香扣話裡的真假，忙跟著奉承。「是，咱們姑娘可是頂頂聰明厲害的。」

「行了。」顧桐月哭笑不得，斜睨兩人一眼。「現在能讓二伯母不管不顧地大鬧，除了那胭脂姑娘，還能有誰？」

說著，她心裡卻想，定是尤氏插手推波助瀾，昨晚必發生了什麼事，顧從仁才會匆匆離席，而後不管秦氏，非將胭脂領回來不可。

「正是。」巧妙忙道：「二夫人鬧了一宿，二老爺將胭脂姑娘安排在知趣園旁的小院子裡，並親自取名為知心園，今早已經將匾額掛上去。知趣園的丫鬟、婆子，二老爺一個也沒用，調外院服侍的人進來守著，不許二夫人進去，還說了狠話，要是二夫人敢鬧，就把人送到衙門去，讓官府來審。

「二夫人氣壞了，當即就喊心口痛，可二老爺硬說她是裝的。後來，聽說二夫人派人將知心園的匾額拿下來，親自拖到大廚房燒了，還沒回到知趣園，就因為急火攻心暈過去。」

「七姑娘跟六少爺呢？」顧桐月有些不忍，顧從仁那「知心」兩字，無疑否定了他與秦氏這麼多年相知相惜、相親相愛的情意，秦氏不氣瘋才怪。

不過，要送誰去衙門？秦氏對胭脂動手了，卻被顧從仁抓個正著嗎？

之前見顧從仁，她還覺得他頗有些謙謙君子的儒雅風度，不想對自己的妻子絕情起來，竟能做到如此地步，秦氏與他可是青梅竹馬、兩小無猜的情分呢！

說起來，最可憐的當數顧冰月與顧孟秋姊弟，他們倆的身子本就不甚強健，不知經過昨晚那一鬧，有沒有跟著生病。

巧妙回道：「如今知趣園裡做主的，正是七姑娘。七姑娘叫人送二夫人回房，又請大夫，正一心一意地照顧著；六少爺也陪在二夫人身邊，只不過他身子弱，沒熬多久，七姑娘便讓他回屋歇著，這會兒，不知二夫人醒來沒有。」

二房的事，顧桐月只能搖頭，什麼也幫不了，收拾妥當後，便去尤氏的正房用早膳。

大年初一早上，三房所有人都聚在一起。

幾個姑娘穿戴一新，顧清和與顧維夏也早早過來，在顧蘭月帶領下，齊齊向顧從安、尤氏磕頭拜年。

或許是睡得有些晚，顧從安眼下有黑圈，但精神卻出奇地好，捋著短鬚，滿意點頭。「好好好，都起來吧！」然後一人給了一個紅包。

顧桐月接過紅包時，忍不住想，二房鬧成那樣，顧從安知不知情呢？

若是知情，他還這樣高興，豈不是幸災樂禍？

另一邊，知慈院裡，顧老太太亦是穿戴一新，卻沒有容光煥發，強打著精神，坐在羅漢床上，膝頭上蓋了張精緻的繡福字紋短絨毯。

長房一家向她磕頭拜年，顧老太太說了幾聲「好」，便令顧從明與劉氏起身，給小輩們紅包後，打發他們自去玩耍，迫不及待地拉住顧從明問話。

「你二弟那邊鬧成那樣，你這個兄長怎麼也不管管？」

顧從明看看神色略顯憔悴的劉氏，微皺眉心。「這是後院的事，我不好插手去管，您不必憂心，劉氏會處理好的。」

劉氏聞言，心頭一沈，忙道：「我瞧著這回二弟是鐵了心了，昨晚已經把人接進來，又越過我從前院挑了丫鬟、婆子去伺候，便是不信任我的意思，我也不太好勸呢！」

她只是長嫂，管東管西，也管不到小叔的房裡去！該管的顧老太太不去管，她為什麼要出這個頭？站在顧從仁這邊，就是得罪秦氏；幫著秦氏那邊，又得罪了顧從仁與新進門的胭脂。一個青樓女子，她並不放在心上，只是本著與人為善的道理，她不想輕易得罪人。

更何況，眼下她的事也挺多的，府裡好些事都交給尤氏管了。

顧老太太見劉氏推託，不由發怒。「妳是當家主母，有什麼勸不得的？立刻給我將那個下賤的青樓女子打出去！咱們顧家兒女眾多，即便不為別人想，妳這做母親的，難道也不為自己的孩子多想想?!」

劉氏不肯做壞人，目光在洪嬤嬤身上一頓，道：「不如請洪嬤嬤領人去一趟，勸二叔先把人送出府去？」

洪嬤嬤是顧老太太的人，顧從仁要記恨，也恨不到她頭上來。

劉氏的算盤打得好，可顧老太太偏不如她的意。顧從仁是她最疼愛的兒子，幾年前她已經棒打鴛鴦一回，雖然最後顧從仁為了她的身體低頭，可後來幾年，母子倆的情分再無法恢復如前。

因而，一開始，她就將熱鍋丟給顧從明兩口子，現在劉氏想丟回來，那怎麼行？

「不行！」顧老太太瞪劉氏。「洪嬤嬤要伺候我，讓妳的人去攆人。」

劉氏站著不肯動，顧從明卻不耐煩了。「母親吩咐，妳只管照做，哪來那麼多廢話？」

劉氏無奈，只得應聲退了出去。

出了知慈院，丫鬟似雲扶著劉氏的手，忍不住小聲抱怨。「得罪人的事，為何非得讓夫人去做？老太太才是家裡輩分最高的，她的話，二老爺都不聽，您還能如何呢？」

劉氏一掃方才在顧老太太屋裡的溫婉模樣，淡淡地說：「妳跟棉霧幾個遠著知心園一些，知心園？哼。」

她冷笑一聲，吩咐道：「隨便叫個婆子過去，就說傳老太太的話，讓二老爺把人送出府去，不要留在府裡礙了老太太的眼。」

劉氏聞言，神情更冷。「那便走一趟，咱們去知趣園瞧瞧二夫人如何了。」讓她堂堂顧府當家主母去跟個青樓女子打交道，降低身分不說，更會得罪秦氏。

「您要是不走一趟，老爺知道了，怕是不好交代。」另一個丫鬟棉霧有些擔憂地說。

顧從仁與秦氏可都是顧老太太的心頭寶，這會兒顧老太太只是不知道該偏心誰好，等日後事情過了，秦氏愛記仇又小心眼，若在顧老太太跟前給她添堵，她雖不怕，卻也嫌煩。

劉氏想著，迎面碰見前來給顧老太太請安磕頭的三房一行人，顧從安與尤氏有說有笑，不知顧從安說了什麼，尤氏竟嬌嗔著瞪他一眼，兩人這般，宛如恩愛無間的夫妻，全然不顧身後還有一群兒女。

劉氏忍著心酸與羨慕，等著他們走近，兩廂見過後，尤氏便笑問：「還以為大嫂這會兒正在母親屋裡呢！這是要去哪裡？」見劉氏所行的方向並不是知懷園，便隨口問了一句。

劉氏勉強笑道：「老太太讓人去趕二叔昨晚帶回來的人，我就去瞧瞧二弟妹如何了，聽聞病得起不了身，現在不知好些沒有；冰姐兒雖懂事，到底只是個半大孩子，那邊沒人看著，老太太跟我都很不放心。」

說著，她又嘆道：「這回二叔不知怎麼回事，竟像是迷了心竅般。你們都聽說了吧，他將知趣園旁邊的院子取名『知心園』，這不是活活剜著二弟妹的心嗎？唉，真不知此事要如何了結呢！」

尤氏聽了，看看顧從安，見他不耐煩，便伸手推推他。「老爺帶孩子們先過去給老太太請安，我跟大嫂說兩句話，很快就過來。」

顧從安點點頭，領著顧桐月幾個先走了。

尤氏見他們走遠，才對劉氏道：「這件事，真是為難大嫂了。」

劉氏一聽尤氏這般熨貼的話語，立時紅了眼眶，感激地握住尤氏的手。「三弟妹，妳說說，大過年的，偏遇上這樣的事，當真……」

「眼前這一樁，大嫂可想著要怎麼做才好？」

劉氏明白她的意有所指，嘆息道：「還能如何，到底是二房的事，我也只能勸勸，最後，得讓二叔與二弟妹自己去決定。」

「大嫂這樣想很對。」尤氏贊同。「何必因為他們的事，落得裡外不是人。」

「就是這話。」劉氏又嘆一聲。「只是可憐了冰姐兒跟秋哥兒。二叔這般偏心，二弟妹又一味吵鬧，若給那女人機會，再讓她有孕，兩個孩子只怕更可憐；但願二弟妹能早點醒悟，別耽誤了孩子們才好。」

尤氏點頭。「大嫂不必太過憂心，都會過去的。」再寬慰劉氏一陣，妯娌倆才分開。

尤氏甫回府就展露強勢厲害的一面，且顧從安還需要尤家的提攜，因此顧老太太心裡再不悅，也不敢再跟她當面對上。

尤氏請安磕頭後，顧老太太抬起眼皮看了她一眼。

往年三房沒在京裡，顧府上上下下都很好，他們回來後，事情就沒斷過。

顧老太太心裡將尤氏當成掃把星，越發覺得多看她兩眼都嫌晦氣，遂垂下眼，冷淡地開口。「你們一回來，事情就沒斷過，也不知是不是沖撞了什麼，年後挑個日子去龍泉寺一趟，看能不能請個高僧來府裡化解化解。」

尤氏笑盈盈地應下。「都聽母親的。」

顧老太太見一記老拳打在棉花裡，瞧著尤氏的笑容，更加覺得刺心，再不想多說別的，揮手讓他們離開。

大年初一得走親訪友，尤氏挑了黃家，還有上回來赴宴、與她相談甚歡的幾家走動，除了黃家，都不是很顯赫的人家。

顧桐月跟著尤氏走動一天，雖是疲憊，但得到不少壓歲錢與賞賜，也算收穫頗豐。

初二是出嫁女兒回娘家的日子。

尤氏又帶著一群兒女回尤家，這次顧桐月也見到了尤景慧，可尤景慧卻是恍恍惚惚、失魂落魄的模樣，沒了上回所見的驕矜刻薄。

顧華月擔心地問尤景慧。「五表姊病了？怎麼臉色這樣難看？」

尤景慧呆呆的，並不回答。

尤十一姑娘見狀，湊過來小聲道：「前兩天，東平侯府那位姚表姑娘送信來，不知寫了什麼，五姊看完後，就成了這個模樣。」

尤九姑娘也湊過來。「昨兒五姊讓人套車去東平侯府，聽說姚表姑娘道過年事多，沒有見她，五姊回來後，關上門發了一通脾氣，將屋裡能砸的東西全砸了。聽她屋裡的丫鬟說，五姊還哭了一場，連祖母都被驚動了。」

顧桐月原本只是安靜聽著，聞言便忍不住追問：「後來呢？」

「後來祖母把五姊叫過去，也不知說了些什麼，最後祖母下了死令，不許五姊再去東平侯府見姚姑娘。」尤九姑娘對顧桐月印象不錯，因此很樂意幫她解惑。

顧桐月暗暗點頭，尤老夫人那般精明，定然從尤景慧的描述中瞧出了姚嫣然表裡不一的品行，加上尤景慧對謝斂的一往情深，定然要出手干預。

如果尤景慧聰明，該明白姚嫣然根本不是真心要幫她，她知不知道，姚嫣然一心想做的，也是謝府的大少夫人？

不過，尤老夫人不讓尤景慧去東平侯府……顧桐月微微蹙眉，她還指望能藉由尤景慧，與東平侯府搭上關係呢！

顧桐月正暗自琢磨著，便見尤景慧起身往外走，不及細想，見顧蘭月等人並未注意到她，便找個藉口跟了出去。

尤景慧猶如幽魂般，漫無目的地沿著抄手遊廊走。

顧桐月想了想，急走幾步追上去。

「五表姊，有件事情，我想要告訴妳。」

尤景慧回頭瞧見顧桐月，眉心一皺，毫不掩飾厭惡之情。「什麼事？」

顧桐月瞧瞧她身邊的兩個丫鬟，笑著道：「上回我跟母親一塊兒來，尤府的臘梅開得正好，五表姊招待客人時，我正好也在園裡摘梅花呢！」

尤景慧聞言，臉色突地一變，立時緊張起來。「妳看到了什麼？」

「我只是想跟五表姊說說話，沒有別的意思。」顧桐月努力展現誠意。

尤景慧咬唇，揮手令丫鬟退後幾步，陰沈沈地瞪著顧桐月。「那天妳果真在園子裡？」

顧桐月笑咪咪地看著她，絲毫不懼她身上散發出的冷意。「五表姊不要擔心，妳們說的話，我不會告訴任何人；今日，我要告訴五表姊的事，也跟東平侯府那位表姑娘有關，要是五表姊不想聽，我這就走開，不打擾妳。」

她知道自己有點冒進，但她無時無刻都想著怎麼回東平侯府，要怎麼見到父母兄長們，只好奮力一搏！

可顧府門第與侯府相比，實連上門拜見的資格都沒有，若她光等待機會送上門來，不知要等到何年何月，思來想去，除了尤景慧這裡，真的找不到別的法子了。

尤景慧果然激動起來，卻又有些不信地盯著顧桐月。「顧府與東平侯府沒有往來，妳怎麼會知道跟嫣然有關的事？」

顧桐月聽尤景慧還這般稱呼姚嫣然，就知道她尚未發現謝斂跟姚嫣然的事，於是面帶同情地說：「五表姊知不知道，其實姚嫣然跟謝府大少爺之間，有些牽扯？」

尤景慧聞言，不以為然地撇嘴。「自然有牽扯，難道妳不知謝公子與侯府的姑娘訂了親？嫣然一直住在侯府，與唐姑娘是極要好的表姊妹，她與謝公子有往來，不是很正常嗎？」

「正不正常，我不好評說，不過五表姊這麼聰明，聽我說件事，自然就能明白。」

顧桐月便慢慢將那日如何碰見謝斂與姚嫣然、兩人之間的舉動，及姚嫣然以謝府未來女主人身分說的那席話，一一細講給尤景慧聽。

果然，尤景慧聽得臉色煞白、渾身顫抖，緊緊握著拳頭，眼裡幾乎要噴出火來。

「妳說的都是真的？」

「當日四姊也在，若妳不信，大可以去問四姊。」顧桐月將顧華月搬出來。「我只是很為五表姊不值，妳待那姚姑娘真心實意，姚姑娘卻擺明在欺騙妳，連我這個外人都看不過去，實在太欺負人了！」

「姚嫣然！」尤景慧壓抑不住心中的熊熊怒火，渾身緊繃、咬牙切齒。「妳竟敢騙我！」說著，就要往外衝去！

顧桐月忙拉住她，明知故問道：「五表姊，妳這是要去哪裡？」

「我要找那賤人算帳！她敢如此騙我，我絕對饒不了她！」

「可是剛才十一表妹說了，外祖母不讓妳再見她，這樣出門，外祖母定然要生氣……」

暴怒的尤景慧力氣實在太大，不停掙扎，顧桐月不咬牙使出吃奶的勁，根本拉不住。「五表姊要是信得過我，我可以幫妳想想辦法。」

「妳？」尤景慧停下來，懷疑地打量顧桐月。「妳能有什麼辦法？還有，妳這麼熱心地幫我，到底有什麼目的？」

即便快氣瘋了，尤景慧仍保留著一絲理智。

顧桐月嫣然一笑。「我幫五表姊，只因為我看不慣；姚嫣然憑什麼肆無忌憚地愚弄他人？她本來就該給五表姊一個交代。」

姚嫣然背著唐靜好與謝斂有了牽扯，卻在唐靜好面前裝出那般乖巧無辜的模樣，所以也該給死去的唐靜好交代才是！

一聽愚弄兩字，尤景慧越發氣惱。「沒錯！咱們這就去找她？」

「五表姊答應一切聽我的，我就陪妳去找她。」

「好！」尤景慧很乾脆地答應了。

尤景慧帶著顧桐月回到聚會的花廳。

眾人發現，原本很瞧不起庶出身分的顧桐月的尤景慧忽然與她變得親熱起來，兩人挽著手，一路小聲說笑，真如感情十分要好的小姊妹。

尤氏有些驚訝，不過想著顧桐月的能耐，便也沒有多想。

尤景慧拉著顧桐月，直接撲進尤老夫人的懷抱裡。

「祖母，方才我聽顧八妹妹說，西坊有家很好吃的糕點鋪子，最巧的是，那鋪子裡居然有您最愛吃的八寶紅豆糕，我想跟顧八妹妹一道出門，幫您買紅豆糕回來，好不好？」

「妳想出門？」尤老夫人摸著尤景慧的肩頭，看看規規矩矩站在一旁的顧桐月，又看了尤氏一眼。

尤氏微微點頭，笑著道：「方才聽您說，這兩天慧姐兒心情不好，出門逛逛也好。我們家桐姐兒最懂事不過，有她陪著，母親不必擔心。」

聽尤氏這麼說，尤老夫人自然不會攔著，她也希望自家孫女開開心心，見不得她失魂落魄的模樣；既然尤氏對顧桐月放心，又見尤景慧與顧桐月說了一會兒話便這樣興高采烈，便答應讓她們出門。

「多帶些丫鬟、婆子伺候著，早些回來，我瞧著天色不太好，擔心等會兒又下雪。」

尤景慧聞言，暗暗鬆口氣，對尤老夫人甜甜一笑。「祖母放心，我買完糕點就回來。」

顧華月聽說她們要去西坊，也想跟著去玩。「外祖母，母親，我也想跟五表姊她們一道逛逛。」

尤老夫人笑著應承。「去吧、去吧！現在是年節，就不拘著妳們了。還有誰想去的？」

尤九姑娘與尤十一姑娘忙忙起身。「我們也要去。」

顧荷月也站起來。

尤景慧見狀，心裡發急，不由看向顧桐月。

顧桐月微微垂眸，不動聲色地點點頭，眼下先答應，能出門才是最要緊的。

見顧桐月的動作，尤景慧稍稍放心些。「那咱們就一塊兒去吧！不過我跟顧八妹妹相談甚歡，要同坐一輛馬車，方便說話。」

顧華月有些不悅地噘嘴。「我也想跟八妹一起呢！」

尤景慧忙拉住顧桐月。「華姐兒別跟我爭了，妳跟顧八妹妹住在同個屋簷下，什麼時候不能說話？這會兒就讓讓我吧！」

她話音一落，便引得眾人笑了一回。

見小姑娘們嘰嘰喳喳地走了，尤老夫人笑咪咪地搖搖頭，問顧蘭月與尤薰風。「妳們不一起去逛逛？」

尤薰風微笑搖頭。「讓妹妹們去吧！」

尤老夫人知她心性，遂道：「也罷，妳與蘭姐兒最是要好，回房說話去吧！」

顧蘭月聽了，笑著與尤薰風起身，向尤老太太及尤氏等人告退，相偕出去了。

待兩個孫女走遠，尤老太太才瞧向滿臉笑意的尤氏。「妳倒是放心那丫頭。」

尤氏嗔道：「母親說過桐姐兒眼明心亮，我有什麼不放心的？我瞧著慧姐兒有心事，讓桐姐兒陪著出門逛逛也好。我們桐姐兒也不知道怎麼生的，瞧著憨厚老實，可除了那群心術不正的，府裡姑娘竟都很喜歡她。」

「有這回事？」尤老夫人也感興趣了。

「蘭姐兒在京裡這麼多年，跟長房的葭姐兒不說朝夕相處，也是住在同一座府邸，可兩人情分只是淡淡；不過，蘭姐兒跟葭姐兒都喜歡桐姐兒，更不用提華姐兒跟雪姐兒了。」尤氏嘆道：「不說她們，連我瞧著那丫頭，也覺得她比旁人討喜。」

尤老夫人點頭，瞧著尤氏歡喜的模樣，卻有些笑不出來。「桐姐兒也就罷了，如果妳喜歡，倒可以帶著常來常往；至於荷姐兒，我瞧著，不好再帶來了。」

尤氏一驚，忙問：「母親，可是出了什麼事？」

尤老夫人嘆氣。「上次妳帶幾個丫頭回來，偏叫嘉樹瞧見了荷姐兒，這些日子正跟妳大嫂鬧呢！今日知道妳們要來，一大早，妳大嫂就讓他兄長藉著詩會把他帶出去了。」

尤氏難以置信地睜大眼睛。「嘉樹竟然……大嫂不會誤會我吧？」尤嘉樹可是吳氏的寶貝兒子呢！

「妳大嫂是個明白人，自然不會。」尤老夫人擺擺手，讓尤氏安心，又道：「不過小五是個倔脾氣，恐怕還要鬧上一陣子。」

尤氏聽了，當機立斷。「回去我就給荷姐兒訂親，且絕不會讓她們母女知道！」

倘若讓顧荷月母女知道尤府五少爺惦記顧荷月，憑她們那好鑽營的性子與攀高枝的心思，還不知道會鬧出什麼來。

「聽說俞家去了顧府？」尤老夫人忽然想起此事，眉頭深深皺起來。「說了些什麼？」

尤氏雖不欲母親跟著發愁，但尤老夫人問起，便一五一十地說了。「……俞夫人不肯退親，還抬出賢妃娘娘，我尋思著，這件事得從俞世子那邊著手。」

「嗯？」尤老夫人示意她往下說。

「男子狎妓，在外人看來，的確不是什麼大事，因此俞夫人才敢底氣十足地上門說那些話；但是，倘若被人知道俞世子私底下褻玩孌童，甚至草菅人命，忠勇伯府只怕也護不住他。」尤氏慢慢說道，打算拿此事當把柄，暗地威脅俞世子。

尤老夫人想了想，點點頭。「可以一試。」

尤氏立刻鬆了口氣。

尤老夫人見狀，嗔道：「瞧妳嚇成那樣子，不過是個靠著女人爬上來的新貴，有妳父兄在，還怕他們不成？」

有了尤老夫人這話，尤氏心裡有底，終於露出笑臉來。

第二十八章　暗門

載著尤景慧與顧桐月的馬車，順利出了尤府。

尤景慧在車廂裡坐立難安。「這麼多人跟著，我們怎麼去東平侯府？」

顧桐月也很焦急地咬著手指，腦子裡閃過西坊所有街道與建築。她曾在唐仲坦的書房裡看過京城輿圖，此時方能清楚回想起來。

「有了！」顧桐月雙眼一亮。「讓馬車去索羅街，那裡有座名叫天然居的茶樓，五表姊就說口渴，要去那裡坐坐。茶樓有道暗門，咱們可以從那裡悄悄離開，最妙的是，天然居離東平侯府，僅隔了一條街。」

尤景慧顧不上追問顧桐月怎會知道天然居有暗門的事，憂心忡忡道：「就算有暗門，可是那麼多姊妹跟著，咱們有什麼法子能從她們眼皮子底下出去？」

顧桐月一心想著回唐家，此時心情激動澎拜得無法自抑，顧不得去想周全之道，只說：「到時候五表姊就說，只想跟我待在一起，不想跟她們在一處；如果姊妹們堅持，妳就發一頓脾氣好了。」

總之，今天無論如何都要去東平侯府！

既然已經走到這一步，誰也別想攔住她！

尤景慧想了想，心一橫。「也只好這樣了。」於是吩咐車伕去索羅街，直奔顧桐月口中的天然居。

天然居客似雲來，熱鬧非凡，一樓更聚集了許多文人才子，正吟詩作對，不時聽見人群中爆出陣陣叫好聲來。

若在平常，顧桐月定然要去湊湊熱鬧。她聽唐承遠說過很多次，天然居不僅僅是間茶樓，更是文人雅士聚集之地，甚至留下不少珍貴的墨寶。天然居的老闆也是個很有意思的人，不拘窮富，只要有才華的，皆可以進樓試試運氣，才華洋溢的人，自然被天然居奉為座上賓，即便是窮才子，也可以憑藉自己的才華來打動老闆，獲得學業上的資助。

是以，不論何時，天然居都十分熱鬧。

但是，今日不能耽擱。

顧桐月與尤景慧戴好帷帽下車，便見另兩輛車裡，顧華月、顧荷月及尤家兩位姑娘也下來了。

見到天然居的盛況，尤家兩位姑娘已習以為常，她倆雖出自書香門第，但都是從小見到書本就頭疼的人，不必尤景慧打發她們，便決定去柳蔭街看雜耍。

尤景慧聞言，鬆了口氣。「柳蔭街人多手雜，妳們多帶些人過去才好。」又問顧華月。「四表妹要不要同去？聽說年前有支雜耍隊伍是從西域過來的，能讓毒蛇起舞，還會生吞長劍，很是精采。」

顧華月立時來了興趣，瞧瞧顧桐月。「八妹也一道去吧？」

不等顧桐月說話，尤景慧忙道：「都說了今兒顧八妹妹要陪我的，四表妹不許跟我爭。」又急急說道：「九妹跟十一妹帶四表妹她們去看雜耍，不過定要注意安全，我讓護院全跟著妳們；我跟八妹也不走遠，買了糕點，就在茶樓等妳們回來，好不容易出來一趟，妳們玩得盡興點。」

顧華月心癢難耐，雖然可惜顧桐月不能一起去，不過想著回來後可以講給她聽，便興致勃勃地跟尤家兩位姑娘走了。

一直觀察著尤景慧與顧桐月的顧荷月卻似笑非笑地拒絕去看雜耍，目光定定落在顧桐月粉妝玉琢般的精緻小臉上，懶懶笑道：「我不太喜歡雜耍，就不跟四姊她們去湊熱鬧，和五表姊跟八妹待在一起就好。」

顧桐月聽了，便知顧荷月已經起了疑心。

但她此時已顧不上許多，只朝尤景慧使個眼色。

尤景慧遂不悅地瞪顧荷月，趾高氣揚地道：「誰耐煩與妳一個庶女待在一處玩！我跟顧八妹妹有話說，妳隨意就好，別來打攪我們！」說罷，拉著顧桐月，往天然居去。

顧荷月被扔在身後，俏臉一陣紅、一陣白，兀自氣了好一會兒，才舉步進了天然居。

這兩個人肯定有鬼！尤景慧那麼瞧不上庶出的人，怎麼偏跟顧桐月膩在一處？今日她定要盯著她們，看看她們到底在搞什麼鬼。

只是，等她扶著丫鬟的手走進天然居，目光所及，哪還有顧桐月與尤景慧的身影？

另一邊，顧桐月和尤景慧由跑堂小二引上二樓的廂房。

雖然支開大多數人，但兩人身邊還是有不少丫鬟、僕婦，尤景慧便打發其他人出去買糕點，只留下她的貼身大丫鬟與顧桐月身邊的香扣。

「咱們現在就走？要換上丫鬟的衣裳嗎，還是就這樣過去？」尤景慧急急問顧桐月。

顧桐月微微抿唇。「若是用丫鬟的身分，只怕咱們連東平侯府都進不去。」

尤景慧連連點頭。「妳說得很是，那咱們就這樣去吧！」

已經到了這一步，顧桐月卻忍不住生出退意，可尤景慧已被她攛掇得怒火高張，急著要找姚嫣然對質，她沒有把握勸尤景慧打消念頭是其一；還有，如若錯過這次機會，下次又要等到什麼時候？她並沒有太多機會可以浪費！

這般想著，顧桐月心一橫，看香扣一眼。「妳留在此處，我們很快就回來。」

香扣心裡直打鼓，雖然不明白顧桐月與尤景慧要去做什麼，可以往，顧桐月極少撇開她單獨行動過，她擔心顧桐月的安全，也很害怕，倘若此事暴露，她恐怕也沒了活路。

但顧桐月神色堅定，臉上有種無人可撼動的決心。

香扣見狀，不再勸說，只啞聲低低道：「姑娘，您一定要平安回來。」

尤景慧也同樣交代了她的丫鬟，可那丫鬟不比香扣，竟是急得直掉淚，怎麼也不肯讓尤景慧離開。

尤景慧無法，乾脆瞪眼。「妳再阻攔我，我發賣了妳！」

這下，丫鬟不敢再說，淚眼婆娑瞧著尤景慧，巴巴哀求。「姑娘，您一定要回來啊！」

尤景慧見狀，無奈至極，只得答應下來，跟著顧桐月離開。

其實，顧桐月沒來過天然居，知道此處有暗門，是因為唐承遠曾氣急敗壞地在她面前說過，有回他帶唐承赫去參加才子們的比試，本想讓他一舉揚名，誰知唐承赫不屑於此，竟臨陣脫逃，從暗門跑掉。

當時她覺得好笑，隨口問天然居的暗門在哪裡，唐承遠就順口說給她聽了。

故而顧桐月帶路時，心裡很是忐忑，不知道那處暗門還在不在？

顧桐月故作鎮定地拉著有些惶惑的尤景慧走過天然居後堂，路上越來越偏僻，到後頭竟連一個人都沒碰上，尤景慧就有些怕了。

「顧八妹妹，妳可記清楚了，暗門當真在這後頭？」

「五表姊放心，我記得很清楚呢！」顧桐月硬著頭皮，面不改色地說著大話。

一路穿堂過巷，就在顧桐月都要疑心自己找錯時，終於看到唐承遠口中的那片假山群，頓時鬆了口氣，拉著尤景慧又是一陣疾走，繞過空無一人的假山群，便瞧見最後那座高於院牆的高大假山。

顧桐月領著尤景慧鑽進假山，假山裡黑沈沈的，幸而只有一條直路，不至於迷路。

片刻後，顧桐月摸到了暗門的門環子，心中一喜，用力推開門，還來不及看外頭是何光景，便回頭開心地對尤景慧說：「五表姊妳看，我沒有記錯吧？」

尤景慧卻是瞳孔一縮，直愣愣地瞧著前方，瑟瑟發抖的身子不由自主往後退去。

顧桐月心頭一驚，慌忙轉過頭，瞧見暗門處竟站著兩個人，其中一人穿竹紋杭綢直裰，身材挺拔、五官俊朗、眉眼深邃，此時盯著她的眼神有驚訝，也有怒氣。

這不是蕭瑾修又是誰！

「為何妳會在這裡？」蕭瑾修冷聲質問道。

顧桐月頭皮發麻，蕭瑾修的目光令她惴惴，左手手指不覺掐著右手掌緣，這是她緊張、害怕時會有的動作，因為這能令她痛，而痛是讓人保持清醒與鎮定的最佳法子。

顧桐月很快鎮定下來。「我、我跟表姊想單獨去逛逛，不想身邊有人跟著，所以……」

蕭瑾修身旁的人輕聲開口道：「妳怎麼得知這裡有暗門？」

顧桐月看向他，此人穿著藍綢長袍，外披尋常的灰鼠皮披風，腰間掛一塊美玉，鬢若刀裁、清朗俊逸，只是容色稍白，瞧著似有病色。

顧桐月不知道他是誰，見蕭瑾修只一味瞪她，並沒有要向她介紹的意思，便低眉屈膝，對他行了一禮。

「我聽身邊的人提過，今兒是第一回走。」她頓了頓，不敢再看蕭瑾修那張發黑的俊臉，拉著退縮的尤景慧。「蕭公子，我們姊妹先告辭了。」

顧桐月沒料到會在這裡撞見蕭瑾修，聽與他同行那位年輕公子的語氣，猜出這道暗門只怕不是人人都能知道的，為避免蕭瑾修逮著她追問，便想溜之大吉。

此時，蕭瑾修有些愣神，因為看見了顧桐月的小動作。

唐靜好與謝斂尚未訂親之前，有一天他去東平侯府見唐仲坦，瞧見她坐在梨花樹下，仰頭看著站在面前的謝斂，潔白的花瓣隨微風落下，有一、兩片落在她光潔如玉的眉眼間。

謝斂忽然俯身，替她撿走眉間的花瓣，她微微紅了臉，左手拇指掐著右手掌緣，一下，又一下……

直到顧桐月想拉著尤景慧跑開，蕭瑾修才回過神來，伸出手臂擋住她們的去路，眉心微皺，不贊同地說：「妳們丟下丫鬟、婆子跑出來，可想過後果？不要以為如今正值年節就沒有人口販子，真要被捉走，我看妳上哪裡去哭！還不趕緊回去?!」

「蕭公子……蕭大哥，我們有急事，很快就回去，不會有事的！」顧桐月見他態度堅定，開口求他。「是很私密的事，所以不能帶著丫鬟、婆子，不過你放心，我帶了防身的東西；再說，人口販子也要過年嘛，我、我們真的要走了。」

說罷，見蕭瑾修還是不讓開，她索性拉著尤景慧，從他胳膊底下鑽過去。

顧桐月個子嬌小又靈活，泥鰍般地溜過去；尤景慧就有些受罪了，她個子高䠷，冷不防被顧桐月拉著鑽過去，便先撞到蕭瑾修的胳膊，雖然她心儀謝斂，可也是謹遵男女大防的深閨姑娘，身子一僵，險險就要哭出來。

顧桐月剛好看到這一幕，忙安慰她。「蕭大哥是真正的正人君子，妳不要擔心，他不會說出去，五表姊只當咱們沒遇過他，更沒有碰到他就是。」就這樣拉著尤景慧堂而皇之地跑出無人的巷道。

蕭瑾修愣了愣，額上青筋直跳，瞧著兩人漸漸看不見的背影，終是放心不下，對著等在暗門處的寧王抱拳，沈聲道：「王爺先進去，我很快回來。」言罷，一撩衣襬追上去。

寧王站在暗門處，饒有興致地瞧著蕭瑾修焦急的步伐，見他竟不復平日的沈穩持重，失笑搖頭，對著空無一人的巷子，淡淡開口道：「去查查那個小姑娘是哪一家的，蕭小六與她是何關係。」難得見到蕭瑾修如此緊張的模樣呢！

只是，小姑娘雖長得好看極了，牙白肌膚毫無瑕疵，眉眼長而秀雅，卻太小了些；且她稱呼蕭瑾修為「蕭大哥」？在他不知情的時候，蕭瑾修竟做了別人家的蕭大哥？

藏身暗處的暗衛領命，默默去了。

另一邊，顧桐月拉著尤景慧，跑向東平侯府。

兩個穿金戴銀的小姑娘戴著帷帽在街上奔走，難免惹人注意；不過，大街上遊客如織，即使有人想乘機湊近她們欲行不軌，也不是易事。

因為奔跑，尤景慧不時與人摩擦接觸，此時一張臉已經羞窘到紫脹，口中還不時發出小小的抽氣聲，顯然十分不習慣。

她自小金尊玉貴地長大，即便出門逛逛，也有成群僕婦簇擁著，絕不讓旁人碰觸到她的千金之軀，是以，此時的她就如被脫光衣裳丟在人群中般難堪、羞窘。

顧桐月卻顧不得這些，只拉著尤景慧狂奔，跑過長街，轉進位於三聖街的東平侯府。

這整條街，只住了東平侯府一家。

顧桐月站在侯府門口，仰頭看著大門門匾上那龍飛鳳舞的「東平侯府」四個大字，哽咽一聲，險些哭出來！

她真的回來了，終於回到魂牽夢縈的家！

此時，尤景慧稍稍鎮定了些，見顧桐月只顧抬頭望著大門發呆，便推了推她。

「發什麼呆，趕緊過去讓人通傳啊！」

顧桐月驀地回神。是，就算她站在這裡又如何？如今她是顧桐月，不是唐靜好，這東平侯府的大門，她真能進得去嗎？

這回，卻是尤景慧忍耐不住，直接上前叩響了大門。

很快地，有人打開一旁的側門，見是兩個戴著帷帽、衣著不俗，卻未帶僕從的小姑娘站在門口，一時有些摸不著頭緒。

「兩位姑娘這是……」

尤景慧傲然而立。「我要見你們府裡的表姑娘。」

「不知姑娘如何稱呼？」

「我姓尤。告訴你家表姑娘，她要是不見我，就別怪我不講往日情面，將她做下的醜事公諸於眾！」尤景慧微微瞇眼道，此時報復姚嫣然的快感已經勝過先前的恐懼、害怕等諸多情緒。

小廝聽了，又上下打量尤景慧兩眼，因聽說她姓尤，便猜想她是尤老太爺家的人。只是疑心，每次來都排場甚大的尤家姑娘此時輕裝上門的用意，遂又多打量了兩眼，連帶著也細瞧顧桐月一番，才道：「兩位姑娘先進來歇歇，外頭冷，可別凍壞了。」

說著，他一邊讓人去後院通傳，一邊引著尤景慧與顧桐月進門，命人送上茶水點心。

顧桐月瞧著這小廝，微微紅了眼眶。

小廝名叫大壯，是她奶娘的獨生子，也是她小時候的玩伴。因她傷了腿不能行走，大壯便也自責地砸斷了自己的腿，幸而醫治及時，才只落下一點殘疾，若不是走得快，根本瞧不出他的腿腳不靈便。

因大壯為人老實又負責，唐承宗便把他提到門房當差。

顧桐月在茶水的裊裊熱氣中，不動聲色地按了按眼角。才見到大壯，她就如此忍不住，等會兒再見到其他人，恐怕很難不露馬腳。

可是，她費盡心思才來到這裡，之後到底會如何，她顧不得去想！

現在，她只想見到父母與兄長，她想他們想得要瘋了！

此時，姚嫣然在正房回唐仲坦的話。

她紅著眼，眼中含淚，細聲細氣地說：「姨父，都是嫣然的不是，是嫣然沒有照顧好姨母。這些天，姨母夢見靜靜，太思念她，無論嫣然如何勸說，都不肯用藥。因姨父與表哥們忙著祖祠祭祀，嫣然不敢打擾，想著自己能勸好姨母，誰知……」

她說著，眼淚滑落，人也緊跟著跪下來。「都是嫣然自作主張，害姨母成了眼下這般，嫣然知錯，求姨父責罰。」

唐仲坦還未說話，一旁的唐承赫便怒聲道：「這麼大的事情，妳竟敢自作主張瞞下來！

姚嫣然，倘若母親有不測，我饒不了妳！」

姚嫣然聞言，滿臉惶惑地咬唇。「嫣然知道，倘若姨母有不測，不用赫表哥說，嫣然……嫣然定會以死謝罪！」一邊說著、一邊抽泣不止。

唐仲坦原也不滿姚嫣然瞞下郭氏不肯吃藥、耽誤病情的事，但見她哭得淒切，平日裡也乖巧溫順，半點不讓人操心，更別提自唯一的女兒去世後，郭氏身邊只剩下她聊以慰藉，因而不好責罰，只嘆息道：「這次便罷了，妳好好照顧妳姨母，將功補過吧！」

姚嫣然正要磕頭謝過，便有丫鬟進來稟告。「老爺，四少爺，表姑娘，外頭來了一位自稱姓尤的姑娘要見表姑娘。」

姚嫣然微驚。姓尤？尤景慧？她怎麼突然過來了？

她微微皺眉，難不成尤景慧收到那封信後，還沒對謝斂死心？又巴巴地跑來要她幫忙？

姚嫣然正想說不見，唐仲坦卻先開了口。「尤姑娘？便是妳那位閨中好友？既然她來了，這會兒妳姨母也睡著，妳就去見見吧！」

姚嫣然只能應是，讓人將尤景慧請進她住的渡月軒。

另一邊，蕭瑾修目睹顧桐月與尤景慧直奔東平侯府，微微皺眉，有些不解。見顧桐月盯著東平侯府的大門看，即便隔著帷帽，似也能感受到她的激動與克制。

原本打算見顧桐月姊妹無事就欲轉身回去的蕭瑾修頓了頓，見小廝領她們進去，想了想，繞到侯府另一邊，腳尖輕點，人便如輕靈的燕子般，毫無聲息地跳進了院牆內。

他落腳的地方正是侯府後院，因聽到尤景慧言明要見姚嫣然，便想著她們定會去後院。

他來過侯府多次，卻極少進內院，但依照他對侯府的熟悉，很輕易地躲開了護院，繞到靠近九曲橋的廊柱下，忽地聽見前頭傳來一陣喧譁——

有人驚呼，有人大喊。「姑娘，那邊去不得！」

「姑娘快停下，那是我們夫人的住處，眼下夫人正病著，千萬別驚擾了她！」

「姑娘別跑了！快來人攔住她啊！」

此起彼伏的叫嚷聲令蕭瑾修驀地皺眉，放眼瞧去，竟是顧桐月提著裙襬、不管不顧地往郭氏的正院衝去，身後追著一群丫鬟、婆子，居然沒能攔下她。

顧桐月拔足狂奔，彷彿聽不見身後的聲音。

從蕭瑾修的角度看過去，他能看到她脹紅的小臉，那雙總讓他覺得莫名熟悉的眼睛裡，此時卻是閃著令人炫目的瘋狂光芒，把她點亮，亮得像要燃燒起來。

她目光緊盯的方向，正是侯府正院。

她要去哪裡？她知道那是什麼地方？

她甚至知道往小路跑，熟悉得就像在自己家裡一樣！

忽然，顧桐月左腳一扭，整個人撲倒在鋪著鵝卵石的小徑上。

後頭追趕的婆子、丫鬟一擁而上，拉起她就要拖出去。

「放開！你們放開我！」顧桐月瘋了般地掙扎，目光依然緊緊又渴望地望著正院，甚至捨不得眨眼，口中發出尖銳的叫喊聲。「放開我，讓我過去！」

倘若不是尚存最後一絲理智，她就要喊出她是唐靜好這句話了！

「這位姑娘，請妳閉嘴吧！」一個婆子不耐煩地拖著她往外走，見她雖然穿著不俗，身邊卻連個僕從都沒有，便先輕視了幾分，又見她給她們惹出這麼大的麻煩，忍不住重重掐了顧桐月一把。「這裡可不是妳能撒野的地方，趁著咱們家主子還沒發現，哪裡來的趕緊回哪兒去！」

「可不是，別給咱們找麻煩！」

顧桐月掙扎不開，眼淚掉得又急又凶，方才的那份希望瞬間變成絕望，絕望地由著人將她越拖越遠，絕望地看著母親離她越來越遠。

因為絕望，她眼中的光芒更加瘋狂。

「啊——」

她發出猶如困獸般絕望的尖叫，胸口又感覺到在山洞裡等死時，那種尖利的疼痛，心破了洞，滿是痛苦和絕望。

蕭瑾修瞧著漸漸被拖遠的顧桐月，目光複雜深邃，困惑不已，此時卻無法多想，在現身與不現身之間掙扎一瞬，便要從廊柱後走出去。

「這是怎麼回事？」有人從正院過來，見到眼前這片混亂。

丫鬟和婆子慌忙跪下，顧不得拉扯顧桐月，紛紛開口道：「請四爺安，這位姑娘不知為何突然在府裡發狂，奴婢們剛制住她，這就要送她出去。」

來人正是剛去探望郭氏的唐承赫。

唐承赫聞言，輕輕挑眉。「居然有人敢在東平侯府撒野放肆？什麼來路？」說罷，他負著手，一步一步朝顧桐月走去。

顧桐月大喜，雖然被人丟在地上，卻淚眼婆娑地看著唐承赫的身影越來越靠近。

小哥！

她哽咽著想開口，顫抖的唇瓣動了又動，卻沒能發出聲音來。

此時，又有丫鬟回話。「回四爺，這位姑娘是跟尤姑娘一道進來的。尤姑娘去了表姑娘屋裡，這位姑娘道想去淨房，奴婢們正要領著她去，誰知她突然撒腿往這邊跑，奴婢們一時不防，竟讓她跑來，不知有沒有驚擾到夫人？若驚擾了，奴婢們當真是萬死難辭其咎。」

唐承赫已經來到顧桐月身邊，低頭看著她淚流滿面的臉，微微皺眉。「認得出是京城哪一家的人嗎？」

明明是張從未見過的陌生臉龐，可那雙眼睛，還有明明不停流著眼淚，可又偏偏像是在笑的眼神，讓他的心猛然一悸。

小哥，是我啊小哥……

顧桐月不停呼喊，可不知因為太過激動還是怎地，竟在這緊要關頭失聲，喉嚨一陣緊似一陣，竟是半點聲音都發不出來。

唐承赫見她嘴唇不住地張張合合，卻聽不見她的聲音，狐疑地蹲下身，想湊過去聽聽她在說什麼。

但顧桐月越是著急，越是發不出聲音，惱恨地不停用手捶地，直將手都捶出血來。

唐承赫眉心緊皺。「妳到底想說什麼？」卻見顧桐月踉蹌著站起來，看著他，然後雙手高舉過頭，像是舉著什麼東西一樣，開始奔跑起來。

顧桐月繞著唐承赫跑，邊跑邊看他，嘴唇依然一張一合地喊著——

小哥，小哥……

唐承赫如遭雷擊，僵在那裡，眼睛緊緊盯著舉起雙手又哭又笑、不住奔跑的顧桐月，看著她一遍又一遍出不了聲、卻彷彿在呼喚他的口形，越看越是驚疑不定。

「妳、妳是誰?!」他難以置信，顫聲質問。

這個動作，像極了小時候他帶著唐靜好玩的扮鬼遊戲。兩人將大人長長大大的衣裳套在身上，因為實在太長，擔心奔跑時摔倒，只能用雙手高高舉起衣裳，看起來就像亂竄嚇人的無頭鬼。

眼前的小姑娘，她怎麼知道這個遊戲？

還有，她不停地想喊什麼？彷彿是……小哥？

世上會這樣喊他的人，唯有他那可愛的小妹唐靜好啊！

可唐靜好早已不在人世，是他跟兄長們親手收殮了她的屍體！

唐承赫想到唐靜好，眼睛發紅，目光銳利且凶狠，猛地上前，一把扣住顧桐月的脖子。

「妳到底是誰？」

扣著脖頸的力道雖然沒到立刻掐死她的地步，但也不輕，顧桐月被唐承赫掐得很痛，簡直快喘不上氣，非常難受，只好用力去扳唐承赫的手，喉嚨裡發出一連串的「呵呵」聲。

「再不說話，我就殺了妳！」

唐承赫盛怒至極，扣住顧桐月纖細脖子的手指一點一點收緊，冰冷眸光裡滿是殺意。

顧桐月拉不開他的手，又說不出話，竟急得汗透衣襟，乾脆不再掙扎，只含淚看著近在咫尺的唐承赫，忽然抬起顫巍巍的手，用拇指和食指在他光滑的上唇輕輕一撇。

這是個撇鬍鬚的動作。

顧桐月看著唐承赫難以置信的驚恐神色，慢慢彎起唇角，用氣聲輕輕道：「小哥，你的鬍鬚要掉嘍。」

十六歲時，唐承赫想跟著三哥唐承遠去青樓長見識，卻被唐承遠取笑，說「毛都沒長齊的小孩子，乖乖待在家裡不要亂跑」。他一氣之下，不知從哪裡弄來兩撇假鬍鬚貼上，搖頭晃腦地來找唐靜好，要她瞧瞧，貼上鬍鬚的他像不像男子漢大丈夫？

當時，唐靜好就是這樣笑咪咪地拿手撇撇那兩抹好笑的鬍鬚，對他說——

小哥，你的鬍鬚要掉嘍。

唐承赫驟然鬆手，見勢不妙狂奔過來的蕭瑾修驀地停下腳步。

顧桐月倒在地上，捂著脖子，艱難而無聲地咳嗽起來。

周遭一片寂靜，跪了一地的丫鬟、婆子不知唐承赫因何暴怒，也不知唐承赫為何突然發呆，但沒人敢因好奇而抬頭多看兩眼。

這時，唐承赫忽地暴吼。「都給我滾下去，滾得遠遠地！」

丫鬟與婆子聽見，忙爬起身，連跌帶爬地跑遠了。

姚嫣然見尤景慧怒氣沖沖地找上門，慌亂一瞬便鎮定下來，把人帶到她的渡月軒後，便命丫鬟上茶。

「景慧最愛喝香片，去取前兩天我剛得的香片來。」

姚嫣然吩咐完，又笑盈盈地去拉尤景慧的手。「景慧，怎麼突然過來了？妳身邊的丫鬟、婆子呢，怎麼沒跟著？就讓妳這般出門，伯母竟能放心得下？」

尤景慧聞言，死死盯著姚嫣然那張看似誠懇得不得了的笑臉，一把甩開她的手，磨著牙問：「姚嫣然，妳跟謝斂……」

「景慧！」姚嫣然低喝打斷尤景慧的話，咬了咬唇，以眼神示意屋裡的丫鬟退出去。

尤景慧本是滿腔怒火，卻被姚嫣然的先發制人嚇一跳，氣勢弱了，等她反應過來，屋裡只剩下她與姚嫣然兩個人。

「景慧，妳這是怎麼了？」姚嫣然心懷忐忑，不安地小聲問道。

尤景慧被她一問，怒火再度燃燒，指著姚嫣然冷笑。

「姚嫣然，虧我把妳當成要好的朋友，什麼都告訴妳，連我喜歡謝公子，也跟妳說，妳呢？妳是怎麼對我的？」

「我怎麼了？」姚嫣然掩住心虛，極力表現得若無其事，微皺秀眉，不悅地道：「莫非妳在外頭聽了什麼風言風語，便當成真事跑來質問我？景慧，我對妳如何，妳當真一點都感覺不到？妳說把我當要好朋友，我可是一直將妳視為最好的朋友，妳竟然不信我？」

「那我問妳，妳跟謝公子到底是怎麼回事？」尤景慧緊緊盯著姚嫣然，想在她臉上看出心虛或害怕。

姚嫣然任由她看。「謝公子跟東平侯府是什麼關係，妳會不知道？景慧，謝公子與靜靜有婚約，難不成我要橫刀奪愛？我不過是個寄居在侯府的孤女，憑什麼能把謝公子搶過來？

「景慧，妳最了解我，我最大的優點便是有自知之明，明知我什麼都沒有，什麼都不是，又怎麼敢心生妄念？」

姚嫣然把自己說得卑微，卻見尤景慧不像從前那麼好糊弄，仍是不相信地瞪著她。

「景慧，妳自己說，妳我相交一場，我何時騙過妳？」

「好，那妳發誓！」尤景慧盯著她的眼睛。「倘若妳跟謝公子當真有什麼，妳就永失所愛，一輩子孤苦伶仃、生不如死！」

姚嫣然聞言，臉色微變，眉心漸漸染上了怒色。

此時，丫鬟慌慌張張地跑過來。

「姑娘，不好了！四爺在正院大發雷霆，聽說一把掐死了與尤姑娘同來的姑娘，您快過去瞧瞧吧！」

「什麼?!」姚嫣然與尤景慧雙雙站起，異口同聲地追問：「到底發生什麼事了？」

「奴婢也不清楚，只聽說了這麼一句，不知四爺是不是當真掐死了那位姑娘。方才，侯爺有事出府，大爺去辦差，二爺、三爺去訪友，公主與二少夫人回宮的回宮，回娘家的回娘家，眼下唯有您能過去問問。聽聞四爺將那姑娘拖進夫人的院子，現在人是死是活，奴婢亦不知情。」

尤景慧聽著，雙腿一軟，險些站不住，跌跌撞撞往外跑。「快，快帶我過去！」

姚嫣然也一頭霧水，不明白唐承赫怎麼突然對尤景慧帶來的人動手。方才她只見到尤景慧，聽說她是與另一個人一道來，那人忽然內急想去淨房，便想著恐是無關緊要之人，遂沒有多問。

是以，她還不知道，與尤景慧一道來的，正是之前在巷子裡見過她跟謝斂的顧桐月。見尤景慧慌慌張張地跑出去，她無暇多想，也跟著過去。

兩人一路小跑著來到正院，累得喘息不止，在丫鬟帶路下找到唐承赫與顧桐月在的地方，但那間屋子卻關得死死的，窺不到一星半點兒人影。

尤景慧心裡著急，抬手使勁砸門。「顧八妹妹，妳在裡面嗎？」

姚嫣然也方寸大亂，跟著喊。「赫表哥，到底發生什麼事了？你別嚇我啊，快開門！」

裡面依然半點動靜也沒有。

屋子裡，顧桐月含著眼淚坐在唐承赫面前。

唐承赫手上拿著冷帕子，正湊在她身邊，替她冷敷方才被他掐腫的脖頸。

顧桐月喝了一杯蜂蜜水，雖然嗓子還是腫痛，卻已經能張口說話，聲音沙啞，微微嘶起嘴，表情又是委屈、又是欣慰。

「小哥，你真的相信我了？」

唐承赫瞧著眼前這張完全陌生、神色卻又十分熟悉的臉，只覺心仍突突亂跳著，思緒還是有些亂，卻是高興，沒有懷疑與戒備。

「方才妳說了那些只有妳我才知道的事，我不信妳信誰？只是，妳怎麼莫名其妙變成了……眼下這副模樣？當初我跟哥哥們親自為妳收屍的……怎麼會？」

顧桐月紅著眼睛，用力吸吸鼻子。「我也不知道。原本在山洞裡，我確信自己已經死了，可是一睜開眼，卻身在陽城，還成了顧家排行第八的庶女。

「當時，我害怕極了，獨自守著這個秘密，誰也不敢說，連夜裡睡覺也不敢睡得太沈，生怕一不小心說夢話吐實，被人當成妖孽，除之後快。」

唐承赫聞言，心疼得不得了。「這事聽來的確不可思議，也很可怕，妳是該小心點，絕不能讓旁人知道此事！」

顧桐月點頭，又道：「我從陽城回京時，一路上極為辛苦，還幾番遇刺，險些再也見不到你們。那天，你趕來救黃大人，我看見你，那時用盡了全身力氣，才沒在大庭廣眾之下與你相認。」

唐承赫紅了眼眶。「若我早知道……小妹，既然妳活著，為何等到現在才回家？」

這話一出，顧桐月立時委屈地哭出聲。

「我日日夜夜，作夢都想著要回家，可是，小哥，我這副模樣，要怎麼回來？嗚嗚……這又怎麼回得來？我已經不是唐靜好了呀！」

唐承赫見她涕淚縱橫，一顆心被她哭得又酸又軟，忙伸手將她攬進懷裡，心疼道：「傻瓜，殼子不一樣又如何，妳還是我們的小妹啊！臭丫頭，妳早該回來了，母親因為妳，都病得不成樣子了。」

聽聞郭氏病得厲害，顧桐月擔心得不得了，連忙抹著眼淚起身。

「我得去看看母親！」

「我好不容易勸母親喝藥睡下，這會兒過去，也沒法子跟母親說話，且妳見了母親，怕又要哭一場。」唐承赫勸道：「先忍一忍，今日妳在這裡耽擱太久，剛剛又鬧出那場混亂，恐要惹人懷疑。妳先回去，讓我想想辦法。放心，小哥一定會光明正大地接妳回家！」

「這可能嗎？」顧桐月不抱希望地問。眼下唐承赫願意相信她，她已經謝天謝地，別無所求了。

這個家，她當然想光明正大地回來，可現在她身為顧府的八姑娘，憑什麼呢？

「傻瓜，有小哥在。」唐承赫如往常般揉揉她頭頂，寵溺地說：「小哥不會不管妳！」

顧桐月自然相信他，點點頭。「那我等你的消息。還有，剛才那一鬧，要怎麼跟府裡的人解釋？」

「這個也交給小哥。今天的事，侯府的人不敢往外傳，只是，妳回去後，顧府那邊該如何自圓其說？」唐承赫皺起眉頭。「畢竟顧府與咱們家沒什麼交集。」

顧桐月含淚笑起來。「這個，小哥交給我就好。」

唐承赫狐疑地瞧著她。「妳要如何解釋？」

「尤景慧跑來，是找姚嫣然算帳的，我便實話實說——」

「不好。」唐承赫打斷她。「妳這樣說……」讓顧桐月附耳過來，低聲面授機宜。

顧桐月聽得眼睛發亮，不住點頭。「好，好，我知道了。」

兄妹倆又商量幾句，這才出了屋。

第二十九章 自尊心呢

另一邊，趁著唐承赫帶顧桐月進小屋密談時，蕭瑾修回到天然居。

此時，寧王打量著臉色分明不對勁的蕭瑾修，顧不上去瞧樓下那群才子又做了什麼了不起的大作，抑或激昂爭論利國利民之道。

剛才，蕭瑾修丟下他匆匆跑了，過了半天才回來，卻一副魂飛天外的樣子，還不時傻笑兩聲，寧王差點都要以為自己見鬼了——他認識蕭六郎好幾年，從沒見過他這般模樣。

「小六啊，你追著顧府那位小八姑娘而去，可是出了什麼事？怎麼你……」跟換了個人似的。

蕭瑾修冷眼一瞥，淡淡道：「王爺該關注的是底下的人，而不是蕭某人。」

寧王一愣，與蕭瑾修認識多年，蕭瑾修從未以言語刺過他，且剛才那問話，根本不算什麼，蕭瑾修怎麼就惱了？

難不成，他當真跟那位顧八姑娘看對了眼？於是一提，就惱羞成怒？

「咳，我不知小六竟是好這一口。這也沒什麼，現在顧八姑娘還小，總有一天要長大，反正你也不急著成親，略等個兩、三年就是。」寧王好意寬慰道：「只是我聽聞，顧八姑娘是庶出，這身分配你，到底還是差點；不過她父親顧從安是朝廷的三品要員，如此一想，倒也不算差了。」

寧王是真心為蕭瑾修考慮，說著說著，眉頭不由皺起，一時想著顧桐月是庶出，配不上蕭瑾修；一時又想著顧從安品級不低，倒也還好，思來想去，卻是越發糾結了。

蕭瑾修無語地瞧著糾結的寧王，並不開口解釋，半晌後，才低聲道：「王爺，您信不信這世上有借屍還魂的事？」

寧王眉頭一挑。「你說的是志怪傳奇嗎？小六啊，你都多大的人了，還迷信這些東西？我在跟你說親事，你居然跟我說那些？」

蕭瑾修定定地看著寧王，目光黝黑發亮，盯得寧王莫名心顫。

「蕭小六啊，你這模樣很不對勁，你到底是高興，還是失落啊？」

寧王自認為這世上最了解蕭瑾修的，除了他沒有別人；可眼下，他竟瞧不出蕭瑾修的真實想法，於是越發好奇剛才到底發生了什麼事。

他身邊雖有暗衛，卻不敢叫他們跟去瞧瞧，倘若蕭瑾修發現他派人跟蹤他，依他的脾氣，定要跟他翻臉。

蕭瑾修盯著越發疑惑的寧王，忽地悶笑一聲，黑色瞳仁裡閃著微光。

寧王被他笑得心裡發毛。「蕭瑾修，你莫名其妙笑什麼？」

蕭瑾修不說話，只是仰著臉，笑得越發開心，連眉眼都彎起來。

「喂，你是不是瘋了？」寧王忍不住推他一把。「這是什麼毛病？你再這樣，我要找太醫來幫你把脈了啊！」

蕭瑾修悶不吭聲，卻止不住笑，且笑容竟帶著孩童的幼稚，幾乎有點傻氣。

寧王急得原地轉圈。「瘋了、瘋了，你真的瘋了！」

自他認識蕭瑾修以來，從沒見他笑成這樣。蕭瑾修向來自持，今天竟這樣反常，真是讓人操心不已。

「王爺出來這麼久，該回去了。」

蕭瑾修終於開口說話，因為心情太過愉悅的關係，連話裡都帶著笑意。

寧王幾乎要顫抖了。

「小六啊，你到底怎麼了?!本王才剛剛出來，椅子還沒坐熱呢！且今兒不是你生拉硬拽要我出來的，人都還沒瞧見，就要我回去？」

是蕭瑾修說相中一個不可多得的治國之才，今日正在天然居與人辯論，要他特地前來結交，現在卻……

「人在京城又不會跑，下回我再帶您過來。」蕭瑾修一邊說著、一邊迫不及待地走人。

「我還有點事，就不送王爺回去了，王爺路上當心。」

寧王眼疾手快地拉住他，難以置信道：「你要把本王丟在這裡?!蕭小六，你不怕本王被人行刺啊？」

「王爺身邊有暗衛，除非刺客超過上百人，否則沒人能傷您分毫。」

說這話時，蕭瑾修已經走得老遠了。

寧王鬱卒地瞧著他消失的背影。「這傢伙到底在搞什麼鬼？」只好與暗衛離開。

蕭瑾修又來到東平侯府，不耐煩等人通報，乾脆再度翻牆了事。

他熟門熟路地進了唐承赫的院子，此時顧桐月與尤景慧已經離開，唐承赫正獨自坐在書房的案桌前，皺眉沈思。

唐承赫性子拓落不羈，這副深思的模樣，蕭瑾修還真沒見過。

他敲敲半敞的門，引得唐承赫看過來。

「你從哪裡來的?!」唐承赫從沈思中驚醒，瞧見蕭瑾修信步進屋，不由疑惑地問，他沒聽到有人稟報啊！

蕭瑾修實話實說。「我翻牆進來的。」

唐承赫微微睜大眼，有些難以置信。「翻牆？蕭六郎，你也學會翻牆了？」

通常別人口中那個桀驁不馴、會做出翻牆之舉的人，應該是他才對；至於蕭瑾修，在他看來，就是個規矩到無趣的人，居然也會翻牆，實在令人驚訝得很。

「其實，方才顧八姑娘過來時，我也翻了牆，正好看見……」他恰到好處地打住話。

唐承赫的臉色立時變了，霍地起身走近他，咬牙低聲問：「你都看見什麼了？」

「全看見了。」蕭瑾修淡淡開口。「她沒有死，對嗎？」

饒是唐承赫，也因如此直白的話而倒退兩步，俊逸臉上浮現驚駭表情，然而隨即便強振神色，抬手虛指著蕭瑾修，一時不知該說什麼。

半晌後，唐承赫才道：「如此荒謬又怪誕之事，你竟不怕？」

蕭瑾修反問：「你害怕嗎？」

此事的確荒謬怪誕，倘若是別人告訴他，他定要嗤之以鼻，認為那人瘋了。可因為是她，他連猶豫都不曾，就這麼平靜又愉快地接受了這個事實——顧桐月就是唐靜好！

在他尚不知真相時，總不由想靠近顧桐月，原來冥冥之中早有天意，牽引著他一次一次遇到她。

唐承赫微皺眉頭。「那是我小妹，我當然不怕！」可若換了別人，他定要當那人是失心瘋了！

因為是自己的小妹，他才覺得接受起來不是那麼難。

難就難在，要怎麼把人從顧家弄回來？

蕭瑾修聞言，笑道：「知道是她，我自然也不會怕。」

唐承赫無語地瞧著那張莫名讓他覺得礙眼的笑臉，忽然哼道：「蕭六郎，如今她只有十二歲。」

蕭瑾修面上笑容一窒，這才有些不好意思地別開目光，輕咳一聲，岔開了話。「她可有說過，是誰害了她？」

唐承赫搖頭。「今日太匆忙，沒來得及說到那裡，等過兩日將她接過來，再好好說話。」

「那麼，與謝家的親事……」蕭瑾修試探道。

「如今小妹這情形，自然不能告訴謝家。」說到這裡，唐承赫忍不住瞪了蕭瑾修一眼。

「不獨謝家，任何人都不能說！」

「這是自然。」蕭瑾修應聲。

唐承赫負手走了兩步。「現在我已經能肯定，謝斂那廝與姚嫣然暗中有牽扯，依照我的意思，這門親事就該作罷不再提。」

蕭瑾修聞言，微微皺眉。「謝斂表裡不一，絕非良配，絕對不能將她嫁到謝府去！」

唐承赫又好氣、又好笑地盯著他。「謝斂不是良配，你就是良配了？蕭六郎，當初你不是沒有機會，既然眼睜睜瞧著小妹跟別人訂親，如今慌慌張張跳出來做什麼？莫非是瞧著小妹比以往生得更好看了？」

蕭瑾修聽了，神色一暗，卻緊緊抿著唇，沒有說話。

當初，他親眼看到唐靜好那愛慕謝斂的眼神，她心有所屬，他又能做些什麼？若非瞧見那一幕，他也不會因心亂而選擇入禁衛軍磨練；倘若那幾年他沒有狠心與唐家斷了往來，以便斬斷心中的念想，定會徹查謝斂，不至於讓唐靜好落得慘死的地步。

不過幸好，直到她離世，大概也不知道謝斂與姚嫣然的事吧！

蕭瑾修才慶幸完，又僵住了神色——

從前的唐靜好不知道謝斂和姚嫣然有牽扯，可現在的顧桐月，就算眼下不知，也總有一天會知道。

那時候，她會難過成什麼模樣？

見蕭瑾修的神色變幻不停，唐承赫懶得再與他多說，反正如今顧桐月還小得很，既然謝斂並非良配，他們再慢慢地、好好地替她尋一門更好的親事便是。

之前在除夕時遇見前去祭拜唐靜好的蕭瑾修，唐承赫還覺得他有情有義，倒是不錯；可如今唐靜好以另一種詭異的方式活在這世上，再想蕭瑾修竟然覬覦自家小妹，唐承赫就怎麼看他怎麼不順眼了。

「你還有事？沒別的事，就走吧！」唐承赫毫不客氣地下了逐客令。

幾年前，唐仲坦喜歡蕭瑾修的勤學刻苦，遂把他帶回侯府，讓他與他們一道唸書習武，原也要留他住下，只是蕭瑾修說什麼都不肯。

後來，蕭瑾修先是在外頭賃破院子住，之後有了些銀錢，買了小房子，慢慢又換成如今朱雀街的住處。

只這一點，唐承赫就知道此人自尊心超強，受不得冷言冷語對待。

誰知這回蕭瑾修卻沒有被他攆走，站在那裡，靜靜地問：「有什麼需要我做的嗎？」竟是絲毫不拿自己當外人。

唐承赫正在喝茶，聞言一口茶險些噴出來，不由對蕭瑾修怒目相向。

「蕭六郎，你的自尊心呢?!」

蕭瑾修從容回道：「被狗吃了。」

唐承赫。「……」

另一邊，顧桐月與尤景慧坐著東平侯府安排的馬車回天然居後巷。

車裡，尤景慧不住地打量著顧桐月。「到底是怎麼回事？剛才妳跟唐家四爺關著門又說了些什麼？」

顧桐月親熱地抱著她的手臂。「五表姊，妳跟那位姚表姑娘認識很久了吧？可曾見過那位唐姑娘？」

「自然是見過的。」尤景慧有些不悅地皺起眉頭。雖然也就一、兩次，且每次都離得很遠，明知她是姚嫣然的朋友，也從未走近與她說話，顯然是不太喜歡她的樣子。「妳問這個做什麼？」

「方才我陪著妳進了侯府，不是內急嗎，就讓小丫鬟帶我去淨房，誰知那小丫鬟不知是真的剛剛進府，不認得路，還是被人指使，竟然領著我去了正院，還被那位唐四爺撞著。

「結果，唐四爺見了我先是發呆，接著竟凶神惡煞地用手掐我脖子——妳瞧，這印還沒消呢！」

顧桐月說著，指指自己紅腫的脖子給尤景慧看。

尤景慧一瞧，也嚇了一跳，伸手想碰又不敢。「這下手也太重了，印怕是十天半個月也消不了！平時唐四爺瞧著就是放蕩不羈，對手無縛雞之力的姑娘，竟也敢下這樣的狠手，實在……實在太過分！不對，莫名其妙地，為何他要掐死妳？」

「我也覺得很奇怪，他掐著我，還咬牙切齒地問：『妳到底是誰？是誰派妳來的？妳想做什麼？』」顧桐月擺出心有餘悸的神色。「我連忙解釋，自己是陪著表姊過來找姚表姑娘的，說完這句話，就被他掐得暈死過去。」

「是了，有丫鬟跑來向姚嫣然稟報，說唐四爺把妳掐死了。」尤景慧光是聽顧桐月說，都覺得心驚膽戰。「那後來呢？又是怎麼回事？」

「接著，我醒過來，睜開眼睛一看，那屋子裡竟然只有唐四爺一個人，他瞪著眼看我，突然開口喊——」顧桐月眼巴巴地瞧著尤景慧，一副嚇傻的模樣。「他喊我小妹！」

「小妹?!」尤景慧大吃一驚。「他真的喊妳小妹？」

「是。」顧桐月拍撫著胸口，滿臉害怕的樣子。「我聽四姊說起過，東平侯府是有個姑娘，可她不是已經歿了嗎？我就想，是不是因為我長得像她，所以唐四爺才會突然發狂，又喊我小妹？五表姊，妳仔細看看我，我跟那位唐姑娘長得像不像？」

尤景慧聞言，遂認真打量起顧桐月。人是禁不住暗示的，顧桐月不那樣說，她壓根兒不會往唐靜好身上想，這會兒聽了顧桐月的話，果真覺得她越看越像唐靜好。

「好像……還真有點像。」

「真的嗎？」顧桐月睜大眼睛，一副不知所措的模樣。「我原當他是騙我呢，不想竟是真的，這、這可怎麼辦才好？」

當唐承赫與她訂下這個計策時，她就知道可以瞞過尤景慧，甚至瞞過世人。因為唐靜好長大後，因為殘疾，極少出現在大庭廣眾之下，真正見過她的，除了家人，就只有謝府那邊的人。

東平侯府聲稱她長得像唐靜好，謝家人又怎麼敢說她不像？

尤景慧瞧著顧桐月慌張的模樣，心頭一動，追問道：「什麼怎麼辦？唐四爺可是對妳說了什麼？」

顧桐月茫然地點頭。「唐四爺道，唐夫人因為痛失愛女，身體一直很不好，問了我名姓，又問我是哪家的人，然後說，請我看在唐夫人一片拳拳愛女的心上，以後多去東平侯府，多多安撫唐夫人……可我、我怎能做得好這種事？這實在太不可思議了！」

尤景慧聞言，有些不是滋味。「這不是好事嗎？既然唐四爺這樣說，妳只管去就好。」顧桐月原只是顧府不起眼的小庶女，如今竟因為長得像唐靜好而讓東平侯府另眼相看，這跟飛上枝頭變鳳凰有什麼區別？怎麼去趟東平侯府，她就能遇到這種好事呢？

「我哪裡敢自作主張，這件事，還要看母親是如何看法。」顧桐月很是忐忑，又問尤景慧。「五表姊，妳問姚表姑娘了嗎？她有沒有承認？」

說到這個，尤景慧便覺得很生氣。「她當然不肯承認！不過不要緊，我已經知道她是什麼樣的人，以後再不信她就是！」

說著，她忽然心裡一動，一把抓住顧桐月。「顧八妹妹，日後妳去了東平侯府，一定要好好表現，妳長得像唐靜好，定然能將姚嫣然比下去！我倒要瞧瞧，她一個寄居在東平侯府的孤女，有什麼本事能嫁進謝府！便是便宜了妳，也不能便宜她！」

顧桐月眉頭微蹙，佯裝聽不懂。「什麼便宜我了？五表姊這話，我有些不懂。」

謝斂與姚嫣然有染，這個人，她絕不會再要！

尤景慧剛想解釋，顧桐月便岔開了話。「五表姊，我們偷偷溜出天然居，我六姊定然要告狀，回去後，要怎麼跟我母親說呢？」

「告狀便告狀，我還怕她不成？」尤景慧不以為意。

「可是我聽十一表妹說，外祖母不許妳再見姚姑娘，萬一過兩天東平侯府當真去顧府接我，豈不什麼都瞞不住了？」顧桐月故作憂愁地說。

尤景慧一想，悻悻道：「妳說得有道理，那咱們回去後，該怎麼跟家裡人解釋？」

「不然……就說，我們在茶樓裡小坐時，無意遇到姚姑娘，她不當心扭了腳，我們放心不下，送她回東平侯府？」顧桐月佯裝苦惱地出著主意。「無意遇到，總比主動上門要好聽得多。這樣一來，咱們算是做好事，外祖母也不好罰妳，又解釋了為什麼我們會離開茶樓，五表姊覺得如何？」

尤景慧立刻點頭。「那就這樣說。」

商量完，馬車正好到達天然居的後巷。

稍稍整裝後，兩人便從那道暗門回到之前的包廂。

一會兒後，香扣與尤景慧的丫鬟見主子們毫髮無傷地回來，這才長長出了口氣，尤景慧的丫鬟更是雙手合十，不住唸著「阿彌陀佛」。

顧桐月低聲問香扣。「六姑娘可有來找人？」

「沒有。」香扣回道，原本她也以為顧荷月定然要找來鬧上一場，提心弔膽半天，卻沒等到人，也正覺得奇怪呢！

「這就怪了。」顧桐月微微蹙眉。剛才顧荷月定是瞧出她與尤景慧不對勁，才非要跟著她們，怎麼會什麼事都不做？這太不像她了。

其實她們並沒有離開多久，顧華月與其他兩位尤家表妹還沒回來，又等了一會兒，才見三個姑娘與高采烈、有說有笑地被僕婦們簇擁著走進包廂。

「八妹，我跟妳說，妳沒去真是太可惜了，那些人真的好厲害！」

顧華月一見到顧桐月，便忙不迭地拉住她，兩眼發光，對她連比帶劃地說：「那麼長的劍，是真的劍哦，我還上前去摸劍身呢！可那人就將劍吞到肚子裡去！還有，高空上僅僅繫著一根細細絲條，他們就敢空手在上頭行走，且模樣如履平地一般；還有、還有……」

尤九姑娘與尤十一姑娘也不停地附和。「對啊、對啊，真的很厲害、很好看！」

尤景慧見狀，忍不住暗暗冷哼。「妳們是大家閨秀，沒當眾露出這副模樣來吧？也不怕被人嘲笑。」

「又不獨獨只有我們這樣。」顧華月噘嘴。「今兒那邊的大家閨秀多了去，大家都是這樣，誰嘲笑誰呀？而且也沒見她們的家人說什麼，五表姊就是想得太多了。」

京城乃是大周最繁華之地，也是名門望族最多的地方，這些人家平日裡雖然謹守各種規矩，但年節等熱鬧的大日子，不會太拘著閨女，只要大規矩不錯就好。比如最熱鬧的上元節，哪家姑娘不去賞燈、放燈，還有女兒節，更是熱鬧得很呢！

尤景慧皺眉斥道：「我教訓大家，是為了大家好，妳這是什麼態度？」

顧華月見狀，也不依了。「妳憑什麼來教訓我呀，妳只是我表姊而已，誰要妳管？」

這兩人似乎天生氣場不對，眼見她們跟鬥雞似地吵紅了眼，顧桐月連忙上前相勸。

「四姊，五表姊，大家都是好姊妹，且又是在外頭，讓人聽去了，總是不好。妳們玩夠了，我們這邊糕點也買好，不如回去吧？」

顧華月很給顧桐月面子，雖然還有些不高興，便沒再說什麼。

而尤景慧剛剛才跟顧桐月歷險，覺得應該給她幾分臉面，尤其顧桐月對了東平侯府的眼，日後說不定會有什麼造化呢！

見兩人不再爭吵，顧桐月這才鬆了口氣，對香扣道：「去看看六姊在哪裡，說我們要回去了。」

香扣應聲去了。

孰料，香扣帶著顧荷月主僕回來時，眾人問顧荷月剛才去了哪裡，喜梅竟然說，她們哪裡都沒去，只是安靜地待在另一間廂房裡。

顧桐月聞言，卻狐疑地打量顧荷月兩眼。顧荷月向來唯恐天下不亂，明明對她與尤景慧起了疑心，卻什麼都沒做，與她的性子根本不相符。

顧荷月並未留意到顧桐月的打量，隨眾人離開天然居，登上馬車，裙襬搖曳間，一塊並不屬於她的、嬰兒巴掌大小的羊脂玉珮微微一閃，隨即隱沒在朱紅撒花百褶裙裡。

回去的路上，顧桐月依然與尤景慧同車，因有尤景慧在，顧桐月不好讓香扣去打聽顧荷月的事，只得按下不提。

第三十章　暗中試探

回到尤府，顧華月與尤家兩位姑娘便嘰嘰喳喳地與眾人描述她們看的雜耍。

尤老夫人笑咪咪地瞧著她們。「妳們姊妹幾個都去看雜耍了？」

顧華月嘴快地說：「就我們三個去了，五表姊跟八妹在天然居等咱們，好不容易出門，她們竟然慵懶動彈，沒瞧見那麼精彩的雜耍，實在可惜得很；不過八妹別難過，我聽說那些西域人要等過了上元節才會離京，上元節時，咱們再去看。」

顧桐月笑笑道：「好。」

說這話時，她忍不住又睨顧荷月一眼，見顧荷月不但安靜，且比任何時候都端莊優雅地坐著，嘴角微微上揚，不再是熟悉的冷嘲熱諷，而是真正賢淑乖巧的模樣，心中大為驚奇。

這個時候，她明明該跳出來揭穿她與尤景慧私下離開茶樓的事情啊！

難道，她當真不知她們離開天然居的事？又或許，那時她根本沒空理會她們？

如果沒空理會她們，她在做什麼？還有，她腰間突然多出來的那塊玉珮……

顧桐月不由往顧荷月腰間看去。

彷彿察覺到顧桐月的目光，顧荷月微微側身，不動聲色地遮住繫玉珮的裙邊。

不過，不獨顧桐月發現顧荷月的不對勁，因聽了尤老夫人的話而特別留意的尤氏也察覺到了。

雖有裙子遮掩，那塊玉珮只露出一小截，但尤氏仍是眼尖地瞧見了，臉色飛快變了變，瞧吳氏也在場，正拉著顧華月笑問那西域人是如何生吞長劍的，一顆心不由沈下。

怕吳氏發現異樣，尤氏不但不能揭破，還得費心為顧荷月遮掩，但總提心弔膽也不行，遂打算讓顧荷月先回去。

正想著如何讓顧荷月先回顧府，就聽見顧華月驚叫一聲——

「八妹，妳的脖子是怎麼回事？怎麼腫了起來，還有指痕，這是誰做的？妳被誰欺負了?!」

不等顧桐月回答，她猛地轉向尤景慧，氣憤道：「五表姊，八妹一直跟妳在一起，是不是妳欺負她？」

眾人聞言，目光齊齊看向顧桐月與尤景慧，顧蘭月更是蹙眉上前，掀開顧桐月刻意想拉高的白色狐狸毛圍脖，原本白皙纖細、如今卻帶傷的脖子露出來，讓大家忍不住齊齊抽了口氣。

脖子上，一圈清晰的瘀傷和兩道清晰指印，無遮無掩，樣子可怕極了。

尤景慧剛要喊冤，就聽顧蘭月開口道：「不是五表妹，五表妹的手沒有這樣大。」

尤景慧瞧著眾人從譴責到疑惑的目光，不悅地說：「本來就不是我做的，我與八妹妹投契著呢，怎麼會動手傷她？」

尤老夫人聞言，這才沈聲開口。「既不是妳做的，妳又與桐姐兒在一起，總該知道她是如何受傷，不要遮遮掩掩，快老實說來！」

尤景慧答道：「顧八妹妹是在東平侯府受傷的，傷她的人正是侯府的唐四爺。」

「什麼?!東平侯府?!」

「唐四爺?!」

屋裡眾人又是齊齊驚疑出聲。「這到底是怎麼回事？」

尤景慧便照著之前跟顧桐月商量好的說詞，謊稱在天然居遇到扭傷腳的姚嫣然，因不好驚動旁人，尤景慧又與姚嫣然相交一場，便與顧桐月護送她回東平侯府等事說了一遍。

等尤景慧說完，尤氏便瞧向一直低頭沒出聲的顧桐月，蹙眉問道：「桐姐兒，慧姐兒說的可是真的？」

顧桐月細聲細氣地回答。「五表姊說的都是真的。」

這下，眾人看向顧桐月的眼神變得複雜起來。

她竟然長得像東平侯府死去的那位嫡姑娘！雖然因為這份相似受了點皮肉苦，可若真的從此得到東平侯府的青眼，與唐家有牽連，得唐家相護，日後……這一屋子的嫡出姑娘，也未必能有她那樣的造化。

原還端坐的顧荷月聽完，嫉妒得眼睛都紅了，這天大的好事，怎麼就落到顧桐月頭上！

早知道……她就不該留在天然居，應該跟她們一道去東平侯府才是！

什麼謝府，什麼尤府，怎麼比得上東平侯府？

她的手緊緊捏著腰間那塊原本覺得無比珍貴的玉珮，要不是因為他耽擱了，她定能追上顧桐月她們；即便不能像顧桐月一樣因為相貌肖似死去的唐靜好繼而得到好運，能見見唐四爺，那也好呀！

顧荷月懊惱著，腦海裡忍不住浮現出那鮮車怒馬的英俊少年，原以為高不可攀、這輩子也不可能再見到的人，就這麼陰差陽錯地錯過，恨不能捏碎手中的玉珮。

尤景慧繼續說道：「唐四爺說了，唐夫人因思念亡女，身體很差，希望八妹能經常去侯府看看唐夫人，以慰她的思女之情。因知曉今日姑母在咱們家，侯府才沒有立刻去顧府，也許等姑母回去，便會派人上門。」

顧荷月聞言，又是一震，臉上湧現出喜色與急色。如果以後顧桐月能時常出入東平侯府，那麼她身為顧桐月的姊姊，憑什麼不能跟著一道去？

只要去東平侯府，就能見到唐承赫了。

她不由撫著自己的臉，她長得並不比誰差，他見到了，應該會喜歡吧？

顧荷月想著，便聽尤老夫人與尤氏發話，說有事商議，讓她們去旁邊的廂房坐。姑娘們應是，起身告退了。

見兩家的女兒們神色各異地簇擁著顧桐月出去，尤老夫人眯了眯眼，問尤氏。「這件事，妳怎麼看？」

「慧姐兒應該沒有說謊。」尤氏心頭有些亂，萬萬沒想到，只是極平常的出門逛逛，顧桐月竟就與東平侯府牽扯上了。

東平侯府這樣的世家，別說京城別的名門勛貴無法相比，聽聞武德帝去過東平侯府的祖祠後，都感嘆其根基深厚猶勝皇族許多，還將自己的愛女嫁給侯府嫡長子唐承宗。這份顯赫與恩寵，連后族都比不上！

尤氏有些忐忑地望著尤老夫人。「母親，您可曾見過東平侯府那位唐姑娘？」

「我沒有見過。」尤老夫人搖頭。「那位姑娘小時候摔傷了腿，便沒再出現於人前，後來只聽聞她與謝府訂親的事；不過妳說得對，慧姐兒應該沒有撒謊，那麼，妳家桐姐兒當真是長得有幾分像那位已經不在世的唐姑娘了。」

見尤氏神色不安，尤老夫人笑起來。「這不僅是妳家桐姐兒的造化，更是顧府的緣分，依我看，這不是壞事。」

「我也覺得不是壞事，只是……」尤氏覺得有些蹊蹺，雖然尤景慧的說詞合情合理，可總覺得哪裡不對勁。「好像太巧了些。」

尤老夫人聞言，心頭一動。「方才妳家桐姐兒的神色，妳留意到沒有？」

尤氏回想，顧桐月雖然低眉屈膝、一副不知所措的模樣，但她一直沒說話，連她遇險的經過，也是尤景慧說給大家聽的；可聽尤景慧道，出事時，她跟姚嫣然在一起說話，卻能描述得彷彿親臨其境，定是顧桐月提前與尤景慧說了當時發生的事。

原本這也沒什麼，完全可以由顧桐月來說，可是顧桐月卻讓尤景慧出頭，顯見不希望有人留意到她。

可她為什麼不願意？這對她而言，是天大的好事啊！

尤氏有些不明白，仍點頭道：「桐姐兒的確有些不對，且侯府那樣的人家，一般用的都是家生子，若是新買進來的丫鬟，便是尋常人家，也會先調教好才用；帶路錯的丫鬟……若不是桐姐兒撒謊，就是那丫鬟有問題，母親覺得哪個比較可能發生？」

尤老夫人笑道：「如此認真做什麼？總歸是件好事。我瞧著妳家桐姐兒，不是個簡單的。」說著，又玩笑般地道了句。「興許日後顧府的榮衰，都繫在那丫頭身上呢！」

尤氏啞然失笑。「桐姐兒還只是個孩子，即便得東平侯府另眼相看，便真能提攜顧家？別說顧家，和哥兒是她一母同胞的弟弟，到時真有那造化，提攜提攜和哥兒，我就心滿意足了。」

見尤氏心裡明白，並不因為攀上東平侯府便忘其所以，尤老夫人欣慰地笑了。

「妳這眼界、胸襟啊，就比妳家那顧從安高得多，妳多護著桐姐兒一些，她會感激妳的。」

尤氏也笑起來。「我記住了。」

一會兒後，在尤府用過午飯，尤氏便領著姑娘們回顧府。

回去時，尤氏喚顧桐月與她同乘。

馬車駛動，尤氏瞧向顧桐月。

顧桐月察覺到尤氏審視的目光，心裡七上八下十分不安。她跟尤景慧的那套說詞，聽似天衣無縫，可她並沒有自信能瞞得過尤氏。

就在她捏著滿手心冷汗時，尤氏終於開口了——

「脖子上的傷可上過藥不？」

顧桐月聽她語氣一如既往地溫和，稍稍鬆口氣。「多謝母親關懷，剛剛大舅母拿最好的傷藥幫我敷了，已經好很多。」

尤氏聞言，抬手輕撫顧桐月的脖子。「不知京城是不是與妳相剋，才回來這些日子，不是腳受傷，便是脖子受傷。」又嘆息道：「方才妳外祖母提醒我，等忙過這幾天，帶妳去京城最有名氣的龍泉寺上香，祈求菩薩多保佑妳，往後少些災厄才好。」

顧桐月這才敢抬頭去看尤氏，感激道：「外祖母與母親對女兒真好！」

尤氏輕笑。「妳是個有福氣的好孩子。」

顧桐月見尤氏並不是要與她算帳的樣子，還說了這話，於是壯著膽子，拿出對待顧蘭月以及顧葭月的撒嬌勁來。

「因為我有這樣好的母親，自然會是有福氣的。」

她嬌嬌軟軟、滿臉依賴，又有些不好意思的模樣，惹得尤氏輕笑出聲。「妳這孩子，怪道能討人喜歡。」

尤氏說著，隨即岔開了話。「在外面時，妳可發覺荷姐兒有什麼不對勁之處？或者，她曾遇過什麼人？」

顧桐月乖巧地點頭。「六姊是有些不對勁，依她的性子，既與我們出門，定會跟緊了，可是我和五表姊送姚姑娘回東平侯府時，六姊卻不見了蹤影，等到我們回來，丫鬟道六姊一直待在廂房裡，哪裡都沒去過。」

尤氏聞言，嘆了口氣。「方才在尤府，妳是不是察覺到什麼，才有意在眾人面前讓慧姐兒提起東平侯府的事？」

顧桐月不由佩服尤氏觀察的眼力，的確如此。

她看見尤氏發現了顧荷月身上的玉珮，又見尤氏臉色難看，有意遮掩。因弄不清楚顧荷月到底是什麼想法，怕她不分場合鬧出來，尤氏沒臉之餘，也要因此與娘家生出嫌隙。

眼下正值尤氏要幫顧蘭月退親的要緊時候，若因為顧荷月而與尤大夫人鬧出不愉快，尤大夫人再對尤大老爺吹點枕頭風，尤大老爺生氣了，不再替尤氏撐腰，或者乾脆不管尤氏，退親之事定然更加艱難。

她實在不知顧荷月到底要做什麼，但也不願拿顧蘭月去冒險，索性先出手——反正她「攀上」東平侯府這件事，遲早要揭開的。

「我有點擔心六姊。」顧桐月佯裝出惶恐模樣，低下頭，如實說道：「與其讓她說了什麼或做出不可挽回的事情來，不如不給她說話的機會。」

尤氏聞言，笑了起來，目光讚賞又溫柔地瞧著顧桐月。「論起機靈，便是蘭姐兒也及不上妳。」

顧桐月扭捏著，不好意思地紅了臉。「母親謬讚，女兒哪裡能跟大姊比。」

「妳六姊的事，妳就當不知道，母親會處置的。」說這話的尤氏不再溫和親切，面上多了一抹沈肅的銳氣。

顧桐月自然滿口應是。

另一邊，姚嫣然待在渡月軒裡，無端覺得心慌得厲害。
方才安排好車駕送尤景慧及顧桐月離開時，她才瞧清楚顧桐月的臉，心就更亂了。那天在巷子裡，她憂心顧桐月姊妹對謝斂生出不該有的心思，故而說了那番話；今日尤景慧找上門來，她還覺得有些詫異，一認出顧桐月，便知道，定是顧桐月把她與謝斂的事說給尤景慧聽。
直到此時，她才怕了，倘若尤景慧再說出去，她與謝斂的牽扯傳到侯府眾人耳中，只怕她優渥的生活就要徹底結束！
姚嫣然心慌意亂，在屋子裡走來走去，咬牙想了半晌，不知該怎麼辦才好。
當時，唐承赫與顧桐月關上門說了半天話，萬一顧桐月已把此事告訴唐承赫……
姚嫣然覺得渾身發冷。
她白著臉思來想去，決定先寫信知會謝斂一聲，順便問他該怎麼辦。寫好信，派身邊最信任的丫鬟送去，又讓人打聽唐承赫此時在哪裡，打算試探他，看看顧桐月到底有沒有將事情說出去。
一味逃避不是她的行事風格，知己知彼，方能使她免於一敗塗地。
過了一會兒，丫鬟來回話，道唐承赫在書房看書。
姚嫣然點頭，心裡有了主意，命人做唐承赫最愛吃的杏仁酥，親自提著食盒，去了前院的書房。

前院裡，婆子瞧見姚嫣然過來，紛紛恭敬地向她行禮問安。

她頷首示意，揮手讓她們退開，抬手敲門。

「赫表哥，是我。」

唐承赫略高昂又輕快的聲音傳出門。「進來吧！」

姚嫣然心下一鬆，感覺他的心情不錯，想必還不知道那件事，否則依他的脾氣，此時聽見她的聲音，定要大發雷霆。

這般想著，姚嫣然推門進去，不讓丫鬟服侍，親手取出食盒裡的吃食，一一擺在唐承赫面前。

「剛做了赫表哥愛吃的杏仁酥，又見灶上燉著燕窩，便一併取來，赫表哥趁熱用些。」

唐承赫抬眼看她，唇角一揚，笑道：「讓丫鬟或婆子送來就行，何必自己走這一趟？」

姚嫣然細細瞧著唐承赫，見他如此和顏悅色，確定他暫時不知道她與謝斂的事，於是嬌柔笑道：「姨母還在睡，我正好有工夫。赫表哥，今日來咱們府裡的那姑娘可是得罪了你？我聽底下丫鬟說起，當時你差點要掐死她。」

「不過是誤會罷了。」唐承赫端起燕窩喝了兩口。「怎麼，妳認得她？」

「並不認得。」姚嫣然眸光微轉，輕聲道：「只是聽景慧說，那位姑娘是她姑母家的庶女。表哥認得她嗎，怎麼就生出誤會來？現在可是解開了？」

「不是什麼了不起的事情。」唐承赫笑著看她一眼。「且誤會也解開了，我讓人備厚禮送到顧府，權當是今日我魯莽行事的賠罪，這會兒人應該已經快到了。」

見唐承赫不明說，姚嫣然不敢追著打聽。侯府四個表哥裡，唐承赫性子乖張桀驁，最不好相處；不過，唐承赫十分護短，因她與唐靜好十分要好，因此對她向來照顧有加，但她卻不敢仗勢在他面前放肆。

相反地，每次面對唐承赫，她都極其小心。唐承赫看上去大剌剌、粗心隨意，她卻知道，這只是他的表面工夫，而他慣愛用這副模樣來迷惑世人。

「沒事就好。」姚嫣然道：「赫表哥，其實那顧家……我聽聞了些不好聽的話，這樣的人家，咱們是不是該遠著些？」

「哦？」唐承赫微微挑眉。「妳都聽說了什麼？」

「先是顧家三房傳出寵妾滅妻等流言，緊跟著顧家二房夫妻在青天白日、大庭廣眾下大打出手，變成滿京城的笑話；而最近與顧家長房大姑娘訂親的俞世子，不知為何被人吊在青樓外頭，此事也鬧得沸沸揚揚。」

最近顧家幾房實在太過熱鬧，即便她不出門，也能聽到府裡下人議論顧家的事。

姚嫣然說到這裡，又去瞧唐承赫的臉色，見他臉上沒了笑意，若有所思，眼神卻有點冷，心頭便是一喜，再接再厲地繼續說：「顧家委實有些亂，我想著，咱們侯府往後還是儘量不要與他們往來，以免……一些心懷不軌之人乘機湊上來，就不好了。」

原本唐承赫並不留意顧家，因為兩家的確沒有任何往來；可如今不同，他已經確定顧桐月就是他可憐的小妹，更可憐的是還生為庶女，自然要上心些，原本正要派人出去打聽顧家到底如何，顧桐月在那裡有沒有吃苦，有沒有被人欺負，都要查個清楚明白。

不想，姚嫣然竟然知道這些。

不過這不重要，要緊的是，顧家亂成這樣，顧桐月定然過得十分辛苦！

一想到自幼便金尊玉貴的小妹不知在顧家受了多少折磨，唐承赫就心疼得無以復加，恨不能現在就把人接回侯府。

不過，他知道，這樣的大事容不得他由著性子來！

他已經打發人去找父親與兄長們回府，見到他們後，再好好商量此事如何去辦；總之，就算不能接顧桐月回來住，也絕不能繼續讓她在顧府受苦受難！

想著他們應該快回來了，唐承赫便隨口打發姚嫣然。「妳說得有理，行了，我知道了，我這裡沒什麼事，妳回後院去吧！」

見姚嫣然溫順應下，他又淡淡地加了句。「妳是姑娘家，不要老來前院，萬一撞到什麼人，不是很好。」

姚嫣然心頭一突，疑心唐承赫這是在敲打她，抬頭覷了一眼，見唐承赫面上並無他色，彷彿只是隨口交代一句，是關心的意思，這才穩住心神，告退出去。

姚嫣然離開沒多久，唐承宗就先回來了，身上還穿著禁衛軍統領的衣裳，顯然是剛剛巡查完。

「這麼急著叫我回來，可是家裡出了什麼事？」唐承宗威嚴地看著唐承赫，見他臉色不太好看，心頭一緊。「是母親？」

「不是母親。」唐承赫連忙說道：「是小妹。」

唐承宗不語，以目光催促他，讓他說下去。

唐承赫卻向門外看了看。「等父親還有二哥、三哥回來後，再一起說。」

唐承宗便耐著性子陪他等。

約莫一盞茶工夫後，唐仲坦與兩個兒子先後進來，皆是神色匆匆、滿臉擔憂，跟唐承宗一樣，以為郭氏出了事。

唐承宗見狀，忙寬慰道：「小弟說母親沒事，是要跟我們說小妹的事。」之後轉向唐承赫道：「大家都到齊了，你有什麼話趕緊說吧，我還要趕著進宮當值。」

老御史被刺後，武德帝連下兩道旨意，一道是命靜王、英王和康王聯手查案，另一道是令唐承宗任禁衛軍統領，原先的統領被撤了職。

唐承宗深知，皇帝岳父是因為信任他，才會在這個節骨眼命他統領保護皇帝安危的禁衛軍，辦差自是越發盡心。

唐承赫聞言，嚴肅又認真地環視眾人。

眾人從未見他露出這樣鄭重又慎重的神色，不由把心提了起來，聽他緩緩說道——

「今天，我見到小妹了！」

第三十一章 自有福運

東平侯府的人與顧桐月一行幾乎是一前一後地到了顧府。

顧桐月剛回屋，還沒來得及換下衣裳，就見霜春急步過來道：「八姑娘，東平侯府來人了，夫人讓您去一趟。」態度比平日更恭敬了些。

顧桐月沒想到唐承赫的動作這樣快，顧不上換衣裳，便與霜春去了知暉院的花廳。

顧桐月到時，尤氏正親自待客。

顧桐月在門口止步，目光一掃，見來人竟是侯府外院頗有臉面的項大管事及內院的余嬤嬤，不由越發感嘆唐承赫的用心良苦。

項大管事不僅在侯府很有臉面，侯府在外的事多半由他打理，京城上下少有不認識他的；而余嬤嬤則是內院管事，乃郭氏的心腹之一。唐承赫派他們過來，給她足足的面子，等於有意向尤氏等人說明，侯府對她的看重是真的！

是以，尤氏親自接待這兩大管事，絲毫不覺得有失身分。

此時，坐在主位的尤氏正輕聲問道：「……聽聞唐夫人身體欠安，不知眼下好些沒有？」

余嬤嬤坐在她下首的椅子上，聞言甚是憂愁地嘆口氣。「多謝顧三夫人關心，自我們家姑娘不幸去世後，夫人身體每況愈下，之前每日還有三、五個時辰是清醒的，如今能清醒一個時辰，就算好了。」

尤氏也跟著嘆道：「都是做母親的，唐夫人的心情，我感同身受。今日我家桐姐兒在貴府的事，我聽她說了，沒想到她竟有那福分像得唐姑娘幾分，若她真能寬慰唐夫人，那可是天大的好事。」

顧桐月闖進郭氏院子那幕，余嬤嬤正好不在，等她回到府裡，立時被唐承赫委以重任，與項大管事帶著厚禮前來顧府。

路上，她聽了項大管事的話，得知顧家八姑娘生得與逝去的唐靜好很是相像，吃了一驚，這會兒與尤氏虛應著，目光卻忍不住往門外瞟去，心急之情，可見一斑。

「顧三夫人深明大義，實在令人感激。」余嬤嬤起身，對尤氏行了一禮。「今日我們四爺出手太重，是因乍見府上八姑娘，嚇了一跳，以為是別有用心之人扮成我們姑娘混進侯府，欲行不軌之事，後來才知道是誤會一樁，連忙命老奴們前來賠禮道歉。」

「嬤嬤太客氣了。」尤氏笑著說：「當時那樣情形，任誰見了都要誤會。我家桐姐兒雖是受了點傷，卻無大礙；只是姑娘家都是嬌養著的，細皮嫩肉，怕是要不好看幾天。原本她們姊妹幾個鬧著要趁年節好好玩玩，如今怕是不能了。」

顧桐月聽著，覺得兩人的對話有些不對勁了。

余嬤嬤那句別有用意及欲行不軌，顯然令尤氏心裡很不舒服，故而原本說能寬慰唐夫人是天大的好事，卻突然改口，道這幾天要她好生養傷，不能出門，委婉表達了不滿。

東平侯府是名門勛貴又如何，眼下有求於人的又不是顧家，余嬤嬤還夾槍帶棒地敲打，尤氏當然不依。

余嬤嬤聽了尤氏這軟中帶硬的話，有些愣住了。這幾天，顧家的風言風語，她也聽得不少，原本就有些瞧不上這樣沒規矩的人家，才想敲打一番，免得顧家因為顧桐月，便不要臉皮地纏上侯府。

孰料，尤氏瞧著笑臉相迎、很好說話的模樣，卻是寸步不讓、絲毫不懼，並沒有她以為的阿諛奉承，驚愕之餘，就有些心慌了，想補救，可一時想不出該說什麼話，場面便有些冷下來。

正當顧桐月緊張著急時，一直沒有說話的項大管事終於開了口。

「夫人說得很是，我們四爺也是想著姑娘家受傷不好看，特命我們送來上好的傷藥，好生照顧著，想來不出兩日，瘀痕就能盡散。」

項大管事的意思，是希望兩日之後，東平侯府就能過來接人！

顧桐月聽得一陣激動，今天在侯府待的時間實在太短，原就擔心郭氏的身體，聽了余嬤嬤剛才的話，更是憂慮得無以復加，恨不能插上翅膀，立時飛回侯府，守在郭氏身邊才好。

擔心尤氏口中再出拒絕之語，顧桐月顧不得了，提起裙襬，跨過門檻進了花廳。

霜春跟著稟道：「夫人，八姑娘過來了。」

顧桐月低眉垂眼地向尤氏行禮，又對著余嬤嬤與項大管事行了半禮，便察覺兩道目光齊齊落在她身上，打量的意味不言而喻。

余嬤嬤看清了顧桐月的長相，表情驚愕，忍不住去看項大管事——

不是說與唐靜好長得有幾分相似？怎麼她左看右看，都看不出眼前這顧八姑娘到底哪一點長得像他們姑娘？

顧桐月捏著手帕，也有幾分緊張。

唐靜好長了張瓜子臉，而顧桐月是端正的鵝蛋臉；唐靜好的杏眸乾淨清澈，顧桐月卻有雙略微細長的鳳眼；唐靜好生就一張櫻桃小口，顧桐月則是豐潤美好、不點也紅的仰月口。

余嬤嬤來來回回看了顧桐月好幾遍，應是沒找出半點與唐靜好相似的地方。

於是，老練如余嬤嬤，第二次張口結舌說不出話來，只能望向項大管事。

項大管事自然也打量了顧桐月，看得明白，顧桐月與唐靜好並沒有相似之處，但主子說了，顧桐月就是與他們家姑娘相似，那麼就是毫無疑問地像了。

因此，當余嬤嬤發怔時，項大管事在尤氏疑惑的目光下，驚嘆出聲。「顧八姑娘與我們家姑娘果真是一模一樣。余嬤嬤，妳說是不是？」既是提醒，也是在警告余嬤嬤。

余嬤嬤猛然回過神來，連聲道：「可不是？老奴瞧著顧八姑娘，便如瞧見我們家姑娘，當真是……」

她一邊說著、一邊紅了眼睛，甚至還哽咽兩聲。「當真是老天有眼，待夫人瞧見顧八姑娘，病定然就能好上一大半！」

但是，余嬤嬤實在不太明白，唐承赫到底要做什麼？口口聲聲說顧桐月像他們侯府的姑娘，可分明不像，難不成到時當真領著她去見郭氏？

不過……顧桐月倒是長得真不錯。

念頭這樣一轉，余嬤嬤又一驚，難道是唐承赫瞧上了顧桐月，才特地找了這麼個藉口，方便以後將人接過去？

余嬤嬤這樣一想，頓時覺得不自在。這要是真的，唐承赫也太……

顧桐月眼瞧著就還沒及笄的樣子，就算唐承赫真的喜歡，也該再等上兩年，這麼小就收房，顧桐月也太受罪了！

壓根兒不知余嬤嬤心思的顧桐月暗暗鬆了口氣，不管怎麼樣，有侯府內、外兩大管事親自上門賠禮道歉，就更加坐實她生得像唐靜好這謊言了。

另一邊，唐承赫也在東平侯府布局。

眾人聽完他的話，饒是最沈穩的唐仲坦與唐承宗，都不可思議地睜大了眼睛。

一時間，屋裡無人應聲，靜得針落可聞。

半晌，唐承遠先開了口。「小弟，這世上哪來的鬼神之事？顧八姑娘說的那些，府裡有心的奴才定然有看在眼裡、記在心上的；依我說，她定然是受他人指使，懷了不軌之心，想要混進侯府，以圖後事！」

唐承博也道：「三弟說得有理。父親，小弟，當初是我們親手將小妹從山洞裡帶回來的，小妹到底是死是活，我們不是最清楚嗎？眼下冒出一個不知根底的小姑娘，張口就說她是小妹，我跟三弟一樣，是不太信的。」

唐承赫急了。

「可我能肯定，她就是我們的小妹！三哥說得沒錯，我跟小妹玩鬧時，定有旁人瞧見，但連好久以前的事情，小妹都記得清清楚楚。小妹從城樓上摔下來那天，她還記得是大哥揹著她上去玩的，是我第一個發現她摔落並跑向她的！

唐承遠仍是不肯相信，脫口道：「那就是謝斂與她串通好了，把那天的事情告訴她！」

「三哥，我問你，小妹滾下城樓那天，除了謝斂，有沒有其他人知道此事？」

「不可能！」

唐承赫親自與顧桐月密談後，打從心底相信顧桐月就是唐靜好，可唐承遠他們並沒有見過顧桐月，又眼睜睜看見唐靜好的屍體，故而不肯相信，也害怕忽然有了希望，結果卻是一場騙局，全家老小都受不了這樣的打擊，尤其是如今病倒的郭氏。

再者，借屍還魂這種事，委實太過駭人聽聞。

唐承赫想通這點，嘆口氣，看向緊抿嘴唇，卻依然掩飾不住激動心情的唐仲坦。

「小妹摔傷腿的第一年，大哭大鬧，傷心欲絕，不吃不喝，父親哄著小妹，揹著小妹去了龍泉寺。

「那回，你們見到龍泉寺的老方丈，老方丈給小妹看相，道小妹生來富貴無雙，卻是命途多舛、九死一生的命格，倘若熬得過那生死大劫，便是一生歡喜、順遂無憂。父親，可是這樣的？」

唐仲坦聽了，連嘴唇都在顫抖。「這件事，我只告訴過你們母親。」

除了老方丈，當日禪房裡，只有他們父女兩人！

而且，他從未跟四個兒子說起這件事！

接下來，唐承赫望著大哥唐承宗。

「以前大哥養過一隻烏龜，後來不知為何死掉了，大哥表面裝作不在意，背地裡卻很難過，半夜裡趁著大家都睡下後，將那隻烏龜埋在碧波亭旁邊的合歡樹下。

「那天，小妹夜裡睡不著，正好在碧波亭賞月，瞧見大哥葬龜的舉動，還跟大哥保證，不會告訴別人。」

當時，唐承宗覺得自己葬龜的舉動實在太損他的男子漢氣概，結果竟被唐靜好撞見，又窘迫、又尷尬，還是唐靜好乖巧又善解人意，答應他不會將此事告訴任何人。

事發時，僅有唐靜好獨自待在碧波亭邊，因此這件事也只有她知道而已，唐承宗打死也不會告訴任何人，他曾做過那麼不英武的事！

聽唐承赫說到這個，唐承宗震驚之餘，迎著父親、兄弟那詫異的目光，頓覺羞窘不已。

他生下來就是嫡子，作為東平侯府未來繼承人教養，一個穩重成熟的繼承人做出那樣的事情，委實有些不好意思。

唐承宗清清嗓子，才佯作無事人般地說：「這件事，的確只有小妹才知道。」

再來，唐承赫轉頭看唐承博。

「以前，小妹的腿還沒有受傷，二哥瞞著家裡帶小妹出府，要向同窗證明小妹比他家的妹妹們更可愛、更聽話；結果後來你與同窗去蹴鞠，險些把小妹弄丟了，怕回家挨罵，便哄著小妹，買小攤上的餛飩給她吃，小妹回來後，果真什麼都沒說。」

唐承博聞言，摸摸鼻子，不管在家人還是外人面前，他都是風度翩翩、溫潤如玉的濁世公子，拿自己小妹跟別人家妹妹比較這種事……咳，是挺丟臉的。

「三哥……」

瞧見唐承赫盯著自己，風流倜儻的唐承遠忙開口道：「好了、好了，說了這麼多，如今我已經相信，顧八姑娘定然就是我們家小妹！」

唐靜好幫他保密的事可多了，但看父親與兄長們的臉色，便知唐承赫說的都是真的；要是他的秘密被講出來，這臉面可掛不住，乾脆先開口，反正這些事，除了唐靜好，絕不能讓第三個人知道！

不過……唐承遠瞇眼瞧向唐承赫，如今小弟怕也知道得不少了，但一母同胞，讓他想滅口也不能！

唐承宗與唐承博紛紛點頭，而後齊齊看向唐仲坦。

唐仲坦激動得坐不住了，高大的身軀站起來，又坐下去，此刻看起來，竟有一絲違和的脆弱。

「既然已經確定是靜靜，那趕緊將人接回家啊！」

「不可。」唐承宗阻止道：「聽小弟的意思，如今小妹是顧府的姑娘，咱們與顧府非親非故，怎麼把她接回侯府？此事還須從長計議。」

唐承赫點頭，說出自己的主意。

「我已經放出風聲，因顧八姑娘長得與小妹甚是相像，故請顧八姑娘過來，多陪陪思女成疾的母親。等小妹與我們走動頻繁了，到時再讓母親出面，認她當義女，對外只說母親實在太喜歡小妹，一刻也離不得，便能順理成章將人留下。父親跟哥哥們以為如何？」

唐承遠撫手讚道：「此計甚妙，只是母親那裡，誰去講？」

眾人又齊齊看向唐仲坦。

唐仲坦遂道：「你們母親那邊，我會去說，說之前，先將太醫請進府候著，我擔心她受不住。」

唐承博忙起身，恭恭敬敬地道：「父親放心，母親服了藥，怕要明日才能醒，我去安排，請太醫明日一早進府。」

唐仲坦頷首應下。

唐承赫又問：「兩位嫂嫂那裡，可要說一聲？」

這回，唐承宗直接道：「女眷那邊，不必知會。此事攸關小妹性命，若不當心說漏了嘴，會給小妹帶來滅頂之災！」

唐仲坦也贊同他的話。「你們大哥說得沒錯，此事絕不能再讓別人知道，靜靜的安全才是最重要的！」

眾人商議定，便散了，各去準備明天的事。

與此同時，東平侯府的人帶著厚禮前來顧府，卻只見尤氏與顧桐月的消息瞬間傳遍了顧府上下。

知懷園裡，正仔細教著顧葭月管家理事的劉氏聽聞丫鬟的回報，怔了怔，才擺擺手讓她下去。

見丫鬟出去，劉氏頗有些感慨地對顧葭月說：「想不到桐姐兒竟有這番造化，三房攀上了東平侯府，日後如能照應妳三叔一二，將來咱們顧府，可就是三房獨大了。」

誰也想不到，顧桐月那個小丫頭竟會得到東平侯府的青眼。

顧葭月聽了，自然明白劉氏的心情。這雖是事實，但她不好多說，只得笑著寬慰劉氏，讓她心裡舒服些。

二房知趣園裡，顧冰月與臥病在床的秦氏也聽到了東平侯府來人的消息。

自那日急火攻心暈倒後，秦氏便纏綿病榻。往昔，她身體健康，鮮少生病，誰知一病竟起不了身，成日昏昏沈沈，喝了藥就睡，睡醒了就罵，罵顧從仁、罵胭脂，甚至罵顧冰月。可罵來罵去也沒什麼用，胭脂還是在知心園裡住了下來。

原本顧從明堅決反對，要把胭脂逐出去，誰知人還沒趕成，顧從仁就收拾好包袱細軟，揚言胭脂走，他就離開顧府，是生是死，都要跟她在一塊兒。

顧從明氣得搬出家法打了他一頓，可身體不甚健壯的顧從仁竟悶不吭聲，咬牙忍了。

消息傳到顧老太太耳中，讓原本打算裝聾作啞的顧老太太心疼得不得了，見顧從仁屁股被打開了花，立刻撲上去攔著，一聲「兒」、一聲「肉」地叫著，還當眾責罵顧從明不顧手足之情、太過心狠手辣云云。

顧從明見顧老太太又偏心了，顧從仁亦是打死不鬆口，非要胭脂不可，一身麻煩事的他氣怒不已，便撂下家法，就不管了。

顧從仁的誓死不從傳到秦氏耳中，自然病得更重，成天請大夫喝苦藥，也沒好起來。

今日一早，顧從仁帶胭脂去正院，要給秦氏敬茶，顧冰月出面攔下了。

面對好不容易才得來的寶貝女兒，顧從仁倒比面對秦氏時多了兩分愧疚之情，聽顧冰月乖巧地說秦氏病著，不方便見人，還安慰她兩句，才帶著胭脂離開。

後來，秦氏醒了，聽說顧冰月對顧從仁及胭脂客客氣氣的，立時又氣了一回，大罵顧冰月，而且罵得極其難聽，什麼「吃裡扒外」、什麼「忘恩負義」都說了。

顧冰月任由她罵，罵累，秦氏便睡著了。

顧冰月守著她。今日原是秦氏回娘家的日子，因她生病，不能回去，顧冰月便讓人送顧孟秋回外祖家，心裡想著，天色不早，該派人去秦家接弟弟回府。

這時，秦氏醒來，聽說了東平侯府來人的事。

這是她自生病後，頭一回清醒時沒有痛罵顧從仁。

顧冰月稍稍鬆口氣。

秦氏白著臉，躺在床上，若有所思。「桐姐兒真是好運氣，不過去了趟東平侯府，竟就結下這樣一段善緣；倘若她當真哄好唐夫人，日後啊，定是妳們小姊妹中最得意的人了。」

「八妹機靈又懂事，想哄好唐夫人很簡單。」顧冰月順著她的話道，只要秦氏不瘋狂地亂叫亂罵，她想講什麼，顧冰月都會附和她。

顧冰月柔聲說著，將秦氏僵住的手放回錦被裡，再掖好被子。

「您餓了吧？我讓人做了好消化的肉糜，用點好嗎？」

秦氏瞧著毫無怨言的女兒，心裡一痛，忽然怔怔地落下眼淚來……

小跨院裡，莫姨娘正愛不釋手地翻看顧荷月遞給她的那塊喜鵲和蓮羊脂玉珮，一掃這些日子的沈鬱之色，歡喜地追問：「這當真是尤家五少爺給妳的？」

顧荷月點頭，卻有些心不在焉，微微蹙眉瞧著莫姨娘彷彿手捧稀世珍寶般的模樣。

「娘，您說尤府好，還是東平侯府好？」

莫姨娘想也不想地說：「自然是東平侯府更好！雖然我足不出戶，卻也知道，東平侯府的家底，哪是尤府比得上的？不過女兒啊，妳怎麼問起這個來？咱們家跟東平侯府，可是沾不上邊。」

依她看，尤府已經很好了，光瞧尤氏的嫁妝，便知尤府家底很厚；且尤嘉樹又是吳氏所出，雖是么子，聽聞學業不錯，有尤老太爺及尤大老爺在，就算科舉不成，也能靠祖蔭謀個職位。顧荷月嫁過去，將來做個著鳳冠霞帔的官夫人，簡直風光極了！

顧荷月聞言，咬咬唇，眸中閃過不甘之色。「以前咱們家是跟侯府沾不上邊，可以後就說不定了，方才東平侯府來人，還帶了厚厚的禮。」

莫姨娘聽了，果然關心起來。「東平侯府的人怎麼會上門？還帶了厚禮，是給誰的？」

顧荷月扯著帕子道：「給顧桐月的！也不知她上輩子到底積了什麼德，偏就入了東平侯府的眼。娘沒瞧見，東平侯府送來的禮有多厚，聽說全送到了她的屋裡！」一副羨慕又意難平的模樣。

莫姨娘見狀，急不可耐地追問：「到底怎麼回事？」

顧荷月便將尤景慧那套說詞搬出來，說完了，又憤憤道：「早知如此，我也跟著她們一道去侯府了。顧桐月進去就撞到唐四爺，要是我也去，說不定……」

都怪那尤五少爺，若非他纏著……

此時，顧荷月滿腔憤懣不平，早忘了方才在天然居從尤嘉樹手中接過玉珮時的驚喜歡悅，如今倒怨恨起尤嘉樹耽誤她，使她錯過更好的唐承赫。

莫姨娘遲疑一瞬，如果她們還在陽城，她定然同顧荷月一樣，覺得以顧荷月的姿色、才情，即便是東平侯府，也攀得起。

可如今……她雖仍對顧從安抱著幻想，心裡卻漸漸明白，京城裡，規矩就是規矩，正室是妾室永遠越不過去的，哪怕她再受寵，嫡庶也是分明。

那晚，一向寵愛她的顧從安毫不憐惜地將她從被窩裡扯下來痛罵的事，瞬間消磨了她全部的志氣。

莫姨娘開口，想勸顧荷月。「女兒，東平侯府實在有些……高不可攀。」

「顧桐月那傻子都能攀上，我憑什麼不能試一試？」顧荷月咬唇反駁。

她比不上顧蘭月、顧葭月，難不成會比顧桐月差勁？

「妳不也說了，八姑娘被侯府另眼相看，是因為長得像過世的唐姑娘，妳跟八姑娘生得又不像，如何能……」

「如何就不能？」顧荷月微微抬起下巴，尤嘉樹只不過見了她一面，便難以自拔，還送她信物。「只要給我機會進侯府，讓我見到唐四爺，我就不信……」這般說著，俏臉已染上了紅暈。

莫姨娘脫口道：「可妳哪來的機會？」

顧荷月聞言，面上又是一白，嫉妒、不甘一一閃現，咬牙說：「過幾天，東平侯府會接顧桐月去做客，我定會讓她帶上我！」

莫姨娘有些擔心。「妳跟那丫頭不是有過節？她怎麼肯帶妳去？」

顧荷月驀地起身。「我自然有我的辦法，您別再問了。時候不早，我要回知慈院，您好好歇著，有什麼缺的，讓人去知慈院找我。」

說罷，她頭也不回地走了。

東平侯府送來的東西，尤氏讓人全搬到顧桐月的房間裡，連禮物單子也給了她。

顧桐月見尤氏這般，便坦然接過單子，飛快掃了一眼，笑道：「我瞧著這上頭有不少補血補氣的藥材，正適合母親用，再送一份給祖母。那套紅翡翠頭面，送給大姊，大姊這樣的氣質，才壓得住顏色。這串瑪瑙項鍊，送給四姊當及笄禮。」

她一邊說著、一邊不好意思地看笑盈盈的尤氏。「母親不會笑話女兒借花獻佛吧？」

顧桐月凡事想著她們母女，尤氏心裡自然高興。「侯府送給妳的，便是妳的東西，倒也不算借花獻佛了。」

顧桐月聽罷，將單子收起來，認真地對尤氏說：「母親，來日我去東平侯府，定會好好表現，討他們的歡心，如此，就可以請他們幫忙退了大姊的親事吧？」

顧桐月深知，最近尤氏因為顧蘭月的親事，暗自著急得上火，遂試探著問道。

她想看看，對於她「攀上」東平侯府這件事，尤氏是會「物盡其用」呢，還是對她心存善念？

「妳大姊的事，母親心裡有數。」尤氏笑得欣慰。「妳有這份心是好的，只是東平侯府到底如何，還未可知，以後去了，能不能得到眾人喜歡，也說不定，便要拿事情去麻煩人家，人家會高興嗎？

「妳記住母親的話，日後不知多少人會因為侯府打妳的主意，妳要穩得住，不管是誰，不能幫就絕對不要幫，知道嗎？」

這番話，可算得上是肺腑之言了。

顧桐月忙忙點頭。「女兒謹記母親的教誨。」

尤氏點頭，又叮囑幾句，才帶著丫鬟回房歇息。

顧從安春風得意地走進房間，瞧見尤氏正拆下朱釵，準備鬆開髮髻。

「夫人，聽說今日東平侯府來人了？」

尤氏動作一頓，迎著銅鏡裡那張難掩急切的臉，輕輕勾起唇角。

「老爺的消息真是靈通。」

顧從安懶得去猜尤氏那話是不是在諷刺他，繼續追問：「聽聞還帶了厚禮？」

「都是給桐姐兒的，說是他們家四爺的賠罪。」尤氏悠悠道。

顧從安搓著手，竟不問是因為什麼事而賠罪，只說：「侯府送禮來，咱們當然要還禮，妳幫我準備好東西，明日我親自去侯府一趟。」

尤氏聞言，微微皺眉，轉身去瞧顧從安。

「老爺少安勿躁，侯府的人說了，等唐夫人身體好些，便要接桐姐兒過去。他們看重的是桐姐兒，老爺這般上門，讓人知道了，還道您攀龍附鳳，可不太好。」

顧從安聽罷，表情一愣，面上的興奮褪去大半，心裡也有些矛盾。顧桐月是他最不喜歡的女兒，可為什麼得到侯府青眼的，偏偏是她？聽說今日顧荷月也跟著她們一道去玩，怎麼就沒這福分？

要是聰明可愛的顧荷月得到侯府青眼，那該多好啊！顧從安在心裡輕輕嘆息著。

尤氏見他神色變化，知他實在不喜顧桐月，遂淡淡道：「我瞧著，桐姐兒就很好。侯府看重她，雖說與她的長相有很大關係，不過倘若她是那不知進退、好高騖遠之人，侯府想必也瞧不上她。世上的人這樣多，要找出幾個與唐姑娘相似的，想來不是難題，可侯府偏偏瞧中了桐姐兒，老爺，您說，這是不是桐姐兒的福分？」

顧從安聽了，表情有些訕訕，不過很快便順著尤氏的話，笑盈盈地奉承。「夫人說得很是，桐姐兒這樣乖巧，也是因為夫人調教得好。」

尤氏聞言，實在覺得可笑，不想多搭理顧從安，笑著敷衍過去。

不過，她唇角勾起的笑容裡，已暗暗有了冷意……

這時，顧桐月的屋裡突然變得熱鬧起來。

她先是邀請姊姊們來，拿出自己得到的東西，大方地讓她們挑。

這回，除了要照顧秦氏的顧冰月，顧府的姑娘們都來了，還聽說顧葭月與蔡家的婚期訂在來年六月，等顧蘭月出閣，她就要嫁過去。

不知顧蘭月退親之事，會不會影響顧葭月的婚約？不過蔡府一門都是正直厚道之人，想來應該無事。

顧桐月將裝滿珠花釵環的錦盒往顧葭月面前推。「二姊快選。」

顧葭月對她溫柔一笑，選了兩支樣子時興的珠花。「今兒姊姊們都沾了八妹的光，可二姊不白占妳便宜，等會兒就讓人將先前妳喜歡的那只描蓮長頸花瓶送來。」

顧桐月歡歡喜喜地笑道：「多謝二姊啦！」

顧雪月也挑了兩支釵子，將兩條新繡好的蓮花手帕遞給顧桐月，抿嘴笑道：「妳倒是當真喜歡蓮花，不過，兩條帕子便換了兩支釵子，這回三姊真是占妳便宜了。」

顧桐月笑嘻嘻地道：「那三姊再給我繡兩個荷包吧！」

話音才落，她頭上就被顧蘭月敲了一記。

「總讓妳三姊幫妳繡這樣、繡那樣，自己卻繡不出拿得出手的東西，這樣可不行。妳三姊繡工好，多跟著她學，不求妳能繡出多精美的東西來，但要是一塊手帕、一個荷包都做不出來，當心母親打妳手心。」

見顧桐月被訓得可憐兮兮，顧雪月忙安慰她。「不過是兩只荷包，三姊做給妳。」

顧蘭月瞪過去。「三妹，妳可不能再這樣慣著她，再兩年，她也該及笄了，女紅針黹樣樣拿不出手，怎麼說婆家？」

一直沒出聲的顧荷月聞言，乘機道：「大姊別太擔心，八妹有這般運道，即便不會女紅針黹，也沒什麼。我瞧著呀，咱們姊妹幾個，就數八妹福氣最好了。」

她這般說著，隨即湊到顧桐月跟前，手指撥弄錦盒裡的釵環，眼睛卻是看著顧桐月，笑盈盈地道：「瞧咱們八妹生得這般水靈漂亮，誰見了不喜歡呀！

「八妹，如今妳得到好前程，不能忘了咱們這些姊姊們，祖母也說，家裡哪個姑娘有了出息，都要提攜府裡的姊妹，一人好，不如大家都好，這才是姊妹情深呢！」

語畢，幾道目光落在顧荷月身上，俱帶著淡淡的諷刺。

顧荷月察覺到了，臉上微紅，仍若無其事地強撐著，並未覺得不好意思。

眾人給面子地來到顧桐月這裡，自然都存了交好巴結之心，但像顧荷月這樣直白說出要顧桐月提攜姊妹的話，她們聽著都忍不住要臉紅。

見顧桐月不說話，顧荷月心中惱恨，忍著怒氣問道：「八妹可是不願意？」

顧華月忍不住了。「什麼提攜不提攜的，要提攜也是姊姊提攜妹妹，六妹這臉皮到底是怎麼長得，怎麼就能說出讓八妹提攜姊姊們這樣的話？六妹不臉紅，我都替妳臉紅呢！」

顧荷月聞言，臉立時脹得通紅，雖然她被顧華月打臉打習慣了，但當著長房姑娘們的面，她還是有些承受不住。

「四姊是嫡出，自然不像我們這些沒有門路的庶出，不過都是為了日後過得好一點罷了，四姊何必這樣打人的臉？」

說著，她又緊盯著顧桐月的眼睛，一字一字道：「八妹，我們才是一樣的，妳知不知道？」

顧蘭月聽了，皺眉喝斥。「胡說什麼？什麼嫡出、庶出，大家都是姊妹，妳們要記住，也是記住這一點！六妹，以後再讓我聽見妳說這樣的話來離間姊妹們，我絕不輕饒！」

顧蘭月端起大姊的架子，屋裡沒人不怕。顧荷月原想挺起胸膛反駁，被顧蘭月銳利的目光盯著，終究不敢再造次，聲若蚊蚋地應了聲。「是，我記住了。」

因為顧荷月，原本開開心心的眾人早早就散了。

送走姊姊們，顧桐月甚是疲憊地嘆口氣。

但想起與唐承赫相認的事，她又忍不住笑彎了眼睛，這天過得真是又漫長、又滿足。

此時，唐承赫定已把她的事告訴父親與兄長們，不知他們聽了，是會立刻相信，還是像唐承赫一樣，只當是鄉野傳奇，非要她說出許多秘密來證明她的確就是唐靜好？還好父親、兄長們的秘密，她知曉得不少，告訴了唐承赫，等他們聽完，怕是不想信也會相信。

唯一讓她苦惱並擔心的，自然是郭氏。她病得那麼重，再聽到這件事，不知能不能承受得住這刺激。

如此過了幾日，東平侯府卻沒有派人上門，剛剛出盡風頭的顧桐月，屋裡總算稍微安靜了些。

有唐承赫在，她並不擔心侯府那邊會生變，她只擔心，侯府遲遲沒派人來接她，是不是因為郭氏受不住刺激，導致身體更差了？

可又不好派人去打聽，這兩天因為擔心，總有些恍惚。

這模樣看在眾人眼中，眼紅的自然在心裡暗暗拍手稱快，顧桐月甚至聽到丫鬟背著她悄悄議論，道她哪裡真有攀上侯府的運道，不過是被人戲耍著玩罷了。

天天往她屋裡跑的顧荷月也來得少了，沒有她時時刻刻在耳邊說些姊妹要互助以及阿諛奉承的話，顧桐月覺得清靜不少。

她也不理會這流言是從哪裡起來的，倒是顧華月聽說了，急急忙忙來安慰她一回，見顧桐月真的無事，才放下心。

第三十二章　平安符

這些天，顧華月被尤氏拘起來學規矩，上元節那日便是她的及笄禮，尤氏打定主意，要熱鬧盛大地辦，便開始準備，一應採買、杯碟用品等，都要她親自過目才肯放心。還有請客的名單，每次顧桐月去請安，都見她微蹙眉頭對著名單思來想去，因為鄭重其事，所以希望能做到盡善盡美。

因尤氏這般慎重地對待顧華月的及笄禮，三房的姑娘們不由也緊張起來，絞盡腦汁想著要送什麼禮物給顧華月。

之前顧桐月就在尤氏面前說過要送項鍊，只是單送一樣，覺得太過單薄，這兩日也正琢磨著還要送點什麼才好。

這晚，顧桐月躺在床上，瞧著自己纖細漂亮的手指上被扎的幾個針孔，再次苦笑著確定，想送顧華月她親手繡的荷包，想來是真的不成。她才拿了兩天針，手指上便盡是針孔，就算勉強繡出荷包，卻沾了她的血，她好意思送，只怕顧華月也不肯收。

她心裡唸著罷了、罷了，翻個身，打算睡覺。

誰知一轉過來，便瞧見層層床帳外頭，竟站著個身材高大的黑衣人。

顧桐月嚇得彈坐而起，就要張口叫人。

那人卻低低開口道：「是我。」

顧桐月聞言，猛地鬆口氣，垂下緊繃的肩頭，一手撩起床帳，果見那嚇得她心臟險些跳出來的黑衣人正是蕭瑾修，不由蹙眉，噘嘴抱怨道：「蕭公子，這大半夜的，你是專程跑來嚇人不成？」

蕭瑾修一頓，這丫頭當真是……有用時就喚他蕭大哥，眼下用不著，又變成蕭公子，不由搖頭失笑，目光卻落在她已經恢復白皙細嫩的頸脖上，見上面連一點疤痕也沒留下，才舒了口氣。

接著，他看向方才被她翻來覆去瞧著的手指上，即便燈光昏暗，他仍清楚瞧見了她手指上的針孔，瞳孔微微一縮。

「手指怎麼了？有人欺負妳？」

顧桐月有些不好意思地把將手藏進被子裡，搖頭道：「沒有的事，是我學做針線，結果太笨了，怎麼學也學不好。」

蕭瑾修倏地想起，以前他去東平侯府，去後院給郭氏請安時，正巧碰到她與姚嫣然在亭子裡說話。

那時，她舉著雙手，可憐兮兮地說：「針線活實在太難，我的手都要被扎成篩子了。」

姚嫣然輕聲細語道：「要不，我幫妳做吧！」

她卻一臉苦惱。「可是我答應了謝斂，要親手做個扇套送給他，妳的女紅那麼好，他一看，肯定就知道不是我做的。」

姚嫣然便笑。「那可怎麼辦呀？」

她眼珠子一轉，甚是狡黠地說：「今日謝斂要過來，妳幫我把手指頭全包住，到時候他見了，就不會再讓我做扇套了。」

說著，她覺得自己的主意好得不得了，笑得猶如偷吃了腥的小貓咪一樣，又嬌又軟又得意。「哎呀，我真是聰明！」

不知後來她有沒有得逞？想必有吧！她撒嬌扮可憐，怕是沒人能拒絕得了。

從回憶裡回過神來，又見顧桐月不好意思的模樣，蕭瑾修忍不住搖搖頭。

沒天賦就是沒天賦，換了一具身體，還是將自己弄得遍指是傷。

見蕭瑾修似乎有心事，顧桐月忙打起精神來，問道：「你突然過來，可是有事？」

「前幾天出京一趟，走得太急，沒來得及讓人送信給妳。」蕭瑾修走近一步，彷彿解釋般地說。

原本他隔日就想過來看她的傷勢，武德帝卻突然召見，要他離京去辦差。事發突然，他來不及留下隻言片語便離開京城，今晚剛回來，面聖出宮後，就忍不住過來看看她。

離京的那幾天，腦子空下來時，他不停想起與顧桐月相識以來的一幕又一幕，想著以前面對顧桐月時，總有那種似曾相識的感覺，遂忍不住發自內心地露出微笑來。

眾人面前的冷面神時不時微笑，讓隨同他出京辦差的下屬個個膽戰心驚，他看在眼裡，也懶得與他們計較。

顧桐月莫名其妙聽著他這番好像解釋交代的話，微微歪頭，露出不解的神色，過了一會兒，恍然大悟道：「你是不是又受傷了？」

一想起這個，她忍不住擔心地皺眉頭。「是不是上回那場混亂讓你受了傷？還是出京辦差又遇到危險？需要傷藥嗎？我這就找給你。」

這段日子，她倒楣得很，大傷、小傷不斷，屋裡最多的就是傷藥——這個送一瓶，那個送一支的，她收拾時甚至還在想，這些藥要用到何年何月才用得完？沒想到這麼快就派上用場了。

說著，顧桐月要起身，掀被才發現自己只著了薄薄一層中衣，忙又縮回被裡，抬眼見蕭瑾修正目不轉睛地瞧著她，面上便是一紅。

「那個……傷藥就在五斗櫃的第三層，你自己去拿吧！你還有力氣吧？今晚是香扣值守，她見過你，不然我讓她進來幫你找？」

說罷，就要喚香扣進來。

蕭瑾修擺擺手，見顧桐月不甚自在地坐擁錦被，眼神飄忽，不太敢放在他身上，又微微紅著臉，一副嬌美的模樣，便覺心頭一動，沈聲道：「不必，眼下她睡得很沈，妳也喚不醒她。」

顧桐月一怔，東平侯府乃將門世家，這個喚不醒的意思，她很快就會意了。

「你、你點了她昏睡穴？」

語畢，頓時有些不安，蕭瑾修點了她丫鬟的昏睡穴，這是想要做什麼？

蕭瑾修瞧顧桐月臉上突然換成戒備之色，不覺好氣又好笑。若他真是歹人，她這時才知道害怕，是不是太遲了點？

「讓人瞧見我在妳屋裡，終究不太好。」即便那人是她的貼身丫鬟。

蕭瑾修解釋一句，腦子裡卻回想起方才她尚未將被子拉到下巴時，單薄身板的前胸已明顯隆起，耳根悄悄紅了，腦中浮現畫面——

那日，混亂的大街上，他攬她入懷時，她忽然痛哼一聲，當時只覺得她是被人群撞到，所以呼痛，如今想來，只怕是他撞著她的胸口，她才痛呼出聲……

顧桐月不知蕭瑾修千迴百轉的腦子裡已經想了這麼多，聞言定了定神，才道：「你這麼晚來，是不是有什麼事啊？」

蕭瑾修耳根雖熱，心也亂跳，但神色卻是從容鎮定。「我走之前，讓屬下留心東平侯府，方才回來，他告訴我，這幾日夫人已經好轉，妳不要擔心。」

得知郭氏身子漸好，顧桐月先是鬆了口氣，忽然小心臟又提了起來，試探般地問：「你、你怎麼知道我在擔心郭氏？」

她擔心郭氏，除了她自己，只有父親與兄長們曉得，蕭瑾修怎麼可能知道？還特意跑來跟她說一聲。

顧桐月心頭大亂，隨即又釋懷，父親與兄長們斷不可能讓蕭瑾修知道她的秘密。

蕭瑾修見顧桐月先是一臉駭然，隨即不知想到什麼，大喘一口氣後，緩了神色，卻還是緊緊盯著他，要從他口中得到合理的答案。

他頓了頓，迎上她瞪得圓圓的鳳眼，雲淡風輕地解釋。「上回妳去東平侯府，那事鬧得人盡皆知，我自然曉得，有些擔心侯府會怪罪於妳，遂幫忙留意一下。」

聽起來，頗合情合理。

這下，顧桐月更放心了，加上聽見郭氏好轉，心中更是輕鬆，笑顏如花地道：「蕭公子竟然這樣關心我，真是讓人受寵若驚。」又甜甜補上一句。「蕭大哥真是好人。」

蕭瑾修聞言，有些哭笑不得，定睛瞧著顧桐月美好無瑕的笑臉，心裡再度湧上又酸又喜的情緒。

若非他親眼所見，他又怎能知道，這具軀體裡，裝著的是他念念不忘的人？

從前，他錯失良機；這一回，既然讓他窺見先機，無論如何，絕不能再錯失可以擁有她的機會！

如此想著，蕭瑾修將一只荷包遞過去。「這個給妳。」

顧桐月遲疑一瞬，她始終覺得蕭瑾修是把她當成還未長大的小姑娘看待，故而在他面前，才沒有那些男女之防的規矩，想見她，就出現在她的閨房中。

可是，現在他給她東西？這算不算私相授受啊？

見顧桐月遲疑，蕭瑾修微微皺眉，並未將手收回，只催促般地嗯了聲。

顧桐月不敢再猶豫，忙伸出雙手接過荷包，長睫一顫一顫眨著，偷偷覷蕭瑾修一眼，小心翼翼地試探道：「蕭大哥，這裡面是什麼？」

蕭瑾修並不賣關子，淡淡笑道：「自我見到妳開始，妳總在倒楣，荷包裡是一枚平安符，經高僧開過光，戴在身上，保佑妳今後平平安安。」

顧桐月吃驚地睜大了眼睛。「你特地幫我求的平安符？」

見她難掩驚惶的模樣，蕭瑾修面上笑意消失，眸色漸深，頓了下，才淡淡道：「並非特意去求，不過是辦事時剛好經過，想著妳可憐，便順手幫妳帶一個回來。」

他頓了頓，語氣越發冷淡下來。「妳若有顧慮，扔了或燒了，都隨妳。」說完，他轉身要走。「夜深，妳歇息吧！」

話音一落，屋裡當真不見他的身影。

顧桐月雙手捧著荷包，眼睜睜地瞧著蕭瑾修消失不見，卻越發苦惱起來。

他生氣了？

可是，他為什麼生氣啊？

顧桐月摸不著頭緒，三更半夜跑到她屋裡來說東平侯府的事，又送她平安符，怎麼看都好像……他特別關照她的樣子？

她腦子裡忽地閃現一個念頭——蕭瑾修不會是喜歡她吧？隨即啞然失笑，這絕對不可能，在他眼裡，她不過是小女孩而已。

他會關心她，想必真的如他所言，不過是看她太可憐罷了。

只是，真要把平安符戴在身上？再怎麼說，這是外男送的東西，戴在身上好嗎？

可是扔掉的話……到底是他的一片好意，隨便扔了或燒掉，豈不是辜負他？

思來想去的顧桐月看著這平安符，糾結得睡不著覺……

翌日一早，平靜幾天的顧府再度炸開了鍋。

東平侯府又來人了。

這回來的還是內院管事余嬤嬤，一見尤氏，便恭敬又不失親熱地說：「前幾天我家夫人聽聞顧八姑娘與我家姑娘相貌生得相似這話，不太好的身體，這幾天竟是大有起色。原本第二天就要接顧八姑娘過府說話，只是想著恰逢年節，怕顧八姑娘太忙，是以一直等到今日。顧三夫人，還望您定要答應老奴，此時我家夫人正眼巴巴盼著顧八姑娘過去呢！」

尤氏見這回余嬤嬤再沒有先前的倨傲與不恭，便也客氣道：「嬤嬤稍坐，我這就讓桐姐兒準備準備，跟妳去侯府。只是嬤嬤，我家桐姐兒尚小，規矩什麼的，學得不是太好，還望到了侯府，嬤嬤多指點她一些。」一邊說著、一邊示意霜春拿個大紅包遞給余嬤嬤。

余嬤嬤沒有推拒，道謝後便接過來。

尤氏見狀，這才滿意地笑了。

東平侯府的管事嬤嬤親自來接顧桐月的消息一下傳遍了顧府。

顧荷月顧不上在顧老太太那邊討好賣乖，隨便尋個理由，匆匆出了知慈院，快步趕到顧桐月屋裡。

顧桐月剛收拾打扮妥，將裝著平安符的荷包珍而重之地親手繫在腰間，又用手整理一下，正要往外走，就見顧荷月匆匆忙忙地闖進來。

「八妹，我聽說侯府來人了？」不及喘勻氣，顧荷月就迫不及待地開口問道。

顧桐月對聞著腥味便趕來的顧荷月頗為無語，見她緊緊盯著自己，遂點頭。「是。」

顧荷月滿臉期待地瞧著她。「八妹，我從未去過侯府，不知道侯府是什麼模樣，妳帶我去，讓我見識一番好不好？」

「不好。」顧桐月直接拒絕。

顧荷月的笑臉頓時僵住，臉色變得極為難看，當場就要發怒。

顧桐月好整以暇地等著，誰知顧荷月竟忍下來，甚至還勉強擠出一抹笑容。

「八妹，以前六姊有什麼過分或不對的地方，六姊跟妳道歉還不行嗎？咱們終歸是姊妹，又同樣是極不容易的庶出女兒，妳幫幫我，以後我好了，也能幫襯妳，姊妹之間，不就該這樣互幫互助？」

顧桐月微微一笑。「六姊好了，真的會幫我？」

顧荷月見她有鬆動之意，心中一喜，連聲保證道：「那當然，八妹難道信不過我？」

顧桐月緩緩搖頭。「妳不會，只怕此刻妳心中想得是，倘若有一日翻了身，必定要讓我好看，讓我跪在妳面前悔不當初，可是這樣？」

顧荷月面上一僵，被說中心事，卻打死不肯承認。「八妹這是哪裡話，我怎會如此？侯府的人正等著，不好讓人家久等，咱們路上再說可好？」

「再等一等吧！」顧桐月拂開顧荷月伸來拉她的手，平靜道：「我知道六姊心裡在想什麼，東平侯府尚有兩個未成親的公子，六姊跟我過去，是想與他們『不期而遇』，可對？」

被顧桐月這般戳破心事，顧荷月面上一陣紅、一陣白，迎著顧桐月了然的目光，她咬了咬唇，面上再沒有虛偽的笑意，頭一回覺得這般難堪。

不過，她還是忍耐著，咬牙道：「我這樣想，有什麼不對？妳我這樣的身分……不，妳比我更幸運些，因為妳慣會討好賣乖，又有記在夫人名下的親弟弟，說親時，瞧在顧清和的面上，夫人不會虧待妳。

「可是我呢？只能靠自己。我替自己爭取，博一個好一點的未來，哪裡錯了？」

顧桐月瞧著她憤憤不平的模樣，輕聲道：「人都想過好日子，六姊想得或許沒錯，只是，我並不想成為六姊過河的橋；侯府那兩位公子，也不適合六姊。」

人往高處走，顧荷月想過好日子，想要一門富貴又高貴的親事，這都沒有錯；可是她見一個挑一個，以前是謝望，之後有尤嘉樹，現在她又瞧上唐承遠跟唐承赫。倘若真讓她嫁給其中一個哥哥，以後她再見著好的，瞧不上侯府了，受傷的可是她的親人。

她沒那麼無私，引狼入室去害她的兄長。

說完，她不再理會顧荷月，帶著香扣和巧妙出了門。

顧桐月離開顧府後，她與顧荷月的對話便一字不差地傳到尤氏耳中。

莊嬤嬤聽了，面上難掩厭惡之色。「六姑娘的吃相未免太難看了些，今日是八姑娘第一次去東平侯府，是好是壞尚不清楚，她便巴巴地要跟上去，真是……」

尤氏輕笑道：「若我是桐姐兒，便索性帶她一起去。」

「依照六姑娘的性子，真讓她去了，豈不是把臉丟到侯府去了？」

莊嬤嬤有些不解。回到京城後，她以為尤氏會好好收拾、整治莫姨娘母子三人，誰知尤氏卻比在陽城時更加放縱他們。

以前顧荷月做錯事，尤氏還會讓莫姨娘來正房立規矩，如今竟好像府裡沒了這個人，當真由著他們去了。

「莫姨娘最近可是安分不少？」

莊嬤嬤忙道：「是，以前還讓人去二門等老爺，如今是鎖緊了小院門，再不敢隨隨便便出去，瞧著老實不少。」

「莫姨娘心眼雖多，眼力倒比荷姐兒好得多，想來她已經明白，這裡是京城，不是陽城；只是荷姐兒尚未了解其中的厲害之處，覺得自己長了張可人的臉，便什麼樣的想法都敢有。」

說著，尤氏又笑了笑。「如果我是桐姐兒，就帶她去東平侯府，看看侯府的人究竟會不會拿她當一回事。不過這樣也好，她心氣高，就讓她繼續高著，什麼時候狠狠跌落下來，才會長教訓。」

莊嬤嬤便道：「也就是夫人才這般仁慈，萬事由著她折騰。」若換成別的主母，只怕早將顧荷月整治得唯唯諾諾、服服貼貼了。

「對了，東西拿到沒有？」尤氏想起一件事，連忙問道。

莊嬤嬤將一早到手的喜鵲和蓮羊脂玉珮遞到尤氏手中。「是翡翠姑娘送過來的，六姑娘大概還不知道玉珮不見了呢！」

知慈院原就是顧蘭月暗中掌控的，尤氏回來後，待人和善又出手大方，知慈院裡服侍的人，幾乎每個都暗地受過尤氏的好處，尤其是伺候顧老太太的翡翠與瑪瑙兩個大丫鬟。反觀，顧荷月為人刻薄蠻橫，知慈院裡的人不暗中給她使絆子就不錯了，又怎麼可能聽命她、忠心於她？

是以，要把尤嘉樹的玉珮從顧荷月身邊毫無聲息地取走，對尤氏而言再簡單不過。

尤氏接過玉珮，翻來覆去看了幾眼，忍不住嘆息一聲，將玉珮遞給莊嬤嬤。

「勞嬤嬤辛苦跑尤府一趟，將這玉珮悄悄還給大嫂，告訴她，日後我會拘著荷姐兒，再不會帶她回尤府，旁的，不必多說了。」

莊嬤嬤見尤氏眉間積著愁緒，便寬慰道：「夫人不必太過擔心，大夫人明白事理，定然不會怪您，咱們這邊拘著六姑娘，也算是對她的交代。」

即便吳氏要氣，也是氣她自己的兒子，無論如何怪不到尤氏身上。

尤氏嘆口氣。「但願吧！只怕大嫂立刻就要給嘉樹訂下親事，以絕了他的念想。」

「老夫人那邊原是中意誰？不會正好是尤五少爺吧？」莊嬤嬤見尤氏表情凝重，忽地想起顧蘭月的親事，驚出一身冷汗。

「那倒不是。」尤氏搖頭。「母親與我說定的，原是二哥兒。要是嘉樹的事處理不好，惹得大嫂對咱們家生厭，母親也不好開口跟大嫂說二哥兒與蘭姐兒的親事。」

尤家大少爺已訂了婚約，只是女方那邊太過心疼寶貝女兒，打算等女兒滿十八再成親。尤二少爺也是尤大夫人所出，雖學識與身分都比不上尤大少爺，卻勝在踏實穩重，尤老夫人與尤氏為顧蘭月看中的，就是他。

因此，尤氏如何能不擔心得罪了吳氏，讓顧蘭月退親後沒辦法嫁回娘家去？

不過，眼下顧蘭月還沒能退親，尤家那邊也不急著訂下尤二少爺的親事，尤氏便稍稍鬆口氣。

「還是先做好眼下的事情，嬤嬤先去尤府吧！」

另一邊，東平侯府裡一派熱鬧景象。

雖然起初唐仲坦便吩咐幾個兒子平常心以待，不要表現得太過迫切與熱烈，否則會惹人懷疑。

然而，第一個忍不住的，就是唐仲坦。

他一下道這天氣過來勢必會受些寒涼，讓人先備下薑糖水，一會兒又道街道濕滑，千萬不要太趕，以免路上出什麼事；過了一陣子，還是覺得不放心，竟催促唐承赫，讓他親自去迎迎……

唐承赫哭笑不得，好不容易以他若親自去迎會更引人注意，才勸住唐仲坦。

「哥哥們瞧見了吧，父親向來威嚴沈穩，唯獨在面對小妹時，才會變得一點都不像威風八面、雷厲風行的唐侯爺。」

唐承赫向身邊的兄長小聲抱怨，得到的，是他們齊齊地瞪視。

唐承赫識時務地捂住嘴巴，縮著脖子。

第二個坐不住的，自然就是剛能起身下地的郭氏，不但坐立不安，更是望眼欲穿。一會兒讓丫鬟將她打扮得更精神一點，照照鏡子，還是覺得氣色不太好，怕顧桐月見到該著急了，索性用力揉揉臉頰，揉得臉上泛紅，氣色看起來好多了，才滿意地放下鏡子。

接著又喚丫鬟取衣裳來，卻嫌這件太素，讓她臉色不好看，又嫌那件太亮眼，更顯得她的臉色蠟黃不堪。好在長媳端和公主溫和又有耐心，讓丫鬟們將衣物捧過來，一件一件由著郭氏試穿到滿意為止。

再來，郭氏忽然想到什麼，忙拉住在旁服侍的端和公主。

「公主，廚房裡可是燉著烏雞四物湯？定要著人盯緊火候才行。」

她聽聞唐靜好變成顧家八姑娘後，小時候癡傻，吃了不少苦、受了不少罪，身子骨兒單薄得厲害，自然要想著法子幫她好好補一補。

端和公主溫和柔順地說：「母親放心，我讓人小心留意著，定不會毀了那鍋湯。」

郭氏點點頭，焦灼之色掩也掩不住。「是了，今日的菜單是誰擬的？要有燕窩雞絲湯跟珍珠魚羹這兩道菜，廚房備上沒有？」

二兒媳婦徐氏見狀，心裡不太舒坦，微微皺眉，正要開口回話，說這種天氣哪裡來的珍珠魚？為個莫名其妙的外人，一家人這樣折騰，誰心裡能舒服？

不想，端和公主卻暗暗拉了她一下，依然和氣地開口說道：「都交代下去了，若母親還不放心，我去廚房盯著？」

徐氏忙點頭。「我去幫大嫂。」便跟著端和公主告退出去。

徐氏曾做過端和公主的陪讀，兩人情誼原本就不錯，又嫁到同間府裡，感情自然比尋常妯娌要好得多。

一從郭氏屋裡出來，徐氏便忍不住抱怨。「不過是個庶女，父親跟母親卻弄得好像真是小姑子要回來一樣。」

「這話別讓旁人聽見，妳也瞧見了，父親與母親有多看重那位顧八姑娘。」端和公主警告地說：「即便不喜，也不要表現得太過明顯，惹父親、母親不高興，二叔也要生妳的氣。」

「我自然明白，不會在旁人面前說；可我心裡就是不舒坦，一家人為個名不見經傳的庶女忙得雞飛狗跳，連大伯他們兄弟幾個都齊齊留在家裡。那位顧八姑娘到底是何方神聖，居然能讓府裡上下全眼巴巴地盼著她來？」

「說來說去，還不是為了母親的身體，也許母親見到她，當真病痛全消，那就是咱們府裡的福氣了。」端和公主勸徐氏。「妳心裡不舒坦、不喜歡，等會兒見過人，尋個藉口回房就是；不過，當著父親與母親的面，萬萬不要表露出不滿。」

說起來，徐氏是端和公主的伴讀，可她這性子，當初若非端和公主明裡暗裡護著，不知道要得罪多少人；不過，徐氏的性子雖然急躁，心地卻是一如既往的純良，她看重喜歡的，也正是這個。

徐氏聞言，噘起嘴。「嫂嫂便是不叮囑，我也不會當眾做出那等失禮的事來，妳放心，我不會丟了妳的臉。」

她頓了頓，又好奇道：「嫂嫂，我聽府裡的人在底下偷偷議論，道顧八姑娘其實生得一點也不像咱們的小姑子，這是不是真的？」

端和公主淡淡道：「父親與母親覺得像，那顧八姑娘肯定就像小妹。妳別胡亂猜想，等會兒人就到了，像或不像，等見到人，自然就一目了然。」

徐氏想想也是，對那位顧八姑娘多了幾分好奇，便不再多問，打算等人進府後，再好好瞧瞧到底是何方神聖。

當顧桐月乘坐馬車到達侯府二門時，甫下車就瞧見父親及兄長們翹首盼望的模樣，長嫂端和公主與二嫂徐氏也等在那裡，不由愣了一下。

這個場面，未免也太隆重了吧？

她見到父親與兄長，自然激動得恨不能上前相認，可她謹記著眼下她乃顧府八姑娘的身分，面對這些至親時，得假裝陌生不認識，不然張口就叫父親與哥哥，其他人不知會怎麼疑心呢！

不過，她還是忍不住，偷偷打量著他們。

最前面的是個筆直高大的身影，如峻峰孤松，傲然而立，正是她引以為傲的父親；只是昔日高大威武的唐仲坦，短短幾個月工夫，竟像老了好幾歲一樣，鬢邊還生出了華髮。

顧桐月恨不得跑過去撲進他懷裡，像小時候一樣，哭訴她的難過與委屈。

唐仲坦見狀，垂落在雙腿外側的雙手早已握成拳頭，手背上更是青筋暴突，便知他此時瞧著平靜，心裡卻如女兒一般的激動難抑。

顧桐月不敢再看，生怕再多看一眼，眼淚就要流出來。再瞥向站成一排、四個相貌各異卻同樣英俊不凡、丰神俊美的兄長們，顧桐月終於忍不住，眼眶濕潤起來，怕被人發現，不得不將頭垂得更低些，看上去，便像是害怕膽怯一般。

不過，她瞪了唐承赫一眼，就見他朝她做了個無可奈何的手勢。

他真的試圖阻止過，跟父親及兄長們說平常心對待，千萬不要弄得太隆重，惹人生疑。結果除了他，誰都做不到。

這群人坐也坐不住，最後不知怎麼弄得，竟全部湧到了二門來。

若非他死命攔著，只怕郭氏也要不顧病體，跑到這裡來迎接顧桐月了。

如此，顧桐月怎麼還敢怪他辦事不力？

顧桐月一下車，眾人的目光便齊齊落在她的臉上。

畢竟面對的是一張陌生至極的臉，雖然事前知情的唐仲坦父子已經做了不少準備，可乍一看見，表情還是各種各樣，精采得很。

這樣的陣仗，不獨顧桐月嚇一跳，顧府跟過來的丫鬟、婆子全瞪大了眼。本來名聲赫赫的侯府就讓她們一行人很是膽戰心驚，眼下見到這陣仗，香扣與巧妙都有些打起哆嗦來。

這到底是迎接，還是來審訊的?!

上自侯爺，下至幾位公子，緊盯著她們家姑娘的目光，就像眼珠子都要黏上來一樣的神態，到底是為了哪般？

顧桐月不能撲上去，唐仲坦幾人也努力壓抑著情緒，不好上前，氣氛瞬間僵住了。

寒風呼嘯而過，原本該是熱鬧喧囂的場景，因這詭異的安靜，顯得越發冷清蕭瑟。

唐承赫瞧見同樣呆住的端和公主與徐氏，忍不住想拿手捂臉。按說，小妹是女眷，端和公主與徐氏既然在，此時應該由她們待客才是，誰知她們竟也只顧著發呆。

沒辦法了，唐承赫只得輕咳一聲，假意地清清嗓子，上前迎接顧桐月，甚是客氣又歉意地說：「顧八姑娘來了，脖子可好些了？」一邊問、一邊自然地抬手過去，挑起顧桐月的下巴，傾身去察看她的脖子。

顧桐月身後瞬間傳來一片吸氣聲，連端和公主與徐氏都忍不住張大了眼睛。

「嫂嫂，不會是小叔瞧上了人家姑娘，才故意找這個藉口讓她過來吧？」徐氏忍不住拉著端和公主小聲說道。

這傳說中跟唐靜好生得很像的顧八姑娘，只要侯府的人眼睛沒瞎，應當都能看出，根本一點都不像好嗎？既然不像，侯府還傳出那樣的話，且不許府裡的人往外傳，這為的，難不成是先將人家姑娘騙來侯府？

那又不對，雖然唐承赫性子桀驁不馴，但絕不會做出這等壞人名聲的事，真要喜歡，大可以正經訂親，娶回來不就好了？這顧八姑娘的身分是差了一點，但也不是沒有法子，到時候請端和公主求求武德帝，賞個好一點的身分給她，便能配得上……

結果，徐氏的思緒一動，竟就收不回來了，哪還能想到這該是女眷的交際，真正要出聲的，是她與端和公主。

當四周的抽氣聲響起，唐承赫及唐仲坦幾人才驀地清醒過來。

唐仲坦嘴角抽動兩下，朝唐承赫射去好幾枚眼刀。

唐承宗的眼皮也跳了跳，抬眼看向端和公主。

所幸端和公主終於回過神來，急步上前，似不經意地擠開已經呆住的唐承赫，溫婉笑道：「這就是顧八姑娘吧！與我們小妹當真相像得很，外頭太涼，咱們先進屋再說話。」

顧桐月朝她福了福身，此時理所當然不認得端和公主，於是低眉屈膝地對她行禮，怯生生地道：「小女顧桐月，不知這位夫人怎麼稱呼？」

今日端和公主穿了件石榴紅緙金絲雲錦緞扣身襖，月白色繡竹梅蘭襴邊挑線裙子，髻上珠環翠繞，容顏鮮豔，步步端莊。

顧桐月很喜歡這個公主嫂嫂，不由對她露出了嬌憨的笑容。

端和公主愣了一下，認識她的人，即便是公公與婆母，也都稱呼她一聲公主，如今來了個不認識她的……

她虛扶顧桐月一把，溫和笑道：「顧八姑娘稱呼我一聲唐大夫人也使得。」說著，不動聲色地打量了顧桐月兩眼。

少女身材纖細，穿淡青色纏枝紋綢襖、鵝黃色月華裙，外面是織金鑲毛斗篷，頭上只戴了珠花玉簪，面若芙蓉，眸光空靈，唇若櫻瓣，清新出塵又純稚無邪，猶如春花初綻，小小年紀，已是讓人移不開眼。

剛剛還覺得徐氏那話是無稽之談，這會兒端和公主也有些不敢肯定了，唐家那位最不著調的四爺，是不是當真瞧上了這小姑娘？

徐氏見狀，忙走上前，微笑道：「顧八姑娘一路辛苦了吧？」

「不辛苦，侯府的馬車很是平穩，一點也不顛簸。」顧桐月對她欠身行禮。

徐氏生得十分美豔動人，一笑顯得越發嫵媚，因是千嬌萬寵的嫡長女，這豔色就多了幾分張揚驕縱的意味。

她今日穿了淡紫底子折枝辛夷花刺繡交領長襖，梳著一絲不苟的拋家髻，這般端莊婉約的打扮，也不能將她的豔色壓下去分毫。

以前身為唐靜好時，顧桐月與她不和，除了因徐氏不喜姚嫣然之外，就沒有別的了，不然說起來，她還挺喜歡徐氏的，因為她生得實在很好看。

「顧八姑娘不必多禮。」徐氏受了她的禮，也將她從頭到腳打量一番，只是她的打量頗為露骨，不似端和公主那般含蓄。

說到底，如徐氏這樣的天之驕女，實在沒必要將顧桐月這樣的小庶女放在眼中，若不是公公、婆母以及丈夫的重視，今日她不會出來迎客。

瞧著昔日不比天之驕女差多少的愛女此時這般怯懦卑微的模樣，唐仲坦眼睛就是一酸。

唐承宗幾個心裡也非常不好受，想著顧桐月在顧府或許就是過著這般討好巴結旁人的生活，越發心疼憐惜，恨不能上前好好寬慰她一番。

「公主，妳跟徐氏去安排別的事，我帶顧八姑娘去見妳們母親。」唐仲坦穩了穩情緒，方沈穩地開口。「你們幾個，該做什麼做什麼去，都堵在這裡像什麼話？」

因徐氏對顧桐月的輕慢，唐仲坦到底生出了不滿，又不好發洩在徐氏身上，便狠狠地瞪了唐承博一眼。

溫潤如玉的唐承博被瞪得實在無辜，卻不敢多說什麼。

唐承宗對端和公主的表現很是滿意，因唐仲坦要趕人了，便看看顧桐月，道：「正好兒子有事要與二弟相商，不打擾了，等會兒再來陪母親說話。」又示意地瞥唐承博一眼。

唐承博了然地點點頭，兩人連拉帶拽，順道把唐承遠與唐承赫帶走了。

唐仲坦打發完兩個兒媳婦，又不許兒子們留在跟前，親自在前面帶路，領著顧桐月往正院行去。

這時候，他才懶得去管這行為合不合規矩。

——未完，待續，請看文創風659《妻好月圓》3

盛夏祭消暑大回饋

以下任選十本，單本超優惠4折！

❖ 購買十本以上會蓋 (stamp)。
❖ 未滿十本，單本6折。
❖ 上下集以套計算，（花蝶1619.1620、1621.1622/橘子說1143.1144則除外，為上下集分售）

書號	作者	書名	定價
花蝶1611	煓梓	情人太霸道	190
花蝶1612	伍薇	膽敢不愛我	190
花蝶1613	柚心	面癱總裁別愛我	190
花蝶1614	雷恩那	我的俊娘子	210
花蝶1615.1616	莫顏	美人謀夫婿 上+下	400
花蝶1617	柚心	馴愛好男人	190
花蝶1618	香朵拉	敗犬這條路	190
花蝶1619	暖暖歌	閃嫁頂級男神 上	190
花蝶1620	暖暖歌	閃嫁頂級男神 下	190
花蝶1621	春十三少	親愛的Sex Friend 上	190
花蝶1622	春十三少	親愛的Sex Friend 下	190
采花1236	宋雨桐	主君的寵兒	190
采花1237	沈韋	玩咖定了心	190
采花1238	夏喬恩	娶得美男歸	190
采花1239	淘淘	獨家愛人	190
采花1241	陶樂思	老公，別想亂來！	190
采花1242	米琪	至尊總裁，狠狠帥	190
采花1243	沈韋	愛上毒舌男	190
采花1244	子澄	上床不補票	190
采花1245	淘淘	愛的賞味期	190
采花1246	伍薇	情定緣投兄	190
采花1247	米琪	醉愛小米酒	190
采花1248	橙諾	相遇油桐花	190
采花1249	陶樂思	老婆，乖乖聽話！	190
采花1250	夏喬恩	情歌暖暖	190
采花1251	蘇鎏	剩女的全盛時代	190
采花1252	黑嘉蕾	總裁今晚等妳愛	190
采花1255	雷恩那	流氓俊娘子	210
采花1256	伍薇	前夫的紅娘	190
采花1257	香奈兒	結婚敢不敢	190
采花1258	柚心	謎樣情人你哪位	190
采花1259.1260	莫顏	獵食美味妻 上+下	400
采花1261	季可薔	騙你一顆相思豆	190
采花1263.1264	余宛宛	膽小者，勿愛 上+下	400
采花1265.1266	雷恩那	美狐王 上+下	420
橘子說1129	金囍	王爺是笨蛋！	190
橘子說1130	唐浣紗	愛情，擦身不過	190
橘子說1131.1132	季可薔	如果有來生 上+下	380
橘子說1133	宋雨桐	愛情拍賣師	190
橘子說1134	梅貝兒	夫君如此多嬌	190
橘子說1135	夏喬恩	老婆別玩火 (限)	190
橘子說1136	子澄	老公我好熱 (限)	190
橘子說1137	柚心	嬌妻得來速	190

書號	作者	書名	定價
橘子說1138	凱琍	小氣王子豪氣愛	190
橘子說1139	橙諾	幸福咬一口	190
橘子說1140	金囍	吾夫太癡心	190
橘子說1141	子澄	小妞不甜	190
橘子說1142	梁心	呆夫認錯妻	190
橘子說1143	單飛雪	不白馬也不公主 上	200
橘子說1144	單飛雪	不白馬也不公主 下	200
橘子說1145	宋雨桐	不婚不愛	190
橘子說1146	季可薔	下雪的日子想起你	190
橘子說1147	梅貝兒	清風拂面之下堂夫	190
橘子說1148	喬敏	逃愛乖乖牌	190
橘子說1149	夏喬恩	猛男進擊難招架	190
橘子說1150	梁心	萌妻不回家	190
橘子說1151	蘇曼茵	萌上小笨熊	190
橘子說1152	柚心	魅影情人誰是誰	190
橘子說1153	夏喬恩	嫩男入侵好可怕	190
橘子說1154	金囍	吾郎耍心機	190
橘子說1155	子澄	微辣呆妹	190
橘子說1156	香奈兒	誘捕天菜妹	190
橘子說1157	夏喬恩	熟男誘惑火辣辣	190
橘子說1158	橙諾	見鬼才愛你	190
橘子說1159	柚心	一眼就愛你	190
橘子說1160	宋雨桐	暗戀前夫	190
橘子說1161.1162	季可薔	還君明珠 上+下	380
橘子說1163.1164	梅貝兒	清風明月小套書	380
橘子說1165	莫顏	先下手為強	200
橘子說1166	蘇曼茵	曖昧同居關係	190
橘子說1167	喬敏	空降男友	190
橘子說1168	子澄	認養喵喵女	190
橘子說1169	梁心	為妳顛倒世界	190
橘子說1170	伍薇	寧少的婚約	190
橘子說1171	柚心	懷舊派情人	190
橘子說1172	夏喬恩	嘿，我的男神	190
橘子說1173	子澄	假妻拐上床	190
橘子說1174	香奈兒	回收舊情人	190
橘子說1175	金囍	吾妻惹人惜	190
橘子說1177	子澄	追妻密技	190
橘子說1178	季可薔	愛妻如寶	190
橘子說1179	橙諾	順便喜歡妳	190
橘子說1180.1181	余宛宛	真愛距離八百年 上+下	400
橘子說1182.1183	梅貝兒	妃常美好 上+下	380
橘子說1184	柚心	禁愛氣象先生	190
橘子說1185	夏喬恩	面癱秘書真難纏	190
橘子說1187	子澄	包養前妻	190
橘子說1188.1189	季可薔	明朝王爺賴上我 上+下	400
橘子說1190	余宛宛	助妳幸福	210
橘子說1191	雷恩那	我的樓台我的月	220
橘子說1192.1193	宋雨桐	心動那一年 上+下	400

其餘書單請見官網首頁，超殺折扣不買不行～～

為流浪貓狗加油 和貓寶貝 狗寶貝

廝守終生(一定要終生喔！)的幸福機會

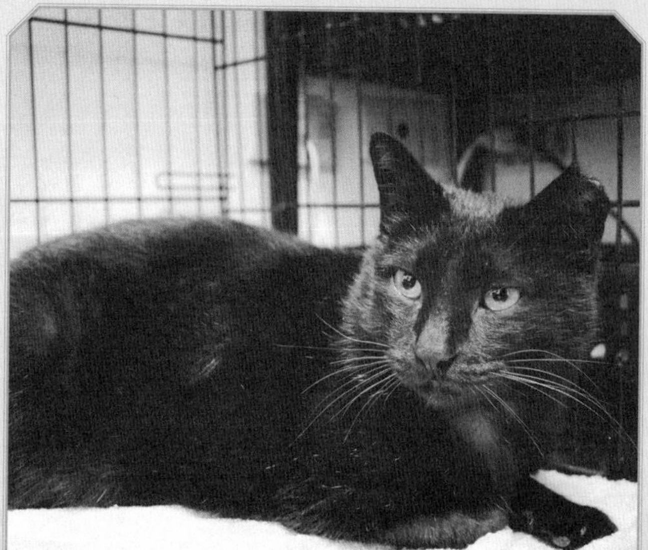

對人來說，貓寶貝狗寶貝只是生活的一部分，
但妳（你）對牠們來說，卻是生活的全部，領養前請一定要考慮清楚——

▲ 佛系且沉穩的貓大叔　Neko桑

性　　別：男生
品　　種：米克斯
年　　紀：約10歲
個　　性：沉穩溫和、有點傲嬌、熱愛貓抓板
特　　徵：看起來像隻小黑豹
健康狀況：已結紮、打過預防針；因腎臟狀況，只能吃處方飼料；有貓愛滋
目前住所：輔仁大學愛狗社

『Neko桑』的故事：

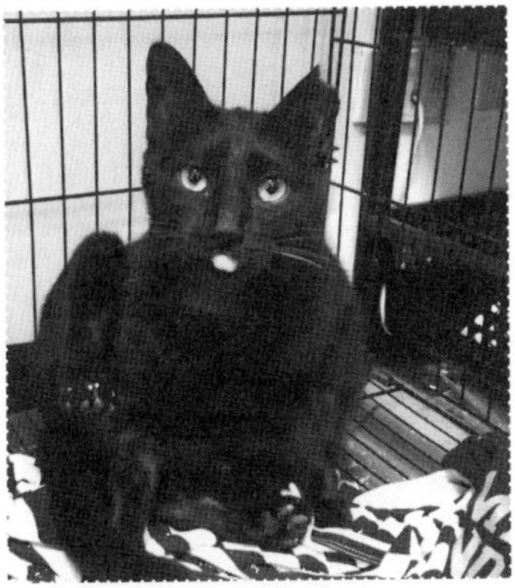

Neko桑是輔大旁514巷的浪浪，看起來就像是曾闖蕩街頭多年的飄泊浪子。今年年初，牠因為打架而嚴重受傷，便被同學們和附近店家的老闆聯合誘捕，並送去給獸醫治療。經醫生診斷，Neko桑不適合再放回原處，於是中途就希望可以幫Neko桑找一個安心居住的家。

中途說，Neko桑的外表帥的像隻小黑豹，毛也很柔順、蓬鬆，且滿愛唱歌的。中途還逗趣地表示，Neko桑大概是一隻「佛系」的貓大叔。可能是過去「貓生」的歷練，使牠的個性溫和，幾乎不會生氣，平時喜歡靜靜待在一旁，不會賣萌、不會調皮，時候到了，自然有人會跑去摸摸牠（笑）。

Neko桑雖然是隻貓大叔，但偶爾會想撒嬌一下、玩一會兒，也會偶爾想喵喵叫一下；牠亦喜歡被摸摸頭、摸摸臉頰。而Neko桑最大的樂趣是抓貓抓板、吃一些貓草（不過牠能克制自己不要吃太多）。

偏愛成熟、穩重又溫和的貓大叔嗎？可以考慮收編Neko桑當家人喔！歡迎來電0929-369-187，或傳訊息至Line ID：shine0990（陳小姐）。

認養資格：

1. 認養者須年滿20歲，有穩定經濟能力，並獲得全家人的同意（無論是否同住）。
2. 須同意簽認養寵物切結書，並提供照片讓中途瞭解Neko桑以後的生活環境。
3. 同意送養人日後之追蹤探訪，對待Neko桑不離不棄。
4. 未來不會因生病、搬家、結婚、生子、長輩等因素而退養Neko桑。
5. Neko桑有時會喵喵叫，若住處不能過於吵雜，請先審慎評估。
6. 當Neko桑受傷或生病時，務必請給獸醫師妥善醫療。
7. 不排斥新手認養，但請先做好養育動物所需要的學習，如飲食、基本照顧等。

來信請說明：

a. 個人基本資料：姓名、性別、年齡、家庭狀況、職業與經濟來源等。
b. 想認養Neko桑的理由。
c. 過去養寵物的經驗，及簡介一下您的飼養環境。
d. 若未來有結婚、懷孕、出國或搬家等計劃，將如何安置Neko桑？

文創風
658

妻好月圓 2

國家圖書館出版品預行編目資料

妻好月圓 / 渥丹著. --
初版. -- 臺北市 : 狗屋, 2018.08
冊 ; 公分. --（文創風）
ISBN 978-986-328-891-6（第2冊：平裝）. --

857.7　　107009607

著作者	渥丹
編輯	安愉
校對	沈毓萍　周貝桂
發行所	狗屋出版社有限公司
地址	台北市104中山區龍江路71巷15號1樓
電話	02-2776-5889～0
發行字號	局版台業字845號
法律顧問	蕭雄淋律師
總經銷	知遠文化事業有限公司
電話	02-2664-8800
初版	2018年8月
國際書碼	ISBN-13　978-986-328-891-6

本著作物由作者授權出版

定價250元

狗屋劃撥帳號：19001626

網址：love.doghouse.com.tw　E-mail：love@doghouse.com.tw